우리집 테라스에 펭귄이 산다

THE PENGUIN LESSONS

마젤란펭귄과 철부지 교사의 우연한 동거

우리집
테라스에
펭귄이 산다

톰 미첼
박여진 옮김

21세기북스

프롤로그

1950년대, 어린아이였던 내게 누군가 내 삶의 어느 순간
에 펭귄과 함께하게 될 것이고 한동안 그 펭귄과 한편이 되
어 이 세상을 헤쳐 나가게 될 거라고 말해줬더라면, 아마도
좀 더 잘 대처할 수 있었을 것이다. 내 어머니도 이셔Esher에
있는 집에서 악어 세 마리를 키우셨다. 하지만 악어들 몸집
이 지나치게 커지는 바람에 한적한 마을에서 더 이상 기를
수 없게 됐고, 결국 체싱턴 동물원의 관리인들이 우리집에
와서 그 악어들을 데려 갔다.

어머니가 처음부터 작정하고 악어들을 기른 것은 아니다.
어머니는 열여섯 살 때까지 싱가포르에 살다가 잉글랜드로

돌아가게 됐는데, 그때 어머니와 절친했던 친구가 눈물 어린 작별의 선물로 알 세 개를 줬다. 그런데 어머니가 잉글랜드의 어느 오두막집에서 긴 휴가를 보내는 동안 이 알들이 자연 부화를 했고, 휴가를 마치고 이셔로 돌아오면서 어쩔 수 없이 부화한 악어 새끼들을 데리고 올 수밖에 없었다.

세월이 흐른 후에도 어머니는 이따금 그때를 떠올리며 그 독특했던 선물에 대해 말씀하시곤 했다.

나는 야생동물이나 가축에 대해서는 꽤 훤한 편이었다. 시골에서 자라다 보니 사고방식도 꽤 현실적인 데다 여우가 농장 가축에게 치명적인 존재라는 사실도 잘 알고 있었다. 하지만 이국적인 동물은 접할 기회가 없어서 기껏해야 동물원에서 보거나 상상 속에서 만나는 것이 전부였다. 월트 디즈니 영화제작자들이 그러했듯 나 역시 영국의 소설가 러디어드 키플링Rudyard Kipling의 천재성에 영감을 받았다. 나는 그의 소설 『정글 이야기The Jungle Book』와 『킴Kim』을 완벽하게 구분할 줄 알았고, 50년 후의 내 학창 시절과 매우 비슷했던 그의 학창 시절의 일화들도 줄줄 꿰고 있었다.

그렇다. 나는 에드워드 시대(1900~1910년대 - 옮긴이)의 사고방식을 지닌 구식 아이였다. 부모님은 각각 영국의 다른 지역에서 태어나셨고, 조부모님과 삼촌, 이모와 고모, 사촌들은 뉴질랜드, 캐나다, 남아프리카, 인도, 지금은 스리랑카가 된 실론, 싱가포르, 로디지아(짐바브웨), 니아살랜드(말라위) 등 세계 각지에 흩어져 살고 있었다. 그래서인지 친척들이 사는 나라들은 매우 친숙하게 느껴졌다. 친척들은 일 년에 몇 번씩 〈암흑의 아프리카Darkest Africa〉 같은 영화 속 이야기에 흠뻑 빠져 있는 내 상상력을 북돋아주기 위해 먼 나라에서 편지를 보내주곤 했다.

하지만 나는 편지 속의 나라들이 아니라 진짜 미지의 세계를 탐험하고 싶었다. 그런 의미에서 보면 지인도 연고도 없는 남아메리카가 모든 조건에 딱 맞았다. 그래서 나는 좀 더 크면 남아메리카에 있는 학교로 가리라고 다짐했고, 열두 살 때에는 스페인어 사전을 사서 몰래 스페인어 공부를 하기도 했다. 기회가 왔을 때 언제든 준비가 되어 있고 싶었다.

남몰래 스페인어를 공부하던 때로부터 10년 후 정말 기회가 찾아왔다. 우연히 영국의 교육 관련 잡지인 《타임스 에듀케이셔널 서플리먼트The Times Educational Supplement》에 실린 구인 광고를 보게 된 것이다. '구인: 아르헨티나 기숙학교 교사'라고 적힌 광고를 보자마자 내게 더할 나위 없는 자리임을 직감한 나는 그길로 우체국에 달려가 30분 만에 입사 지원서를 작성해서 보냈다. 지원서에 당장이라도 대서양을 건널 준비가 되어 있으며 내가 최적임자이니 다른 사람은 더 찾아볼 필요가 없을 거라고 썼다. 분명 내게 가장 잘 맞는 길이라는 생각이 들었다.

물론 그곳의 정치 · 경제적 상황에 대해서도 충분히 공부를 해두었다. 외교부에서 일하는 삼촌 덕에 아르헨티나의 친 페론Perónist 정부(후안 페론Juan Perón 전 대통령과 영부인 에바 페론 Evita' Perón을 지지하는 친 페론주의 정권 – 옮긴이)의 취약점에 대해서도 알게 됐다. 내가 얻은 정보에 따르면 아르헨티나에 또 다른 군부에 의한 유혈 쿠데타가 일어날 가능성이 컸다. 도시 곳곳에서 테러가 만연했고 일상적으로 살인과 유괴가 자행되고 있었기 때문이다. 이런 무질서한 상황에서 질서를 잡을 수 있는 것은 군 세력뿐이라는 생각이 아르헨티나 전역에 팽배해 있었기 때문에 쿠데타가 일어날 가능성이 그 어느 때보다도 높았다.

런던에 있는 주거래은행을 통해서도 아르헨티나 경제 상황에 관련된 정보를 얻었다. 은행 정보에 따르면 아르헨티나 경제는 완전히 붕괴되어 극심한 혼란 상태였다. 요약하자면 모든 상황을 고려해볼 때 지금 아르헨티나에 간다는 것은 터무니없는 생각이며 상식 밖의 행동임을 모든 정보가 친절하게 알려주고 있었다.

학교 측에서는 내게 상주 교사 자리를 제안했는데 계약조건은 그렇게 좋지도, 나쁘지도 않았다. 일단 학기 내내 근무하는 조건으로 학교 측에서 왕복 비행기 비용을 부담해준다고 했다. 그리고 영국 정부에서 받는 노령연금도 수령할 수 있으며 연금은 내가 거주하는 지역의 화폐로 제공된다고 했다. 교장선생님은 그 수령액이 현지에서 이뤄지는 구매력과 직결된다고는 말해주지 않았다. 아르헨티나의 경제 상황이 지극히 불안했기 때문이다. 하지만 내 월급은 다른 동료 교사들과 비슷한 수준이었고 학교에 있는 동안 식사와 숙소도 제공됐다. 나는 그걸로 충분했다.

혹시 모를 응급 상황을 대비해 잉글랜드행 비행기표를 구매할 수 있는 돈을 계좌에 넣어두었다. 거래하는 은행이 부에노스아이레스에 있는 '런던과 남아메리카 은행' 지점과 연계가 되는지, 그래서 필요할 경우 돈을 인출할 수 있는지 등도 확인해뒀다.

하지만 내게 돈 문제는 크게 중요하지 않았다. 나는 어린 시절부터 나를 사로잡았던 모험정신으로 내 운명을 찾아 떠날 준비가 되어 있었다. 그리고 서쪽 하늘 저편에서 운명의 여신이 당시에는 태어나지도 않은 내 자손들에게 들려줄 어마어마한 이야깃거리를 제공해줄 친구이자 여행 동반자인 펭귄 한 마리를 내게 점지해줬다.

후안 살바도르Juan Salvador는 펭귄이다. 암울하고 불안한 시절을 살아가던 사람들을 매료시킨 펭귄이다. 테러 조직이 미쳐 날뛰고 여기저기서 폭력적인 시위가 일어나는 가운데 금방이라도 무정부 상태로 치달을 듯 위태로웠던 친 페론 정권에서 살아가던 사람들에게 위안을 준 펭귄이다. 당시의 자유, 기회, 사상 등의 개념은 지금과는 많이 달랐다. 하지만 그런 상황에서도 젊은 여행자였던 나와 죽음의 바다에서 우여곡절 끝에 구조된 씩씩한 펭귄 후안 살바도르는 더없이 행복한 우정을 나눴다.

차례

펭귄을
구하다

하나의 모험이 끝나는 길은 새로운 모험의 길로 이어지고

우루과이 해안의 휴양도시 푼타델에스테Punta del Este에서 내가 묵었던 리조트는 남아메리카의 대서양 연안과 라플라타 강의 북쪽 강둑이 만나는 최남단 지점에 있다. 푼타델에스테는 우루과이의 수도 몬테비데오에서 동쪽으로 약 96킬로미터 가량 걸쳐 있으며, 아르헨티나의 수도 부에노스아이레스의 거대한 강 건너편에 있다. 1960~1970년대의 푼타델에스테는 이 두 대도시 시민들에게 니스 해변이자, 칸이었다. 사람들은 여름휴가를 보내기 위해 뜨거운 도심을 벗어나 푼타델에스테를 찾았고, 그곳에는 바다가 내다보이는 고급스러운 펜트하우스며 아파트들이 줄지어 들어서 있었다. 아마

지금도 푼타델에스테는 휴양지일 것이다.

어느 날 내게 이 휴양지의 전망 좋은 아파트에 머물 기회가 생겼다. 친구 벨라미스가 한겨울에는 사용하지 않는다며 우루과이에 있는 휴가용 아파트를 내게 빌려준 것이다. 나는 파라과이에 얼마간 머물렀다가 웅장한 이과수 폭포를 돌아보고 아르헨티나를 거쳐 우루과이의 아파트로 왔다. 몇 주 동안의 여행으로 피로와 긴장이 쌓였기 때문에 푼타델에스테에서 보내는 조용한 휴가는 더없이 만족스러웠다.

느긋하게 휴가를 보내고 떠나기 전날 오후 늦게 아파트에 들어왔다. 다음 날 아침에 떠나려면 아파트도 치워놓고 짐도 꾸려야 했기 때문이다. 다음 날 정오에 플라테 강을 건너는 배를 예약해두었는데, 그 배를 타려면 새벽 5시 45분에 푼타델에스테에서 출발해 몬테비데오로 가는 마을버스 콜렉티보colectivo를 타야 했다. 콜렉티보 운전기사들은 온갖 장신구들과 행운을 빌어주는 부적들을 버스 내부에 주렁주렁 걸어놓는데 장신구들이 어찌나 많이 걸려 있는지 버스 타이어가 더 닳지 않을까 하는 걱정마저 들었다.

아무튼 짐을 꾸리고, 친구의 아파트를 청소하고, 구석구석 점검을 마친 나는 마지막 저녁 식사를 하기 전에 바닷가를 한 번 더 산책하기로 했다.

리조트 서쪽에 있는 항구는 낚싯배와 유람선 몇 척만 정박할 수 있을 정도로 작았다. 그날도 작은 배들이 계류용 밧줄에 묶인 채 잔잔한 물결을 타고 부드럽게 넘실대고 있었고, 그 풍경과 잘 어울리게 선주들이 배와 이어진 작은 수상 다리를 오가고 있었다. 대서양을 마주 보고 있는 항구는 동쪽은 늠름하게 잘 막아줬지만 서쪽은 미풍도 막아주지 못했다.

이 작고 평화로운 요새의 공기는 갈매기들의 울음소리와 닻줄 오르내리는 소리, 물고기 냄새로 가득했고, 그 사이로 겨울 햇살이 평온하게 내리쏘고 있었다. 사파이어 빛깔의 바다와 짙푸른 하늘빛 때문에 갈매기와 배, 해변의 집들이 더욱 선명하게 돋보였다. 하지만 내 관심을 사로잡은 것은 차갑고 투명한 물속의 물고기들이었다. 특히 포식자를 요리조리 피해 다니기도 하고 두 집단으로 나뉘었다가 순식간에 다시 한 무리를 이루며 항구 주위를 신나게 헤엄쳐 다니는 청어 떼의 모습은 장관이었다. 몸에 부딪히는 햇살을 무지개 빛깔로 반사시키는, 마치 오로라처럼 빛나는 물고기 떼의 향연은 형언할 수 없이 아름다웠다.

녹슬고 오래된 연료통 옆에, 그리고 물결 모양의 양철 지붕 아래에서 탄탄한 근육질의 여인이 단단한 대나무 대에 녹색 그물을 야무지게 엮어서 만든 커다란 어망으로 밥벌이 감인 생선을 걷어 올리고 있었다. 흐뭇한 미소를 짓고 있는 여인은 가죽 앞치마에 고무장화를 신었지만 맨손이었다. 갈색 스카프를 두른 여인의 얼굴에는 세월의 풍파가 깊게 패어 있었다. 여인의 옆에는 세 개의 커다란 나무통이 있었고, 통마다 청어가 가득했는데 아마 여인이 짓고 있던 만족스러운 표정은 그득한 청어 때문인 듯싶었다.

여인이 발목 높이까지 수북이 쌓여 펄떡펄떡 튀는 청어 떼 한가운데 서서 물에 드리운 어망을 건질 때마다 싱싱한 은빛 물고기들이 딸려 올라왔고, 그때마다 갈매기 떼가 덤벼드는 통에 여인은 갈매기를 향해 연신 소리를 질러댔다. 그러고 나서 여인은 이가 다 빠져 잇몸만 훤히 보이는 함박웃음을 지으며 물고기들을 나무통에 채웠고, 채 떨어지지 않는 물고기들은 손으로 일일이 떼어냈다. 장갑을 끼지 않고 맨손 작업을 하는 것도 물고기들을 떼어내기 위해서인 것 같았다.

거무스름한 등에 제비 꼬리를 한 갈매기들은 바다 위 약 3미터 상공에서 빙빙 맴돌다가 갑자기 물속으로 쑥 들어갔다. 잠시 후 은빛으로 반짝이는 청어를 물고 수면 위로 힘차게 올라와서는 부리에 물고 있던 물고기를 날름 먹어치웠다.

해변에는 한가롭게 노닐고 있는 펭귄들도 있었다. 물고기를 잡기 위해 물속으로 들어갔다가 이내 물고기를 물고 수면 밖으로 나오는 자태가 어찌나 날래고 노련하던지 눈을 뗄 수가 없었다. 물고기 사냥에서 펭귄은 갈매기보다 훨씬 더 노련한 사냥꾼처럼 보였다. 몸을 비틀었다가 휙 돌리며 믿을 수 없이 민첩하고도 유연하게 물살을 가르며 눈앞의 물고기들을 휙휙 낚아 올리는 실력은 가히 일품이었다. 경이로운 실력의 포식자 앞에서 청어들은 숫자만 압도적으로 많을 뿐 속수무책이었다. 그런데 이상하게도 이 수월하고도 풍성한 진수성찬을 즐기는 펭귄은 그다지 많지 않았다.

나는 그 사냥 장면을 더 오래 지켜보고 싶었지만 펭귄들이 헤엄쳐 가버리는 바람에 발길을 돌려 동쪽 방파제로 향했다. 바다에서 밀려온 작고 하얀 파도들이 방파제 벽 앞에서 끊임없이 부서져 내렸다.

고즈넉한 오후, 휴가지에서 있었던 이런저런 일들을 떠올리며 해변을 산책한 지 10~15분쯤 됐을까. 내 눈에 충격적이고도 비통한 광경이 들어왔다. 처음 내 눈에 들어온 것은 움직임이 없는 검은색 물체였다. 처음에는 얼마 되지 않는

줄 알았다. 그런데 다가가서 보니 그 수가 어마어마했다. 검은색 카펫을 깔아놓은 듯 검은 사체들이 해변을 온통 뒤덮고 있었다. 검은 기름을 뒤집어쓴 펭귄들이 바다 수위를 표시하는 기둥부터 북쪽 해안을 따라 끝도 없이 길게 누워 있었다. 펭귄들은 끈적거리고 역겨운 기름과 타르에 숨통이 막힌 듯 기름범벅이 된 채로 죽어 있었다.

무섭고, 잔인하고, 끔찍한 광경이었다. 생명에 대한 모독행위는 둘째치고라도 앞으로 '문명'이라는 미명하에 얼마나 더 끔찍한 일들이 자행될지를 생각하니 암담했다. 조금 전 항구에서 물고기가 그렇게 많은데도 그 진수성찬을 즐기는 펭귄들이 얼마 되지 않았던 것도 그제야 이해가 갔다. 그 펭귄들은 이 죽음의 기름을 피할 수 있었던 몇 안 되는 운 좋은 녀석들이었다.

도대체 얼마나 많은 펭귄이 죽어 있는지 파악해보기 위해 무거운 마음으로 폐허처럼 죽음이 뒤덮인 해변을 따라 걸었다. 하지만 죽은 펭귄의 수를 헤아리는 것은 불가능했다. 기껏해야 펭귄 사체 더미 수만 헤아릴 수 있을 정도였다. 파도가 한 번 밀려들어올 때마다 작은 산처럼 쌓여 있던 펭귄 사체 더미가 무너져 내렸고, 새로 밀어닥친 파도에는 검은 기름을 뒤집어쓴 또 다른 펭귄들이 한 무더기씩 실려 들어왔다.

　바다와 도로 벽 사이에 펼쳐진 해변은 폭이 27미터 남짓으로 좁은 편이었지만 한눈에 보기에도 오염이 심각했다. 수천 마리의 펭귄들이 수백만 년 전부터 조상 대대로 이동해오던 길을 따라 북쪽으로 이동하다가 이런 참변을 당했으리라.

　지금 생각해보면 그날 내가 왜 그 해변을 따라 계속 걸었는지 모르겠다. 그 끔찍한 참상의 끝이 어디인지 확인하고 싶어서였는지도 모른다. 당시 나는 세계 어디에서도 기름 유출 사고가 있었다는 뉴스를 듣지 못했다. 하지만 당시만 해도 유조선 관련 규제들이 덜 엄격했고 세부적인 규제 사항들도 거의 최소한의 의무 정도 수준이었기에 이런 일들은 흔하게 있었을 수도 있다. 유조선들은 목적지에 도착하면 화물을 내리고 또다시 기름을 싣기 위해 바다로 이동하던 중 기름 탱크를 그냥 바닷물에 씻었을 것이다.

　결국 이런 사건들이 자주 벌어지면서 규제가 생기고 관련 법들이 생겨났다. 그날 내가 해변에서 목도한 광경은 서로 다른 종족들이 만나면서 빚어진 끔찍한 참사였다고 생각한다. 해마다 본능에 따라 이동하는 철새들이 인간의 무관심과 탐욕 때문에 바다 위에 버려진 어마어마한 기름과 만났을 때 생길 수 있는 결과는 오직 하나, 펭귄의 전멸이다. 이는 두 종족이 만나 생길 수 있는 결과 중에서도 가장 끔찍한 결과이자, 무슨 일이 벌어질지 너무도 잘 알면서 적당한 합리화나 묵인 하에 저지른 의도적인 행위의 결과이다.

나는 죽은 새들을 자세히 들여다보기가 영 거북스러워 일부러 걸음을 재촉했다. 그런데 시야 한편에서 언뜻 미약한 움직임이 느껴졌다. 그 움직임은 바다의 흰 거품 쪽이 아니라 움직임이라곤 전혀 포착되지 않았던 검은 해변에서 느껴졌다. 나는 걸음을 멈추고 움직임이 느껴지는 곳을 주시했다. 착각이 아니었다. 대견하게도 펭귄 한 마리가 살아 있었다. 온통 죽음뿐인 그곳에서 유일하게 고군분투하고 있는 단 하나의 생명이었다.

내 눈을 믿을 수 없었다. 다른 새들은 모두 기름과 타르에 전멸 당했는데 어떻게 저 새만 살아남을 수 있단 말인가? 그 펭귄은 다른 펭귄들처럼 타르를 뒤집어쓴 채 해변에 엎드려서 머리를 들고는 날개를 파닥였다. 큰 동작은 아니었지만 분명 머리와 날개를 경련하듯 움직였다. 그것은 죽기 직전의 마지막 고통의 몸부림처럼 보였다.

나는 잠시 그 새를 지켜봤다. 어떻게 이 유독한 석유와 숨통을 죄어오는 타르에 묻혀 서서히 꺼져가는 한 생명을 외면할 수 있단 말인가? 결국 나는 가능한 한 빨리 새의 고통을 없애주기로 하고 그 펭귄을 향해 걸어갔다. 내 발 아래 죽은 새들이 밟히지 않도록 최대한 조심조심 발을 내디뎠다.

서서히 고통 속에서 죽어가는 펭귄에게 어떻게 하면 고통을 주지 않고 단번에 최후의 일격을 가할 수 있을지에 대한 구체적인 계획은 세우지 않았다. 아니, 정확히 말하면 계획 자체가 아예 없었다. 하지만 살아남았다는 점을 제외하면 다른 수천 마리의 죽은 펭귄과 다를 바 없던 그 펭귄이 살기 위해 온몸으로 사투를 벌이는 모습을 보니 조금 전의 다짐이 사라져버렸다.

내가 다가가자 펭귄은 빠르게 부리를 움직이며 끈적거리는 타르로 범벅이 된 날개를 파닥이더니 마치 제2의 삶을 시작하기 위해 맞서 싸울 준비가 되어 있기라도 하듯 두 발을 땅에 딛고 일어섰다. 거의 내 무릎 높이의 크기였다.

나는 잠시 가던 걸음을 멈추고 다시 주변 펭귄들을 둘러봤다. 내가 잘못 본 것일까? 다른 펭귄들도 모두 살아 있는 게 아닐까? 그냥 잠시 쉬면서 회복하고 있는 건 아닐까? 나는 엎드려 있는 펭귄의 몸을 뒤집어봤다. 생명의 기척이 전혀 느껴지지 않았다. 옆에 널브러진 다른 펭귄들도 마찬가지였다. 깃털과 목은 타르로 범벅이 되어 있고, 부리 밖으로는 끔찍하게 뒤틀린 혀가 삐죽이 나와 있으며, 눈은 오물로 뒤덮여 있었다. 끈적거리며 역겨운 냄새를 풍기는 검은 물질이 새들을 뒤덮었을 것이다. 바다에서 풍기는 악취가 서풍에 실려오지 않았더라면 나도 그쪽으로 가지 않았을 것이다.

이 참담하고 엉망인 상황에서 오직 단 한 마리의 펭귄만이 열린 부리 사이로 보이는 선홍색 혀와 맑게 뜬 두 눈, 칠흑같이 검은 몸으로 거센 분노의 몸짓을 하고 있었다. 불현듯 나는 이 한 마리 새에게서 희망의 씨앗을 느꼈다. 만약 몸을 깨끗하게 씻어준다면 다시 살아날 수도 있지 않을까? 내가 저 새에게 삶의 기회를 줘야만 하는 건 아닐까? 하지만 오물을 뒤집어쓴 채 저토록 흥분해 있는 새에게 어떻게 다가가지? 펭귄과 나는 갑자기 등장한 서로의 존재에 놀라 한동안 눈치만 보며 탐색전을 벌였다.

재빨리 훑어보니 해안에는 나무토막들과 플라스틱 병, 비닐 조각들과 버려진 그물 등 온갖 쓰레기들이 널브러져 있었다. 어느 해변에서나 흔히 볼 수 있는 문명화된 사회의 잔재들이었다. 주머니를 뒤져보니 사과 한 알이 들어 있는 작은 봉지가 있었다. 내가 움직이자 펭귄은 배를 보이며 뒷걸음질을 치다가 마치 자세를 고쳐 잡기라도 하듯 엉덩이를 흔들었다.

일단 나는 급한 대로 바다에서 밀려온 잡동사니와 해변의 쓰레기 중 뭔가 도움이 될 만한 것들을 모았다. 그러고는 검투사처럼 신중하게 목표물을 향해 다가갔다. 녀석은 새로운 위협을 감지한 듯 최대한 몸을 쭉 늘이며 일어섰다. 나는 그리스 신화에 등장하는 영웅 아킬레스처럼 용맹하고도 민첩하게 그물을 빙빙 돌리며 펭귄의 주의를 산만하게 했다. 그리고 한순간 그 그물을 펭귄의 머리 위로 휙 던지고는 막대기를 이용해 그물로 녀석의 몸을 감쌌다. 일단 펭귄이 꼼짝 못하도록 잡아둔 다음 사과가 들어 있던 봉지를 장갑처럼 손에 끼고 녀석의 발을 잡았다(시간이 없어 봉지 안에 있던 사과는 먹지 못했다).

그리고 온몸을 뒤틀고 뒤집으며 필사적으로 탈출하려고 몸부림치는 녀석을 들어올렸다. 내 몸과 적당히 거리를 유지하며 펭귄을 들고 있자니 그 무게가 생생하게 느껴졌다. 생전 처음 느껴보는 펭귄의 무게였다.

나는 4.5킬로그램 정도 되는 녀석을 들고 벨라미스의 아파트로 걸음을 옮겼다. 녀석을 들다가 팔에 힘이 빠져서 그 날카로운 부리와 내 몸이 조금이라도 가까워지면 녀석은 내 다리를 사정없이 쪼아댈 것이고 내 몸도 온통 타르 범벅이 될 것이다. 나는 혹여 새를 다치게 하지는 않을까, 혹시 나 때문에 이 새가 죽음의 공포를 느끼고 있지는 않을까 전전긍긍하면서도 한편으로는 새에게 팔을 물리지 않으려고 바짝 정신을 차렸다. 아파트까지 족히 1.6킬로미터 이상 되는 거리를 걸어갈 생각을 하니 보통 일이 아닌 듯싶었다.

녀석을 데리고 아파트로 돌아가기로 결정했을 때 절반 정도 세워둔 계획을 생각하니 마음이 복잡했다. '누가 뭐라고 하면 뭐라고 대꾸하지?' '우루과이에서 타르를 뒤집어쓴 펭귄을 이렇게 막 주워가도 되는 건가?' 당시 남아메리카의 국가 대부분은 경찰국가(17~18세기 유럽 절대군주 국가 형태로 모든 것이 전제적 권력에 의해 지배되고 국민의 자유와 법적 지위가 보장되지 않는 사회를 의미한다 – 옮긴이)였기에 내가 그곳에서 조류 구조에 관한 법률을 어긴 죄로 억류된다 하더라도 딱히 이의를 제기할 수 없는 그런 시절이었다.

하지만 나는 울퉁불퉁한 해안도로를 달리면서 어쨌거나 이 펭귄을 깨끗하게 씻어주기라도 해야겠다고 생각했다. 기억을 더듬어보니 어렸을 적 해변에서 놀다가 수건에 타르가 묻었을 때 그것을 없애기 위해 버터를 사용했었다. 게다가 지금 가고 있는 아파트 냉장고에는 버터는 말할 것도 없고 올리브기름과 마가린, 그리고 세제까지 있었다.

내 팔 길이만 한 새를 들고 달리자니 팔이 너무 아파서 수시로 팔을 바꿔가며 들었다. 처음에는 펭귄의 다리를 잡았는데 극도로 흥분한 녀석이 다치지나 않을까 걱정되어 녀석의 다리 사이에 손가락을 넣어 더 단단히 잡았다. 녀석도 그런 자세가 편하지는 않았을 것이다.

우여곡절 끝에 우리는 누구도 다치지 않고 무사히 목적지까지 왔다. 녀석은 나를 공격하기 위해 최선을 다했지만 다행히 내게 상처를 입히지 못했다. 그리고 나 역시 오는 길에 녀석을 그냥 버려두고 싶다는 유혹에 굴복하지 않았다.

다음 난관은 계단 밑 관리실에 있는 꼬장꼬장한 관리인 앞을 어떻게 통과하느냐 하는 것이었다. 내가 머물던 아파트의 관리인은 사람들이 아파트 출입문을 드나들 때마다 굶주린 경비견처럼 득달같이 달려 나오곤 했다. 마치 모든 방문자가 믿지 못할 사람들이라도 되는 양 말이다. 관리인 입장에서 보면 거주자들이 안심하고 머물 수 있도록 주어진 일을 철두철미하게 하는 것일 뿐이고, 그런 일이 지극히 자연스러운 일일 것이다. 하지만 무슨 얄궂은 운명의 장난인지, 그녀의 입장에서 보면 정말 심각하게 걱정해야 할 단 한 번의 순간에 그녀는 그 자리에 없었다. 덕분에 출입문 통과 임무를 무사히 수행할 수 있었다.

마젤란펭귄에
대해

지난 40년 동안 펭귄의 개체 수가 80퍼센트 이상 줄었다. 펭귄 수가 이렇게 심각하게 줄어든 이유는 환경오염과 무분별한 포획 등 인간이 저지른 행위들 때문이다.

하지만 이러한 위협 속에서도 남아메리카 남쪽 해안에는 줄무늬펭귄속 펭귄 종 마젤란펭귄Magellan penguin들이 있다. 마젤란펭귄의 키는 약 45~60센티미터 정도며, 몸무게는 마지막 식사가 언제였는지 또는 얼마나 먹었는지에 따라 다소 달라지기는 하지만 대략 3~6킬로그램 정도다. 부리는 검고 얼굴은 희다. 몸통 앞쪽은 흰색인데 중앙에 'U' 자를 뒤집어 놓은 모양으로 검은색 줄무늬가 있다.

물 밖에서 마젤란펭귄은 딱히 민첩한 조류가 못 된다. 긴 몸통에 비해 다리는 매우 짧고, 어깨뼈가 상대적으로 몸통 아래쪽에 낮게 있고 날개 뼈는 아주 납작하고 가는 부메랑 같은 모양으로 되어 있다. 평소 마젤란펭귄은 무릎을 살짝 굽히고 목을 'S' 자로 하고 있지만, 이 자세는 얼마든지 자유 자재로 바꿀 수 있다. 무릎을 구부리면 몸이 둥글게 되는데 이 자세는 체온을 유지하는 데 도움이 된다. 하지만 똑바로 선 모습은 매우 늘씬하고 훤칠하며 우아하다.

똑바로 설 때는 물갈퀴를 쫙 벌려서 발꿈치로 땅을 디딘다. 발꿈치와 엉덩이를 땅에 닿게 해서 앉는 자세도 가능하다. 앉은 자세는 매우 안정적인 삼각형 형태다. 사람이 낮은 의자에 앉을 때와 비슷하지만 펭귄은 인간보다 꼬리뼈가 많아 더욱 안정적인 자세로 앉을 수 있다. 펭귄의 다리뼈는 몸통 안에 감춰져 있어서 겉에서 보면 거의 발꿈치만 보인다. 아무리 추워도 다리가 시릴 일은 없다. 복부 아래로 드러난 탄탄하고 짧은 두 다리는 뼈 모양을 따라 안쪽으로 굽어 있는데 이 때문에 걸음걸이가 뒤뚱뒤뚱 걷는 재미난 모습이 된다.

마젤란펭귄은 일부일처제로 평생 짝과 함께 산다. 알을 품을 때에는 부모 펭귄이 10~15일씩 번갈아가며 알을 품고,

한쪽 부모가 새끼에게 먹이를 주는 동안 다른 한쪽 부모도 단식을 한다. 어린 펭귄의 몸통과 발, 다리 등에 밝은 색의 얼룩얼룩한 점들이 있는데 나이가 들수록 짙어진다. 내가 발견한 펭귄은 밝은 색 점들이 없었으므로 다 자란 펭귄이라고 볼 수 있다.

물속의 펭귄은 물 밖의 모습과는 완전 딴판이다. 헤엄을 칠 때 펭귄은 흡사 납작한 오리와 같다. 물 표면에서 보면 머리와 꼬리만 보이는데 물 아래에서 보면 그 모습이 대단히 우아하다. 치타도, 말도, 알바트로스도, 그리고 대머리수리도 펭귄처럼 우아하고 아름답진 않을 것이다. 단언컨대 물속에 있는 펭귄은 가장 능숙하고 노련한 새다.

물론 푼타델에스테 해변에서 펭귄을 구했을 때만 해도 나는 펭귄에 대해 아무것도 알지 못했다. 그리고 이 한심한 무지 때문에 생각지도 못한 결과를 맞았다.

"나에 대해 얼마나 알고 있어?"

첫 목욕 시간

살다 보면 원치 않는 목욕을 하게 되기도 하고,
비행기를 타고 날아와 누군가를 구조해주기도 하고 그렇지 뭐

펭귄을 구해야 한다는 생각에만 사로잡혀 그렇게 하긴 했는데 아파트에 들어서서 주위를 둘러보니 막상 이 펭귄을 어떻게 씻겨야 할지 막막했다. 벨라미스의 집은 잡지 광고에나 나올 법한 고상하고 우아한 고급 아파트로 도무지 기름범벅이 된 펭귄을 데려올 만한 장소가 아니었다. 가만히 생각하니 친구 아파트의 값비싼 장식들을 엉망진창으로 만들어 그걸 변상하느라 경제적 타격을 입을 내 처지가 매우 현실적으로 와 닿았다.

녀석은 아주 더러운 데다가 성질도 포악하기 짝이 없었다. 치과에서 사용하는 작은 절단기처럼 생긴 부리를 달고 있는

녀석은 내게서 벗어나기 위해 쉴 새 없이 격렬하게 몸을 뒤틀며 발버둥을 쳐댔다.

잠시 나는 나중에 후회할 일을 무모하게 벌이지 말고 차라리 이 녀석을 다시 해변에 가져다놓을까도 고민했다. 다치게 하거나 기절시키지 않고도 펭귄을 얌전하게 가두어놓고 씻길 수 있는 방법은 없을까? 문득 좋은 수가 떠올랐다.

내게는 여행을 다닐 때마다 아주 요긴하게 사용하는 듬직한 가방이 하나 있었다. 굵은 실로 짠 망 형태의 가방으로 마치 오렌지가 담긴 망을 크게 만든 것 같은 모양이었다. 다만 오렌지 망과는 달리 푸른색이었고 손잡이 끈으로 입구를 조일 수 있었다. 나는 이 가방을 학창 시절부터 줄곧 사용했다. 흙투성이가 된 럭비화며 럭비공을 담아가지고 다니면 그물망 사이로 흙들이 떨어져 지저분한 운동용품을 담기에 안성맞춤이었다. 망사 형태로 직조된 이 작은 사각형 가방은 여행을 다닐 때에도 아주 요긴하게 쓰였다. 아무 데나 구겨 넣어도 공간을 거의 차지하지 않는 데다가 워낙 질기고 튼튼해서 여행지에서 예기치 않게 생긴 물건들을 담아놓기에도 좋기 때문이다.

이제 그 가방이 듬직한 역량을 발휘할 차례였다. 나는 먼저 양쪽에 의자를 하나씩 두고 가방 양 손잡이에 빗자루 막대를 관통시켜 의자에 걸쳤다. 그렇게 가방을 의자 사이에 매단 후 한 손으로 가방을 흔들어 펼치고 다른 한 손에 들고 있던 펭귄을 그 안에 넣었다. 그리고 재빨리 《엘 디아El Día》 신문을 의자 사이에, 그러니까 펭귄 아래에 깔았다. 펭귄을 넣어둘 곳을 마련했다는 뿌듯함도 잠시 나는 아파트를 둘러보며 서둘러 새를 씻길 용품들을 찾았다.

먼저 버터, 마가린, 올리브유, 요리용 기름, 비누, 샴푸, 세제 등을 찾아와 욕실에 두었다. 욕실 역시 다른 공간과 마찬가지로 고급스럽고 우아하게 꾸며져 있었다. 벽은 물고기가 그려져 있는 바둑판 모양의 살굿빛 타일, 바닥에는 반질반질한 검은색 대리석이 깔려 있었다. 상아 재질의 욕실 용품에는 저마다 금색 무늬가 들어가 있었다. 정말이지 타르와 기름 범벅이 된 펭귄을 씻기기에는 도무지 어울리지 않는 그런 욕실이었다.

나는 우선 작은 통에 따뜻한 물을 받아놓고 새가 들어 있는 가방을 통째로 들어다가 통에 담갔다. 하지만 흥분이 극에 달한 펭귄은 통에 들어가자마자 몸부림을 쳤고 그 바람에 녀석의 뾰족한 발과 부리가 그물망 밖으로 삐져나왔다.

그러더니 녀석이 그 억센 부리로 기어이 내 손가락을 꽉 깨물었다. 새에게 물려 피를 흘리긴 처음이었다!

나는 버럭 화를 내며 부리에서 손가락을 빼내려고 했지만 펭귄은 마치 사냥개처럼 한 번 문 손가락을 좀처럼 놓아주지 않았다. 한바탕 싸움을 벌여 이겨야만 손가락을 뺄 수 있을 것 같았다. 펭귄의 부리 힘은 상상을 초월할 정도로 세서 어지간한 통조림도 열 수 있을 것만 같았다.

"야, 이놈아! 놔! 놓으라고!"

나는 고함을 질러댔다. 그렇게 고통과 분노에 쩔쩔매다가 녀석의 머리를 부드럽게 잡고 간신히 부리를 열어 손가락을 빼냈다. 상처는 육중한 문에 세게 찧은 것과 비슷한 수준으로 꽤 깊었고 피도 쉬지 않고 줄줄 흘렀다. 새 한 마리가 이토록 큰 상처를 낼 수 있다는 사실에 얼이 빠진 나는 한동안 상처만 들여다봤다. 일단 가방 안에 담긴 새는 통에 넣어두고 찬물을 틀어 피가 흐르는 손가락을 가져다댔다. 피가 씻겨 나간 자리에는 믿기 어려울 정도로 깊은 상처가 모습을 드러냈다. 오늘날까지도 내 손가락에는 그날의 흉터가 남아 있다. 나는 세면기에 뚝뚝 흐르는 피를 보며 녀석을 해변에 그냥 두고 오지 않은 나 자신을 원망했다.

나는 녀석을 째려봤다. 그랬더니 녀석도 지지 않고 나를 똑바로 노려봤다. 한 치의 물러섬도 없이 비장한 기운마저 감도는 녀석의 새까만 눈동자에는 심술이 덕지덕지 붙어 있었다. 독기가 오를 대로 올라 분노에 가득 찬 녀석의 눈동자는 마치 이렇게 말하고 있는 것 같았다.

"어디 덤벼보시지, 이 짐승 같은 녀석아! 그런 상처쯤은 얼마든지 더 내줄 수 있어!"

나 역시 응수했다.

"이 멍청한 녀석… 너 바보냐! 널 도와주려는 거라고! 그것도 모르겠냐? 이 새대가리야!"

나는 지혈을 위해 급한 대로 손가락을 휴지로 둘둘 말았다. 휴지가 피로 흥건해지면 계속 새것으로 갈아주면서 손을 머리 위로 치켜들었다. 손가락이 욱신거리기 시작했다. 혹시 펭귄이 나쁜 질병을 옮기는 것은 아닌지 걱정도 됐다. 그렇게 15분가량 씨름하고 나니 피가 멈췄고 그 부위를 거즈 붕대와 반창고로 대충 감쌌다. 그러고는 다시 욕실의 전쟁터로 내키지 않는 발걸음을 옮겼다.

이제 지금껏 했던 것보다 더 효과적인 방법으로 녀석을 제어해야 한다는 것이 분명해졌다. 그동안 적을 과소평가했다. 기껏해야 작은 새라고 얕잡아봤던 녀석은 알고 보니 둥지를 사수하는 검독수리처럼 크고 위험한 존재였다. 이번에는 녀석을 제대로 고정시켜야 했다. 먼저 가방 손잡이 끈을 조여 부리나 발로 나를 무자비하게 공격하지 못하도록 했다. 그리고 다시 양 의자 사이에 가방을 걸쳐놓고는 미리 준비해둔 붕대로 녀석의 다리를 단단히 감아 고정시켰다. 그 와중에도 녀석의 부리는 연신 허공을 쪼아대며 반항을 멈추지 않았다. 펭귄의 다리는 상상한 것보다 훨씬 더 튼튼하고 강인한 데다가 발톱 또한 독수리 발톱 못지않게 날카로워 인간의 피부 정도는 쉽게 찢을 수 있다. 재미있게도 펭귄 다리의 아랫부분은 조류보다는 원숭이에 가깝다. 살집도 있고 근육도 잘 잡혀 있으며 움직임도 매우 능수능란하다. 그래서 붕대를 감을 때에는 펭귄의 부리가 닿지 않는 뒤쪽에서 묶었다.

펭귄이 가방 속에서 퍼덕거리며 무력하게 목욕을 당하는 동안 나는 다른 한 손으로 신문지를 들고 짐승 같은 힘을 발휘해 펭귄의 머리를 잡았다. 목욕 용품을 찾다가 발견한 탄탄한 고무줄로 부리도 칭칭 감았다. 혹 녀석의 콧구멍을 막지 않도록 조심조심 감아나가다가 날카로운 부리에서 조금 떨어진 지점에서 매듭을 지었다. 펭귄은 몸을 뒤집기 위해 가방 안에서 몸을 비틀고 허공에 발길질을 했지만 내게 닿지는 않았다. 펭귄은 거칠게 숨을 몰아쉬며 쉬지 않고 버둥거렸으며 그때마다 머리와 목에서 맥박이 빠르게 요동쳤다. 하지만 딱히 움켜잡을 것도 발로 찰 것도 없었기에 모두 헛수고였다.

완두콩알만 한 녀석의 눈은 분노와 좌절, 증오로 불룩하게 솟아올랐다.

"네 녀석이 감히! 분하다! 반드시 복수하마! 내가 복수를 하는지 못하는지 똑똑히 지켜봐!"

녀석은 이렇게 말하고 있었다. 어찌나 서슬이 퍼렇던지 불과 조금 전까지만 해도 죽음의 문턱에 있던 새라고는 믿기지 않았다. 하지만 나는 수의사처럼 최대한 침착하게 대처해야 했다. 내가 제대로 씻기지 못하면 녀석은 죽을 것이다.

"알았다고, 이 못된 녀석아. 널 살리려면 어쩔 수 없이 내가 독해져야 한다고!"

손가락은 여전히 욱신거리며 아팠고, 녀석에게 품었던 일말의 동정심도 흘린 피와 함께 개수대 속으로 말끔히 사라진 후였다. 나는 펭귄의 다리를 단단히 고정시킨 후 날개를 퍼덕이지 못하도록 가방 손잡이를 이용해 날개 쪽 몸통도 묶어버렸다.

마침내 녀석이 잠잠해졌다. 내 마음도 조금은 진정됐다. 나는 물을 받아둔 통에 다시 펭귄을 넣고 씻기기 시작했다. 먼저 등에 액체 세제를 붓고 문질러 씻었다. 부리도 더 이상 위협적인 무기가 아니었기에 몸통 다른 곳에도 세제로 꼼꼼하게 문질렀다. 손가락을 다친 데다가 펭귄이 쉬지 않고 몸을 움직여 쉬운 작업은 아니었지만 가방이 튼튼하게 버텨줘 그나마 수월하게 씻길 수 있었다.

그런데 펭귄도 기진맥진했는지 돌연 태도를 바꾸어 얌전하게 누웠다. 지금 생각해도 신기할 정도로 급작스러운 태도 변화였다.

두려움과 적대감, 분노에 가득 차 있던 상대가 한순간에 매우 협조적이고 고분고분한 동료가 된 것이다. 사실 펭귄의 분노와 적대감도 충분히 이해가 갔다. 잔인하게 죽은 수천 마리의 동료 펭귄 종족을 대표해 가해자였던 인간 종족인 내게 복수심이 일었으리라. 그랬는데 숨을 쉴 수 없을 정도로 몸에 달라붙었던 기름을 닦아주자 별안간 태도를 바꾼 것이다. 마치 내가 자신을 해치려는 게 아니라 기름을 없애주려는 것임을 문득 깨달은 것 같았다.

나는 목욕통 물을 비우고 다시 따뜻한 물을 받았다. 금붕어 어항처럼 부풀었던 녀석의 눈도 가라앉았다. 고개를 이리저리 움직이지도 않았고 날개를 퍼덕이지도 않았으며 부리와 발로 나를 공격하지도 않았다. 펭귄은 그저 조용히 수도꼭지에서 흐르는 물을 바라보았다. 요동치던 맥박도 차분해졌다. 더 이상 분노에 사로잡혀 나를 공격적으로 노려보지도 않았다. 녀석은 고개를 좌우로 돌리면서 양쪽 눈으로 각각 내게 뭔가를 묻고 있는 것 같았다. 펭귄은 타고난 사냥꾼이다. 펭귄의 두 눈은 정면을 응시할 수도 있고, 한쪽 눈으로 먼저 사물을 보고 다른 한쪽 눈으로 다시 그 사물을 보는 조류의 습성도 지녔다.

"자, 이제 어쩔 건데? 왜 나를 씻겨주는 거지? 이 구역질 나는 오물을 씻는 방법을 알고 있기는 한 거야?"

녀석은 이렇게 묻고 있었다.

두 번째로 세제를 붓자 녀석은 더 이상 피하지 않았다. 우리의 관계에 변화가 생겼음을 감지한 나는 위험하긴 했지만 펭귄을 가방에서 꺼내기로 했다. 가방에서 펭귄을 꺼내면 등쪽 털과 날개를 씻기기가 훨씬 수월했기 때문이다. 예상대로 녀석은 씻기는 내내 날개 한 번 퍼덕이지 않고 얌전하게 협조했고 덕분에 온몸을 구석구석 씻길 수 있었다. 펭귄 깃털에 묻은 기름을 세제로 문질러 모두 씻어낸 다음 끈적거리는 물질을 살살 벗겨내기 시작했다. 씻는 과정이 한 단계씩 끝날 때마다 펭귄은 젖은 몸을 말리는 개처럼 온몸을 부르르 떨며 물기를 털어냈다.

펭귄이 워낙 고분고분하게 굴어준 덕에 나는 부리를 동여맸던 고무줄도 풀고 다리의 끈도 풀었다. 덕분에 목욕이 훨씬 수월해졌다. 녀석은 더 이상 나를 공격하려 들지도, 달아나려 하지도 않았다. 다만 호기심에 쉴 새 없이 고개를 까닥거렸다. 녀석은 세제를 묻혀 깃털을 닦아내는 내 손을 뚫어져라 바라봤다. 처음에 한쪽 눈으로 보고 그다음에 다른 쪽 눈으로 번갈아 보며 목욕 과정을 신중하게 지켜봤다. 녀석은 내가 목욕 업무를 제대로 수행하고 있는지, 집중력이 흐트러지진 않았는지 확인하려는 듯 연신 내 얼굴을 빤히 쳐다봤다.

몸에 묻은 기름을 씻어낸 후에는 샴푸로 온몸을 구석구석 여러 번 씻었다. 녀석은 아예 목욕통에서 똑바로 일어서서 내가 씻길 수 있도록 적극 협조했다. 조금도 반항하거나 거칠게 굴지 않았다. 몸에 묻은 비누거품이나 부리에 묻은 유액을 털어내려고도 하지 않았고, 특히 얼굴이나 눈가처럼 조심스러운 부위를 살살 씻길 때에는 아예 꼼짝도 하지 않았다. 덕분에 버터로 기름과 타르를 말끔히 벗겨낼 수 있었다.

한 시간 정도 씻기고 나니 그제야 펭귄의 형체가 드러났다. 반지르르하게 윤기가 흐르지는 않았지만 어쨌든 등 깃털도 다시 새까만 본래의 색을 되찾았고 회색 때가 남아 있긴 했지만 앞쪽 배 부분도 흰색에 가까운 색을 찾았다. 마지막 헹굴 때 목욕통에 물을 비우고는 다시 채우지 않았더니 펭귄이 나를 빤히 쳐다봤다. 나도 내 작업의 결과를 바라봤다. 그렇게 우린 한동안 마주 봤다.

"이제 끝난 건가? 다 했지? 됐지? 뭐 빼먹은 건 없겠지!"

나는 고개를 들어 천천히 욕실을 둘러봤다. 펭귄이 물기를 털 때마다 떨어진 검은 세제 거품과 기름기 잔뜩 섞인 물이 욕실 벽을 색칠했다. 나는 거울에 비친 내 모습과 내 뒤로 보이는 펭귄을 바라봤다.

펭귄이 그나마 만질 수 있을 정도로 깨끗해지긴 했지만 그렇다고 해서 이 아파트 여기저기를 뛰어다니게 할 수는 없었다. 펭귄을 한곳에 두기 위해 욕조에 계속 펭귄을 넣어두고는 내 몸을 씻고 욕실도 청소했다. 펭귄도 몹시 지쳤는지 욕조에 배를 깔고 엎드렸다. 그러고는 얼굴과 머리카락에서 물방울을 후두두 떨어뜨리며 샤워하는 내 모습을 빤히 지켜보며 이따금 엉덩이를 흔들었다.

보통 맨 꼭대기 층에 위치한 고급 아파트에 타르 범벅이 된 펭귄을 씻는 데 필요한 용품이 구비되어 있는 경우는 흔하지 않다. 벨라미스의 아파트도 예외는 아니었다. 결국 나는 가까운 시장에 가서 종이타월과 다 써버린 욕실 용품들을 채워놓을 세제들을 샀다. 펭귄의 간식거리로 눈에 띄는 것은 정어리 통조림뿐이어서 그 통조림도 한 캔 샀다.

장을 보는 내내 펭귄에 대해 조금이라도 접했던 정보나 다큐멘터리에서 본 내용을 떠올리기 위해 머리를 쥐어짰다. 그러다 보니 조금씩 의구심이 들기 시작했다. 내 머릿속 어디선가 인간이 사용하는 세제로 바닷새를 씻기면 본래부터 깃털에 있던 방수 기능이 사라질 것이고 그렇게 되면 물속에서 깃털이 푹 젖어 가라앉을 것이라는 우려의 목소리가 들려왔다. 정말 그렇다면 나는 펭귄의 방수 기능을 완전무결하게 제거해버리는 만행을 저지른 셈이다. 목욕 과정을 하나하나 돌이켜 생각해보니 슬슬 걱정이 되기 시작했다. 도우려는 의욕이 앞서 바닷새를 씻기는 방법에 대한 구체적인 정보도 없이 덜컥 일을 저지르지 않았는가. 요즘 같으면 포털 검색창에 '펭귄에 묻은 타르를 제거하는 법'이라고 검색하면 되겠지만 당시에 의존할 것이라고는 오직 내 상식과 기억력뿐이었다.

비수기라 휴양지 거리는 한산했다. 인적 없는 거리를 걷다 보니 지금까지 있었던 일과 내가 처한 현실이 또렷하게 와 닿았다. 먼저 나는 부에노스아이레스로 가기 위해 내일 새벽에 일어나야 하고, 그리고 다시 일하러 나가야 한다. 이 사실은 변하지 않는다. 그러면 제 기능을 못하게 된 펭귄은 어떻게 해야 하나? 펭귄을 데리고 가진 않을 것이다. 그렇다고 펭귄을 친구의 아파트에 남겨두고 그냥 가는 일은 절대 없을 것이다. 내가 펭귄을 데리고 가려면 펭귄이 탈 오토바이가 필요하다. 마침 오토바이는 내가 아르헨티나에서 사용하는 교통수단이긴 하다. 하지만 불행하게도 오토바이 뒷자리에 앉기에는 펭귄의 뒷다리가 너무 짧다!

나는 바다 조류를 세제로 씻겼을 때 어떤 결과가 생기는지 그에 대한 정확한 정보가 없기도 했지만, 방수 기능이 못 쓰게 된다는 사실이 근거 없는 추측일지도 모른다며 합리화하기 시작했다. 그리고 고민 끝에 펭귄을 다시 바다에 놓아주기로 했다. 새 학기를 위해 그동안 준비했던 중요한 일들을 제대로 해내려면 그렇게 해야 한다. 이 부분은 의심할 나위 없이 확실했다. 펭귄도 다시 바다로 돌아가 새로운 삶의 기회를 얻을 것이다. 내가 펭귄을 데리고 갈 수는 없는 노릇이고, 펭귄도 자기 동족과 함께 있는 편이 더 낫다는 판단이섰다.

욕실로 가보니 욕조에 있던 펭귄이 폴짝폴짝 뛰며 날개를 파닥거렸다. 펭귄의 작은 두 눈이 반짝였다.

"어디 갔다 이제 와! 한참 기다렸잖아. 도대체 날 여기에 두고 어디서 뭘 하다 온 거야?"

녀석이 강아지였다면 꼬리를 살랑살랑 흔들었을 것이다. 녀석은 분명 나를 반가워하고 있었다.

나는 통조림에 부착되어 있는 따개로 통조림을 열고 정어리를 꺼냈다. 그런데 펭귄은 내가 내민 정어리를 거부했다. 정어리를 펭귄의 부리에 넣어주려고 했지만 펭귄은 고개를 요리조리 피했다. 내가 집요하게 주려고 하자 펭귄은 부리를 가슴에 파묻고는 아예 눈을 감았다. 그러더니 갑자기 눈을 번쩍 뜨고는 나를 똑바로 쳐다봤다.

"맛 좀 봐. 네게 간식으로 주려고 사온 정어리야."

펭귄에게 말했다.

"으웩, 역겨워! 저리 치워! 이 쓰레기 같은 건 도대체 뭐야?"

결국 정어리는 포기한 채 펭귄의 몸을 종이타월로 닦아 물기를 없애줬다. 그리고 사라져버렸을지도 모를 방수 기능을 되살려주기 위해 온몸에 버터와 올리브기름을 열심히 문질러 발라줬다. 일단 내 주변에서 동원할 수 있는 모든 방수 가능한 재료를 이용해 펭귄의 털에 흠뻑 스미게 발라줬고 어느 정도 만족스럽게 발라진 후에는 호텔 관리인의 눈을 피하기 위해 펭귄을 쇼핑백에 넣었다. 펭귄과 나는 조용히 아파트를 빠져나와 바다로 향했다.

벨라미스의 아파트에서 해안도로만 건너면 바로 바다였고 그곳 해변에는 바위와 부드러운 모래사장뿐, 기름 쏟아진 흔적도 오염물질을 뒤집어쓴 채 길게 늘어선 펭귄 사체 더미도 없었다.

나는 재빨리 도로를 건너 물가까지 가서 젖은 모래 위에 펭귄을 놓아주고 몇 걸음 뒤로 물러섰다. 그리고 펭귄이 다시 찾은 자유에 행복해하며 신나게 바다로 달려가 힘차게 헤엄을 치는 모습을 기다렸다. 하지만 그런 일은 일어나지 않았다. 펭귄은 내려놓자마자 휙 돌더니 곧장 내게로 걸어왔다. 그러고는 내 얼굴과 눈을 빤히 바라보며 이렇게 말했다.

"이제 겨우 친구가 됐는데 왜 나를 다시 이 죽음의 바다로 보내는 거야?"

"어서 가. 가서 네 친구들을 따라가. 나랑은 같이 못 가."

나도 펭귄에게 말했다. 하지만 펭귄은 내 발 밑에 똑바로 서서 나를 애처롭게 바라봤다.

"난 못 돌아가. 네가 내 방수막을 다 씻어내 버려서 지금 당장은 수영을 못한다고!"

맙소사! 이게 아닌데. 이런 계획은 없었는데. 나는 다시 펭귄을 들어 올려 이번에는 바위 위에 올려놓아 줬다.

"나랑은 같이 못 가. 난 내일 아르헨티나로 돌아가야 해. 월요일이면 출근해야 한다고. 나랑은 갈 수 없어. 얼른 헤엄쳐서 가."

나는 인내심을 가지고 조곤조곤 타일렀다. 몇 발짝 앞에서 대서양에서 불어온 바람에 작은 파도가 일었다가 가라앉았다. 나는 바위 위에 펭귄을 올려두고는 뒤쪽에 조금 더 높은 바위로 올라가 기다렸다. 몇 초 안 있어 다시 파도가 밀려왔고 녀석이 시야에서 사라졌다. 나는 그곳에서 조금 더 지켜보며 기다렸다. 바닷물을 가르며 헤엄을 치는 펭귄을 찾으려고 녀석이 사라진 바다를 뚫어져라 바라봤다. 하지만 얼마 되지 않아 다시 파도가 멀어졌고 펭귄은 보이지 않았다. 수면의 반짝임 때문에 펭귄을 시야에서 놓친 것이 틀림없었다.

"잘 가거라, 작은 친구야. 행운을 빈다. 네 앞날에 이젠 힘든 일 없길 바란다."

친구에게 마지막 인사를 건네고 막 돌아서려는 순간 흠뻑 젖은 채 물에서 버둥거리는 녀석이 눈에 들어왔다. 주위를 빙빙 돌다가 넓은 바다로 나가는 길을 찾지 못한 것이 틀림없었다. 먼 바다로 나가는 길을 쉽게 찾도록 해주려면 좀 더 바다 안쪽으로 들어가 멀리 있는 바위에 올려놓아야 했다.

파도가 자주 부딪히는 바위들을 찾던 중 마침내 몇 초 간격으로 바위 꼭대기에 파도가 밀어닥치는 바위를 찾았다. 이 바위에서라면 분명 펭귄도 더 먼 바다로 나갈 수 있을 것 같았다. 나는 그 바위에 펭귄을 올려놓고 기다렸다. 일 초도 어긋나지 않는 정확한 타이밍이 관건이었다.

이미 해가 어둑해졌고 바닷물도 매우 차가워졌다. 나는 파도가 밀려나갈 때를 이용해 멀리 있는 바위를 향해 갔다. 그리고 마음속으로 초를 계산해가며 내가 갈 수 있는 가장 먼 곳에 펭귄을 데려다주고는 내 자리로 돌아오기 시작했다. 하지만 절반도 채 가지 않아 다리가 젖었다. 내가 발을 디딘 바위에 파도가 덮치는 바람에 균형을 잃고 비틀거리다 얼음장처럼 차가운 바닷물에 무릎까지 젖게 된 것이다. 게다가 파도가 치며 수위가 높아진 바닷물에 아예 허리까지 푹 젖으면서 나도 모르게 탄식이 나왔다.

"젠장!"

간신히 몸을 가누며 해변으로 나오는데 이번에는 미끄러지고 말았다. 미끄러지면서 완전히 풍덩 빠지지 않으려고 필사적으로 한쪽 팔로 바다 밑바닥을 디뎠는데 밑에 날카로운 것이 있었는지 손바닥이 까졌고 몸도 어깨까지 푹 젖고 말았다.

"내가 그렇지 뭐! 뭐 하나 제대로 하는 게 있겠어?"

나 자신을 책망했다.

가까스로 해변으로 나와 서 있는데 바닷바람에 젖은 옷이 펄럭이며 살갗에 차갑게 와 닿았다. 온몸이 오들오들 떨렸다. 신발에는 아예 물이 흥건하게 고였고 청바지도 다리에

찰싹 달라붙었다. 물에 빠질 때 팔이 벗겨지는 바람에 소맷부리에서 대롱거리던 재킷이 모래사장 위로 스르륵 떨어졌다. 나는 망연자실 모래사장에 떨어진 재킷을 바라봤다. 그리고 그곳에서 문득 보게 됐다. 내 옆에 있는 또 한 쌍의 발을.

녀석은 내가 겪은 험한 꼴을 줄곧 지켜보고 있었던 것이다.

"어때, 물이 차갑지?"

"이봐! 너 때문에 홀딱 젖었잖아!"

나는 눈을 치켜뜨고 내 옆에 서 있는 펭귄을 위아래로 노려보며 말했다.

"네가 만들어준 방수막이 전혀 효과가 없더군. 봤지?"

펭귄이 대꾸했다.

나는 펭귄에게 친구들이 있는 곳으로 돌아가라고 소리쳤다. 그러고는 성큼성큼 해변을 가로질러 도로를 향해 갔다. 걸을 때마다 신발에서 물이 뿜어져 나왔다. 그 와중에 '이번에도 제발 관리인이 자리에 없어야 할 텐데' 하는 생각이 들었다. 옷자락에 미역과 해초를 주렁주렁 달고 온몸에 모래범벅이 되어 아파트를 휘젓고 다니는 방문객이야말로 관리인이 가장 먼저 단속해야 할 대상일 테니까.

해변 옆 도로는 약 1미터가량 높이였음에도 계단이 없어서 밑에 튀어나온 돌들을 디디고 올라와야 했다.

해변을 벗어나면서 뒤를 돌아봤다. 그런데 그 새가 뒤뚱뒤뚱 나를 쫓아오는 게 아닌가? 온몸이 흠뻑 젖어 너무 추웠던 탓일까? 아니면 긁힌 손바닥에 짠 바닷물이 스며들어 너무 쓰라렸던 탓일까? 파닥거리며 나를 향해 오는 녀석을 보니 슬며시 반가운 마음이 들었다. 하지만 펭귄에게 도로 벽은 너무 높았다. 펭귄도 넘지 못할 벽임을 깨닫고 다시 바다로 돌아가 제 살길을 찾아야겠다고 생각할 것이다. 야생동물을 찍는 사진가들도 야생동물의 삶에 개입하고 싶은 욕구를 참아가며 자연을 최대한 있는 그대로 관찰만 한다고 하지 않던가. 나 역시 야생을 찍는 사진가처럼 애써 마음을 추슬렀다. 내가 펭귄에게 해줄 수 있는 것은 아무것도 없었다.

나는 도로 위에 자동차 한 대가 지나가는 동안 잠시 기다렸다가 길을 건너 아파트 쪽으로 갔다. 그러고는 흘끗 뒤를 돌아봤다. 그런데 길 건너편에서 그 녀석이 요령 있게 바위들을 요리조리 디디더니 벽을 홀쩍 넘어 내 뒤를 졸졸 쫓아오는 게 아닌가!

"거기 서!"

나는 펭귄과 도로 저편에서 속도를 내며 달려오는 트럭을 향해 소리를 질렀다. 트럭 한 대가 우리 쪽으로 달려오고 있었는데 운전사는 내 고함소리를 듣지도, 펭귄을 보지도 못한 것 같았다. 트럭이 펭귄을 쳤을까 봐 조마조마한 마음으로 길을 살폈다. 다행히 그런 일은 일어나지 않았다. 트럭은 이미 지나갔고 그 자리를 펭귄이 건너고 있었다. 또다시 위험한 일이 닥칠세라 나는 얼른 달려가 녀석을 번쩍 안아서 들어올렸다. 흠뻑 젖은 녀석의 몸은 몹시 차가웠다. 탄식이 절로 나왔다.

"도대체 너를 어떻게 하면 좋으냐?"

내 머릿속에서는 어머니가 잔소리할 때와 비슷한 말투로 나 자신을 꾸짖는 소리가 들려왔다.

'거 봐라. 내가 뭐랬니? 세제로 씻은 바닷새는 물에서 살 수 없다고 했잖아!'

나는 펭귄을 다시 조심스럽게 가방에 넣고 가방 덮개를 덮었다. 그리고 따뜻하게 해주기 위해 가방을 가슴에 꼭 안았다.

아파트 건물 입구로 들어섰다.

"아이고 선생님, 도대체 무슨 일이세요? 괜찮으세요?"

관리인이 책상에서 일어나 내 쪽으로 달려 나오며 걱정스

러운 목소리로 물었다. 그러고는 심란하다는 듯 푹 젖은 옷
과 바닥에 피를 뚝뚝 흘리는 내 손을 번갈아 훑어봤다.

"바다에서 미끄러져 넘어졌지 뭡니까. 괜찮습니다. 정말
괜찮아요. 다행히 뼈는 안 부러졌어요. 얼어 죽겠네요. 얼른
들어가 뜨거운 물에 샤워 좀 해야겠어요."

"바위에서 미끄러지신 건가요? 바위들이 여간 미끄럽지
않거든요. 정말 많이 안 다치셨어요? 괜찮으세요?"

"괜찮아요. 고맙습니다. 아무렇지도 않아요. 얼른 옷이나
좀 갈아입어야겠어요."

나는 둘러댔다. 찌그러진 내 신발 안에는 물이 고여 있었
고 그 안에 모래가 잔뜩 들어 있었다. 관리인이 호들갑을 떨
며 내게 말을 걸다가 펭귄을 발견할까 봐 조마조마했다.

"이런, 제가 입구를 너무 더럽혔네요. 얼른 옷 갈아입고 내
려와 치울게요."

나는 관리인의 대답을 기다리지 않고 계단을 뛰어 올라갔다.

"그냥 두세요, 선생님! 뜨거운 물에 샤워나 하세요!"

관리인이 내 등 뒤에서 외쳤다. 당연히 입구 청소는 관리
인의 몫이었다. 죽으란 법은 없다.

아파트로 돌아온 나는 펭귄을 데리고 욕실로 가서 종이타월로 젖은 몸을 다시 닦아줬다. 나도 얼른 샤워를 하고 젖은 옷가지와 신발을 라디에이터에 올려놓고 말렸다. 그러고는 내가 이곳에 펭귄을 데리고 와서 씻겼음을 알려줄 어떤 단서도 남기지 않기 위해 부지런히 증거들을 없앴다. 다 치운 후에는 짐을 점검하고, 배 예약 시간을 확인했다.

　모든 걸 끝내고 나니 어느덧 저녁 식사 시간이었다. 냉장고에는 사과와 정어리 통조림뿐이었다. 사과도, 정어리 통조림도 휴가 마지막 날 저녁으로는 어울리지 않았다. 원래는 나가서 먹을 계획이었지만 그보다 먼저 펭귄 문제부터 처리해야 했다. 나는 펭귄 깃털이 완전히 말랐는지 확인한 후 다시 욕실로 데려갔다. 딱히 펭귄에게 해줄 수 있는 것이 없었기에 일단 책을 집어 들고는 밖에 나가서 저녁을 먹기로 했다.

　고민 끝에 나는 이 펭귄을 아르헨티나로 데리고 가기로 했다. 몬테비데오에서 펭귄을 맡길 동물원을 찾고, 동물원까지 펭귄을 데려다주고 하기에는 시간이 너무 빠듯했기 때문이다. 게다가 부에노스아이레스에 있는 동물원에 이 펭귄을 맡기면 내가 가끔 보러 갈 수도 있다고 생각하니 차라리 데리고 가는 편이 낫다는 결론이 내려졌다. 모처럼 합리적인 결론에 도달하고 나니 마음이 편안해졌다.

나는 아파트에서 몇 백 미터 떨어지지 않은 곳에 있는 작은 레스토랑에서 우루과이에서 먹는 마지막 식사를 하기로 했다. 감자 칩과 올리브를 곁들인 스테이크와 샐러드, 그리고 내가 제일 좋아하는 건강 음료인 아르헨티나 산 말벡 와인을 주문했다. 아르헨티나 중서부에 있는 아름다운 도시 멘도사Mendoza에서 생산되는 말벡 와인은 내가 주문한 음식에 곁들이기에 더없이 좋았다.

저녁을 먹기에는 조금 이른 시간이었다. 게다가 대화를 나눌 상대도 없던 터라 나는 느긋하게 들고 온 책『갈매기의 꿈』을 펼쳤다. 1970년대 초반 당시 매우 인기 있던 소설이었는데 나는 스페인어 판으로 읽었다. 스페인어 판은『후안 살바도르 가비오타Juan Salvador Gaviota』였다. 하지만 아무리 책에 집중하려 해도 도무지 글자가 눈에 들어오지 않았다. 내 머릿속에는 온통 욕조에 있는 펭귄 생각뿐이었다. 내가 돌아갔을 때 죽어 있는 건 아닐까? 얼마든지 그럴 가능성이 있었다. 그 가련한 녀석은 어마어마한 양의 유독한 기름을 먹었을 것이고 그 때문에 곧 죽을 수도 있었다. 아니, 죽음은 불가피하다. 그렇게 유독한 물질을 흡입하고 온몸에 뒤집어쓴 것도 모자라 동료들이 모조리 해변에서 처참하게 몰살당한 광경을 목격한 정신적 충격도 만만치 않을 것 아닌가.

내가 돌아가면 이미 죽어 있을지도 모른다고 단정 짓고 나니 그의 생애 마지막 몇 시간 동안 내가 저질렀던 만행들이 떠올랐다. 다시 책을 들었지만 내 눈에는 스페인어 책 표지의 단어들만 둥둥 떠다녔다. '후안 살바도르, 후안 살바도르….'

문득 펭귄이 살아 있을지도 모른다는 실낱같은 희망이 생겼다. 그 순간 나는 녀석의 이름을 정했다. 그 이름은 '후안 살바도르 핑귀노Juan Salvador Pingüino(Pingüino는 스페인어로 '펭귄'이라는 뜻 – 옮긴이)'로 그런 이름의 새라면 샘솟듯 희망이 솟구칠 것만 같았다. 내가 그의 이름을 지어준 순간 평생 지속될 우리의 인연도 시작됐다. 그 순간 펭귄은 나의 펭귄이 됐으며 앞으로 어떤 일이 생기든 함께 헤쳐 나갈 친구가 됐다.

나는 남은 음식을 허겁지겁 먹고 계산을 하고는 혹시 생겼을지 모르는 최악의 상황을 상상하며 두려운 마음으로 아파트를 향해 달렸다. 하지만 아파트 현관문을 열자마자 즉시 안도감이 찾아왔다. 날개를 퍼덕이며 욕실을 여기저기 뛰어다니는 녀석의 소리가 들렸기 때문이다. 욕실 문을 열자마자 녀석은 나를 빤히 보더니 특유의 눈빛으로 말했다.

"어이! 반가워! 어딜 그렇게 오랫동안 싸돌아다니는 거야?"

펭귄의 표정을 보니 나도 모르게 미소가 번졌다. 아니, 더 정확하게 말하자면 입이 귀에 걸리도록 웃었다. 마음이 푹 놓였다.

"그래, 후안 살바도르. 나 돌아왔어. 이렇게 잘 있는 걸 보니 나도 반가워!"

"어디 갔다 왔어! 얼마나 기다렸다고!"

포클랜드
또는 말비나스

술집에서 싸우면 좋은 점은 술값이 공짜라는 거

그날 밤 나는 침대에 누워 세관과 국경 검문소에 걸리지 않고 펭귄을 아르헨티나로 데려갈 수 있는 방법을 궁리했다. 생각해보니 내가 아르헨티나에 머문 기간은 6개월 남짓밖에 되지 않지만 아르헨티나에 대해 상당히 많은 지식을 갖고 있었다. 그중에서도 어떤 계기를 통해 알게 된 아르헨티나의 국민 정서를 믿어보기로 했다. 부에노스아이레스의 외곽에 있는 킬메스 지역에서 첫 일주일을 지냈을 적에 나는 아르헨티나에 관해서는 꽤 전문가 수준이었는데, 그때 내 지식의 상당 부분은 새 직장에서 알게 된 동료 교사 유안 맥크리 덕분에 알게 된 것들이었다.

세인트 조지 칼리지St George' College는 영국의 공립학교를 본떠 만든 아르헨티나의 기숙학교로 건물은 식민지 시대의 화려한 양식으로 지어진 것이지만, 어떤 면에서 보면 1920년 대의 모습에서 멈춘 듯한 분위기를 자아낸다. 이 학교는 1898년, 캐논 스티븐슨Canon Stevenson이 아르헨티나에 거주하는 영국인 자녀들을 위해 설립했다. 주로 철도 건설, 냉동 포장 설비, 목장 일 등을 하는 이주민들로 영국에 유학 보내 교육시킬 여력이 되지 않는 사람들의 자녀들이 이 학교에 다녔다.

하지만 1970년대에 이르러서는 학생들 구성이 많이 바뀌었다. 아버지나 할아버지가 그 학교에 다녔고 자신도 영국 혈통이지만, 아르헨티나 이민자 2세대 또는 3세대인 학생들은 더 이상 영국을 '고국'으로 생각하지 않았다. 1970년 대 이후 세인트 조지에 다니는 학생들은 대부분 히스패닉 Hispanic(스페인어를 쓰는 중남미계의 이주민을 뜻하는 말로 라틴아메리 카에서 왔다고 하여 '라티노Latino'라고도 한다 – 옮긴이) 계열의 아르헨티나 가정에서 나고 자란 아이들이었다.

세인트 조지 칼리지는 아르헨티나에 있는 유일한 기숙학교로 영국의 사립학교 협회 중 한 곳인 학교장협회HMC에 소속된 학교다. 매우 배타적이고 학비 또한 어마어마하게 비쌌으며 아르헨티나에서는 최고의 중등교육기관이었던 이 학교는 당시 아르헨티나에 거주하던 이민자 학생들에게는 선망의 대상이었다. 수업은 대부분 영어로 진행됐고 자격을 충분히 갖춘 교사들이 아르헨티나의 정식 교과 과정을 가르쳤다. 자격을 갖췄다는 의미는 아르헨티나에서 지속적으로 교육을 받고, 또한 그 나라에서 직장을 구해 돈을 벌게 될 학생들을 가르치기에 적합한 사람이라는 의미다. 학생들 중 20퍼센트 정도는 'O' 등급과 'A' 등급(영국의 대학입시 등급으로 미국의 SAT와 비슷한 제도-옮긴이)의 수업을 듣는데 이 과정은 모두 영어로만 진행되며 학비를 내는 학부모들 역시 영국인 교사들이 표준 영어로 수업을 진행하기를 바랐다.

유안은 세인트 조지 학교로 부임하던 날 처음 만났다. 우리는 둘 다 그해 부임한 신참 교사였다. 나보다 다섯 살 더 많은 유안은 190센티미터가 넘는 키에 길지는 않지만 제멋대로 자란 짙은 밤색 머리와 수염을 하고 있었는데 진한 밤색과 그의 창백한 피부색은 너무 대조적이었다. 그의 외모는 벨기에 만화 『틴틴TinTin』에 나오는 해독 선장과 아주 많이 닮았다. 물론 외모만 닮았을 뿐 만화 속 해독 선장과는 전혀 다른 성격이다.

유안은 내가 만난 사람들 중 가장 똑똑했다. 그의 지식은 실로 어마어마한데 모든 주제에 관해서 거의 백과사전 수준의 지식을 갖추고 있었다. 그의 지성미가 유독 돋보이는 이유는 그가 북아일랜드, 그의 표현대로 하자면 북아일랜드의 옛 명칭인 얼스터Ulster에 있는 벨파스트에서도 가장 가난한 집에서 자랐다는 점이다. 그의 아버지는 하랜드 앤 울프Harland and Wolf 조선소 직원이었다. 처음 만났을 때 그는 영국 사람인 나조차도 알아듣기 어려울 정도로 심한 사투리를 사용하고 있었다.

유안은 기억력 또한 놀라울 정도로 비상해서 시집이나 책을 단 한 번만 읽고도 근사한 시 구절이나 문장을 그대로 외우곤 했다. 그는 대단히 열정적인 사람이어서 아침 식사 자리에서도 나치에 관해 토론하고 싶어 했는데, 그럴 때마다 정신 바짝 차리고 대꾸하지 않으면 안락사 강요 같은 끔찍한 입장을 지지하는 사람으로 몰리기 십상이었다. 그가 열변을 토하고 있을 때면 나는 부에노스아이레스 항구에서 벌어진 선박 농성 기사 등과 같은 신문 기사를 대단히 흥미롭게 읽고 있는 척하곤 했다. 하지만 유안은 생각보다 좋은 친구였다.

어쨌든 우리는 아르헨티나에 와서 생활하는 동안 점점 서로를 신뢰하게 됐고, 마침내 부에노스아이레스의 중심부를 방문해 우리의 지식을 넓혀야 한다는 결론을 내렸다. 쉽게 말하자면 우리는 부에노스아이레스의 저녁 문화를 경험해 보기로 했다. 합의를 마친 우리는 킬메스 역에서 기차를 타고 당시에는 콩스티투시옹에 있는 시내 터미널로 가서 수브떼라뇨를 줄여 수브떼라고 부르던 지하철을 타고 세계에서 가장 넓은 도로인 '7월 9일 거리Avenue 9th of July'(아르헨티나의 독립일을 딴 도로 이름 - 옮긴이)로 갔다. 그 도로를 중심으로 거리마다 온갖 상점과 영화관, 연극 상영 극장, 식당, 술집들이 즐비했다. 부드러운 바람이 불던 2월의 어느 저녁, 그 거리를 가득 메운 분위기와 음악이야말로 우리 같은 젊은 여행자들이 찾던 신나는 풍경이었다.

우리는 서너 군데 술집에서 맥주를 한두 잔씩 마시고는 식당에서 스테이크를 먹었다. 해가 저물기 시작할 무렵에는 사람들로 북적이는 술집에 들어갔다. 저녁에도 날씨가 따뜻했기에 술집은 출입문을 활짝 열어두었고 사람들의 머리 위로 흐르던 흥겨운 탱고 음악이 거리로 흘러나왔다. 어느 곳에서나 흥에 겨운 사람들이 즐거이 저녁 시간을 즐기고 있었다. 부에노스아이레스에 있는 다른 모든 술집들도 다 비슷한 분위기였다.

우리는 킬메스 지역의 커다란 양조장에서 생산된 맥주를 주문했다. 술집은 붐볐지만 실내는 어두운 편이었다. 마침 식당 구석에 의자 두 개가 비어 있었다. 가서 보니 옆에는 이미 여섯 명의 사내들이 앉아 있었다.

주문한 맥주가 나왔다. 맥주잔과 맥주 두 병, 그리고 모둠 안주가 접시 두 개에 나뉘어 나왔는데 모둠안주라고 해봤자 절인 오이가 대부분이었다. 계산서는 반으로 접혀 안주 접시 아래에 끼워 있었다. 보통 술이나 안주를 새로 주문할 때마다 영수증이 나와 나갈 때 쌓인 영수증을 모두 합해 계산하는 것이 이곳 술집들의 관행이었다.

옆자리에 앉은 사람들을 보니 말쑥한 정장 차림을 한 사람도 있었고 작업복을 입은 사람도 있었다. 옷차림이 그 사람의 사회적 지위며 나이를 그대로 보여주고 있는 듯했다.

그때까지는 대화도 그럭저럭 괜찮았다. 어쨌든 기차에서 지하철로 잘 갈아탔고, 저녁도 먹었고 기분 좋을 정도로 술도 마셨다. 한두 잔만 더 마시면 두려움 없이 다음 수순인 새 친구 사귀기를 할 수 있을 것 같았다.

그리고 얼마 되지 않아 가죽바지를 입은 여성이 우리를 돌아보며 영어로 "헬로!" 하고 인사를 건넸다.

이 다정한 인사는 서툰 대화를 시작해도 좋다는 의미였다. 내 스페인어 실력은 한계가 있었지만 유안은 전혀 그렇지 않았다. 새로 사귄 친구들의 영어 실력도 기초적인 수준이었기에 우리의 대화는 더듬더듬 간신히 이어지는 정도였다.

"맞아요. 부에노스아이레스에는 처음이에요."

"그렇죠. 정말 아름다운 도시라고 생각해요."

"아뇨. 우린 관광객이 아니에요. 여기에서 직장에 다니는데 이곳에 온 지 며칠 되지 않았죠."

그들도 자신들을 소개했다. 이름은 카를로스, 라울, 안드레스 등이었다. 서로 소개를 마친 우리는 대화를 이어갔다.

"네. 이곳에는 정말 아름다운 여성분들이 많은 것 같아요."

"아뇨. 풋볼 경기는 아직 못 봤는데 곧 보려고요. 킬메스에는 좋은 곳이 많네요."

"맞아요. 아르헨티나가 1978년에 월드컵을 개최했었죠."

나는 모조mozo(영어로는 웨이터)를 불러 맥주 두 병을 더 주문했다.

"아, 아녜요. 우린 양키가 아네요. 우린 영국에서 왔어요."

그러자 카를로스가 영어로 물었다.

"아, 가만있자, 그럼 잉글랜드에서 왔어요? 런던 출신인
가요?"

나는 스페인어로 대답했다.

"네, 영국English 사람이지요. 전 울스타Oolsta에서 왔어요."

"오이렐란Oirelan에서 왔지. 아일랜드 출신이잖아."

잉글랜드와 영국을 얼버무려 한 내 대답이 못마땅한 듯
유안의 말에 가시가 돋쳐 있었다.

나야 유안의 말을 가까스로 알아듣는다고 해도 새로 사귄
친구들은 유안의 말이 무슨 의미인지 전혀 알아듣지 못했다.
내가 듣기에도 그의 발음이 슬슬 꼬이기 시작한 것 같았다.
새 친구들을 사귀는 데 별 도움이 되지 못할 말투였다. 나는
재빨리 울스타는 잉글랜드가 아니라 아일랜드에 있는 지역
이라고 설명했다. 이 어색한 상황을 나름 재치 있게 잘 대처
했다고 스스로 뿌듯해하던 나는 그다음 질문에 완전히 쩔쩔
매게 됐다.

"그럼, 당신이 영국 사람이면 말비나스Las Malvinas(포클랜드
제도의 스페인 식 이름 – 옮긴이)에 대해 어떻게 생각하나요?"

아무것도 모르는 애송이 같던 그 시절의 나는 그 사람이

말하는 말비나스, 즉 포클랜드 제도에 대해 전혀 개념이 없었다. 포클랜드 제도는 아르헨티나 남쪽 끝에서 동쪽으로 442킬로미터 떨어진 곳에 있는 섬으로 영유권을 두고 영국과 아르헨티나가 오랜 세월 분쟁을 벌이고 있는 곳이다. 지난 수십 년 동안 포클랜드 전쟁(말비나스-또는 포클랜드-를 최초로 발견한 사람은 푸에고 섬의 원주민으로 알려져 있으나, 이후 영국의 탐험가가 이 섬을 발견하고 기록으로 남겨 영유권을 주장하는 근거로 삼고 있다. 1833년 이후 영국령인 포클랜드에 대해 아르헨티나는 1816년 스페인에서 독립하면서 포클랜드에 대한 영유권도 계승했다고 보고 마찰을 빚다가 1982년 4월 2일 무력 점령을 감행하며 이른바 포클랜드 전쟁이 시작됐다 - 옮긴이)이 재발하지는 않았지만, 나는 아르헨티나 국민들에게 말비나스 섬이 정치적으로 대단히 중요한 의미를 지니고 있다는 사실만 어렴풋이 알고 있는 정도였다.

갑작스러운 질문에 당황한 나와는 달리 유안은 물론 그 섬에 대해 잘 알고 있었다(어련하실까).

"거참! 쓰레기 같은 소리 하고 있네! 한심하긴!"

이러한 유안의 갑작스러운 말투 변화에 친구들의 태도가 확 바뀌었다. 서로 웃으면서 서툰 외국어로 대화를 주고받던 가벼운 분위기가 갑자기 무겁고 심각해졌고 긴장감마저 슬슬 감돌기 시작했다.

대부분 스페인어였고 서툰 영어가 간간이 섞인 그들의 말을 최대한 해석해보면, 영국이 악랄하게 자신들의 영토를 훔쳤으며 엘리자베스 여왕의 명령을 받고 탐험하던 프랜시스 드레이크Francis Drake는 다른 사람의 금을 약탈했다는 비난이었다.

방대한 지식으로 중무장해서 토론에서는 적수가 없던 유안은 커다란 목소리로 그들의 의견을 반박하기 시작했다. 그는 스페인의 조상들이 남아메리카 대륙을 식민지 삼았던 아픈 역사를 지적했다. 유안은 그들이 자신들만의 '명분'과 '권리'로 남아메리카 대륙 원주민에게 저지른 짓은 학살이나 다름없다고 주장했다.

나는 깜짝 놀라 주변 눈치를 살폈다. 이제 상황은 내 손을 떠나 있었다. 높은 언성이 오갔고 가게 안에 있던 다른 손님들이 우리를 보는 시선도 싸늘해졌다. 바로 전날 밤 내가 아르헨티나에서 받았던 따뜻한 환대와는 극명하게 대조적인 분위기였다. 그때 체격 건장한 사내들이 한창 논쟁이 벌어지고 있는 우리 테이블로 걸어왔다. 오늘 밤이 내가 기대했던 그런 밤이 되지 않으리라는 불안이 엄습해왔다.

유안의 목소리는 점점 더 커졌으며 자기 의견의 타당성을 주장할 때마다 테이블을 쾅쾅 내리치기까지 했다. 물론 얼른 이 자리를 뜨자는 내 다급한 간청은 듣지도 않았다. 그는 우리 테이블 쪽으로 다가오고 있는 건장한 사내들의 존재는 고사하고 노골적으로 우리에게 적대적인 표정을 짓고 있는 주변 사람들의 시선도 아랑곳하지 않았다. 함께 이야기를 나누던 친구들도 더 이상 우리와 논쟁을 벌이고 싶지 않다는 표정이 역력했다. 그중 몇몇은 오히려 자신의 친구를 말리며 그냥 무시하는 게 상책이라고까지 말했다.

　카를로스가 우리에게서 휙 등을 돌리며 스페인어로 말했다.

　"오케이, 야, 수피씨엔떼! 바스따bastar! 노 께레모스 하블라르 마스 꽁띠고, 데할로. 바스따! 바스따!"

　이 말은 '알았어, 됐어! 충분히 알아들었다고! 더 이상 너랑은 영어로 말하고 싶지 않아. 이제 그만해! 됐다고!' 하는 의미였다.

　"뭐? 너 지금 '개자식bastard'(스페인어로 'bastar'는 '충분한'의 의미로 영어의 'enough'인데, 영어의 'bastard'와 발음이 비슷하다 – 옮긴이)이라고 했냐? 엉? 개자식?"

　그 순간 마치 자전거에서 넘어지는 순간처럼 시간이 끔찍하게도 천천히 흘러갔다. 그리고 나는 이 피할 수 없는 충돌을 막기에는 너무 무력했다. 느닷없이 유안이 소리를 지르며 주먹을 휘둘렀다. 이 동작을 하면서 유안은 다른 한 손으로 맥주병 목을 잡고 테이블 모서리에 내리쳐 병을 깨뜨리면서 끔찍하고도 극악무도한 무기까지 만들었다. 유안이 한 손으로 카를로스의 가슴께를 움켜잡았을 때 다른 한 손에서는 단면이 날카롭게 부서진 병이 빛나고 있었다.

갑자기 경호원 한 명이 달려들어 곤봉으로 유안의 팔을 내리쳤고 그 바람에 그의 손에 들려 있던 유리병이 바닥에 떨어져 산산조각이 났다. 그러자 다른 두 사람이 달려들어 유안의 머리와 어깨를 제압했고 또 다른 한 명은 내 목덜미를 움켜쥐었다. 눈 깜짝할 사이에 의자며 테이블들이 뒤집어지고 유리잔들이 바닥에 떨어져 산산조각이 나며 가게 안은 아수라장이 돼버렸다. 그 안에 있던 손님 몇몇이 가세해 유안을 거리로 내동댕이쳤다. 190센티미터가 넘는 거구의 유안이 땅바닥에 쿵 하고 떨어졌다. 나는 그냥 순순히 내쫓겼다.

유안의 몰골은 처참했다. 너무 순식간에 벌어진 일이라 방금 전 무슨 일이 벌어진 건지 정신이 하나도 없었다. 유안은 천천히 일어나더니 비틀거리며 걸었다. 그러고는 정말 어이 없게도 웃음을 지었다. 거기에 한술 더 떠 노래까지 부르기 시작했다. 유안은 진심으로 그 순간을 즐기고 있었다.

나는 큰 충격을 받았다. 나로서는 도무지 상상도 못할 상황이었다. 솔직히 말해 나는 싸움이라면 아주 질색하는 편이다. 나는 잉글랜드 남동부에 있는 서섹스Sussex의 작은 산골 다운스Downs 출신의 시골 소년이다. 살면서 단 한 번도 사내들과 툭탁거리다가 주먹다짐을 벌여서 퀸즈베리 규칙Queensberry Rules(영국 퀸즈베리 후작이 존 그레이엄 첸버스에게 명해 만든 규칙으로 현재 복싱 규정의 기초가 됐다 - 옮긴이)에 따라 중재를 받아본 적이 없었다.

나는 최대한 빠른 걸음으로 기차역을 향해 갔다. 선선한 저녁 공기에 술도 확 깼다. 그때까지도 유안은 길거리에 서서 비틀거리며 가게 앞에 서서 양팔을 허리에 걸치고는 출입구를 막고 있는 경호원들을 보고는 "이 개자식들!"하고 고래고래 소리를 지르며 손가락으로 'V'자를 해 보였다(아르헨티나에서 V는 아무 의미도 없다).

나는 최대한 빨리 걸었다. 얼마 지나지 않아 유안이 나를 따라왔다.

"어이! 어딜 그리 바삐 가시나?"

"학교로 돌아간다. 왜!"

나는 그에게 눈길도 주지 않고 말했다. 더 이상 그와 동행하고 싶지 않았다. 머릿속으로는 둘이 나왔다가 혼자 들어가면 교장선생님에게 뭐라고 변명해야 하나 하는 생각뿐이었다. 그런데 그 순간 슬그머니 그에 대한 일말의 책임감 같은 것이 느껴졌다. 내가 그냥 가버린다면 적개심 가득한 사람들 틈에 그가 혼자 남겨질 수도 있기 때문이다.

"한잔 더 하는 게 어때?"

"뭐라고? 더 마시자고?" 나는 화들짝 놀랐다. "싫어! 안 마셔! 난 이런 저녁을 기대했던 게 아니라고!"

나는 냉정하게 쏘아붙였다.

"그 녀석이 날 보고 '개자식bastard'이라고 했다고. 그걸 어떻게 참아. 참아야 하는 거야? 딸꾹."

유안은 분하다는 투로 말했다.

"그 사람은 너한테 '개자식'이라고 한 게 아니야. 바스따 basta라고 했다고. 스페인어로 바스따는 충분하다는 뜻이야. 네가 완전히 과잉반응을 한 거라고."

그렇게 말하면서 말끝에 '알아들었냐? 이 개자식아?'라고 덧붙이려다가 참았다. 혹시 주변에 술병들이 나뒹굴고 있을

지도 모를 일이지 않은가.

유안은 거의 텅 빈 기차에 앉아 얼굴과 손을 문질렀다. 길거리에 내동댕이쳐질 때 꽤 심하게 긁힌 것 같았다. 그는 소매를 걷어 올려 팔에 난 멍을 내게 보여줬다. 경호원이 곤봉으로 때릴 때 생긴 자국이었다.

"나쁜 자식들."

그는 중얼거렸다. 그러더니 이렇게 덧붙였다.

"가다가 작은 술집 있으면 들러서 한잔 더 할래?"

"싫거든! 정말 싫다고! 내 평생에 또다시 길바닥에 내동댕이쳐지고 싶지 않아!"

그는 마치 살면서 법규를 위반해서 내동댕이쳐진 일을 단 한 번도 겪지 않은 사람을 처음 본다는 듯, 미심쩍은 눈으로 나를 흘끗거렸다.

"도대체 술병을 그렇게 깨는 건 어디서 배운 거야?"

나는 유안의 두 모습, 그러니까 학구적이고 지적인 유안과 술에 취해 엉망이 된 유안의 상반된 모습이 도무지 연결되지 않아 물었다. 그가 진지한 말투로 대꾸했다.

"내 고향에서는 엄마 젖 먹을 때부터 그래."

그의 그럴싸한 말투보다는 술병이 자칫 사람을 크게 다치게 할 수 있는 무기라는 생각에 몸서리가 쳐졌다. 그는 창 밖으로 스쳐가는 불빛들을 보면서 다시 노래를 부르기 시작했다. 나는 최대한 그와 일행이 아닌 척했다.

잠시 뒤 조용히 있던 유안이 다시 입을 열었다.

"나랑 같이 지내면 앞으로도 계속 좋은 일이 생길 거야, 친구!"

기가 막혔지만 딱히 대꾸는 하지 않았다. 도대체 무슨 생각으로 저런 말을 하는 걸까?

"넌, 오늘 밤 공짜 맥주를 먹은 거라고. 내 덕분에 말이야, 임마! 알아들었어? 너 나한테 빚진 거라고."

유안이 말했다.

정말 그랬다. 그러고 보니 우린 맥주 값을 내지 않았다. 몇 병이나 먹었냐고? 한 사람 앞에 두세 병 정도? 더 끔찍한 것은 이제 내가 이 실없는 허풍쟁이 녀석에게 빚까지 졌다는 사실이었다.

나는 그의 그 끔찍한 발상에 충격을 받았다. 하도 어이가 없어 말문이 막힐 지경이었다. 상황을 더 나쁘게 만드느니 차라리 입을 닫고 그와 말을 섞지 않는 게 상책이라는 생각이 들었다. 그리고 그것은 그가 나를 상대로 '장군'을 불렀는

데 내가 '멍군'을 하지 못한 첫 순간이었다. 장군이건 멍군이건 간에 나는 그와 다시는 어디에도 가지 않으리라 결심했다. 하지만 그날 나는 그에게 매우 귀중한 사실을 배웠다. 그날 이후로 나는 포클랜드 제도와 아르헨티나의 뜨거운 애국심에서 나온 민족주의를 깊이 이해하게 된 것이다.

지금 나는 내일 이른 시간에 떠나는 배를 타기 위해 침대에 누워 있다. 마음속으로 후안 살바도르를 우루과이에서 최대한 멀리 벗어나게 하려는 전략을 짜면서 말이다. 전략의 세부적인 부분은 조금씩 다듬어야겠지만 어쨌든 이 계획은 내가 유안 맥크리에게 빚을 졌다는 사실을 입증하는 계획이 될 것이다.

이상한
동행

탈출은 꽤 순조로웠지만 가끔 얼굴이 빨갛게 달아올랐다

다음 날 아침 5시, 알람시계가 울렸다. 후안 살바도르를 아르헨티나로 데리고 가는 것이 옳은 결정이라고 거듭 확신하며 잠자리에 들었지만 막상 앞으로 어떤 일들이 닥칠지 알수 없으니 불안했다. 동이 트기 전이라 아직 밖은 어두웠다. 나는 펭귄이 밤새 무사히 잘 살아 있는지 확인하기 위해 후다닥 일어나 욕실 문을 열었다. 욕실에 들어서자마자 나도 모르게 환하게 웃었다. 녀석이 나를 반기며 뛸 듯이 기뻐하고 있었기 때문이다. 후안은 날개를 파닥이며 욕조에서 팔짝팔짝 뛰었고 고개를 까닥거리며 나를 바라봤다. 한 번은 왼쪽 눈으로 또 한 번은 오른쪽 눈으로.

"어이! 안녕하신가! 잘 잤어? 우리 조금 늦잠 자지 않았어? 뭐 아예 못 일어난 것보다야 낫겠지만. 아무튼 지금 출발해야 할 것 같은데. 자, 오늘 일정은 뭐야? 뭐 신나는 새로운 일이라도 있는 거야?"

후안이 말했다.

"오늘 우린 배를 타고 아르헨티나로 돌아가야 해. 그러니 친구야, 오늘 처신 잘하라고. 처신만 잘하면 다 괜찮을 거야. 스페인어는 내가 다 알아서 할게. 알았지?"

나도 대답했다.

나는 짐을 꾸린 다음 후안 살바도르를 목욕할 때 사용했던 가방에 넣고, 마지막으로 아파트를 한 번 더 점검한 후 문을 잠갔다. 아직 싸늘하고 어두운 새벽 공기를 가르며 버스 정류장을 향해 가면서 부디 벨라미스가 욕실에서 펭귄이 목욕했던 흔적을 발견하지 못하기를 간절히 바랐다. 나는 그날의 흔적을 없애기 위해 최선을 다했고 단 한 점의 증거도 남기지 않았다. 다만, 바닷새 특유의 냄새는 어쩔 수 없었다.

나는 도로 끝까지 걸어가서 잠시 머뭇거렸다. 그곳에 살아 있는 다른 펭귄은 없었다. 짙은 잉크색이 감도는 검푸른 바다 위로 배가 부드럽게 미끄러지듯 들어오는 소리가 들렸다.

동쪽 하늘에서는 새로운 날의 태양이 서서히 주위를 밝히기 시작했다.

내 앞에는 두 개의 커다란 갈림길이 놓여 있었다. 그리고 나는 선택해야 했다. 일단 선택하게 되면 다시 돌이킬 수 없다. 한 길은 곧고 완만하며 평탄하고 굴곡도 없는 길이다. 내가 할 일은 그저 해변으로 되돌아가 펭귄을 놓아주는 것이다. 펭귄은 그곳에서 방수가 되지 않는 털에 흠뻑 스며든 물이 증발하면서 생긴 냉기로 금방 얼어 죽을 테지만, 나는 신속하게 다시 버스 정류장으로 오면 된다. 어차피 죽을 펭귄이었고 나는 그저 최선을 다했을 뿐이라고 변명하면 된다. 그렇지 않은가? 무엇을 더 바란단 말인가?

하지만 같은 지점에서 다른 쪽으로 난 길도 보인다. 진흙투성이에 엉망진창인 길이다. 가시덤불과 철망들이 뒤얽혀 있고 길도 구불구불해서 한 치 앞도 내다볼 수 없다. 하지만 그 길은 후안 살바도르에게 삶의 기회를 주는 길이다. 이게 선택이라고? 무슨 이따위 선택이 있단 말인가?

숲 속에 두 갈래 길이 있었고, 나는
사람들이 적게 간 길을 택했다고

그리고 그것이 내 모든 것을 바꾸어놓았다고

　　　　　　　　　－ 로버트 프로스트의 「가지 않은 길」 중에서

　한 손에는 굳은 다짐을 또 다른 한 손에는 펭귄이 든 가방을 든 채 나는 새벽 어스름을 뚫고 버스 정류장으로 향했다. 시간이 이른 탓인지 몬테비데오로 가는 사람은 많지 않았고 그나마 몇 명 있는 사람들도 모두 잠에서 덜 깬 듯 부스스한 모습이었다. 신문지와 끈으로 둘둘 만 짐을 들고 있는 내 모습도 정류장 풍경과 잘 어울렸다. 콜렉티보가 도착하고 출발 예정 시간에서 10분을 넘기지 않고 출발했다. 버스에는 승객이 절반가량 차 있었다. 나는 내 또래쯤 되어 보이는 예쁜 여성 옆자리에 앉았다. 버스에 올라타자마자 그녀가 나를 향해 생긋 웃어줬기 때문이다.

　남아메리카에 있으면서 뼈아픈 경험을 통해 얻은 교훈이 있다. 절반쯤 찬 버스에서는 다른 누군가에게 옆자리 사람을 선택할 운명의 결정권을 주지 말고 내가 옆자리 사람을 선택해야 한다는 것이다. 즉, 누가 옆에 앉을지도 모르는 빈 의자에 앉지 말고 누군가 앉아 있는 의자 중 내가 앉을 자리를 골라야 한다는 사실을 깨닫게 된 적이 있다.

이 사실을 몰랐을 때, 볼리비아에서 나는 실수를 하고 말았다. 그날 내가 탄 버스에 아주 거대한 체구의 여성이 탑승했다. 챙 넓은 모자에 알록달록한 숄을 두른 그 여성은 세 명의 아이들과 더불어 암탉 여러 마리와 돼지 한 마리까지 데리고 탔는데 돼지와 닭들은 모두 여러 개의 상자에 담겨 있었다. 그리고 독자 여러분의 짐작대로, 그 여성은 다른 모든 빈자리를 내버려두고 내 옆자리에 앉았다. 물론 그녀는 자신에게 할당된 의자 한 칸을 넘어 내 자리까지 침범했다. 나는 연신 몸을 꼼지락거리며 그녀를 밀어내려 안간힘을 써야 했으며 다섯 시간 내내 통제가 되지 않는 아이들과 상자 속의 살아 있는 동물들을 통제하고 재정비하느라 소리를 질러대는 그녀를 견뎌야 했다.

하지만 이번 경우에는 모든 짐을 다 배낭에 넣고, 후안 살바도르가 들어 있는 가방은 따로 들고 있는 상황이었다. 나는 망으로 된 가방 위에 커다란 갈색 종이봉투를 거꾸로 덮어씌웠고 윗부분에 구멍 두 개를 내서 그리로 망 가방의 손잡이만 나오도록 해서 내부를 철저히 감췄다. 누군가에게 어째서 망 가방에 펭귄을 넣어서 옮기고 있는지 구구절절 설명하기 싫었기 때문이다. 또한 조금이라도 참견할 틈이 보이면, 분명 선의로 하는 말이긴 하겠지만 '나라면 그렇게 하지 않을 거요' 하며 참견하는 수많은 이들의 잔소리를 견디기 싫었기 때문이다.

주사위는 던져졌다. 펭귄을 데리고 간다는 사실은 이제 정해진 사실이며 절대 변하지 않을 것이다. 나는 무슨 일이 있어도 펭귄을 아르헨티나로 데리고 갈 것이다. 그를 혼자 살도록 내버려두지 않을 것이다. 바닷가에서 물에 뛰어들지 못하고 주저하던 펭귄의 모습에서 그가 그곳에서 살 수 없음을 확인했다. 나는 후안 살바도르가 바닷가의 삶을 원하지 않는다고 생각했다. 그런 선택으로 더는 기름을 뒤집어쓰지 않는다 하더라도 굶어 죽을 수도 있다. 내가 후안을 만난 이후 최소한 열두 시간 동안은 확실히 아무것도 먹지 않았으며, 우리가 만나기 며칠 전부터 아무것도 먹지 못했을 수도 있다. 하지만 설령 후안이 잘못된다 하더라도 건성으로 노력을 기울이기는 싫었다. 나는 이 문제만큼은 다른 누구와도 논의하고 싶지 않았고 누구에게도 변명하거나, 반박하거나, 조언을 듣지 않을 참이었다.

버스로 몬테비데오로 가는 데는 몇 시간 걸리지 않았다. 해가 뜨면서 날씨가 따뜻해졌고 창밖으로 작은 시골 마을과

농촌 풍경이 스쳐 지나갔다. 그리고 얼마 지나지 않아 나는 내 옆자리에 앉은 예쁜 여성과 스스럼없이 이야기를 나누며 시간을 보냈다. 그녀의 이름은 가브리엘라였고 몬테비데오에 있는 이모를 보러 가는 길이라고 했다. 특별한 이야깃거리는 없었다. 가브리엘라나 다른 어떤 승객도 후안 살바도르의 존재에 대해 알아차리지 못했다. 내 다리 사이에 놓아둔 망 가방 속에서 갈색 종이봉투를 뒤집어쓴 채 숨어 있는 그를 말이다.

그런데 몬테비데오 터미널 도착을 조금 앞두고 갑자기 버스 안에 비린내 비슷한 냄새가 훅 퍼졌다. 승객들은 킁킁거리며 누가 시장에서 산 물고기를 제대로 포장하지 않았는지 보려고 주위를 두리번거렸다. 그러다가 그 냄새가 비린내보다 훨씬 더 고약한 냄새라는 사실을 알게 된 승객들은 자신들이 뭔가 더러운 것을 밟은 건 아닌지 확인하기 위해 발밑을 살펴보기 시작했다. 이 소동 속에서 단 한 명만이 볼이 발갛게 달아오른 채 태연하게 앉아 있었다. 그 버스 안에서 고약한 냄새의 원인이 버스 바닥에 실례를 한 펭귄 때문이라는 사실을 아는 사람은 오직 한 사람뿐이었다. 하지만 나는 이 사실을 승객들에게 알리지 않기로 했다.

내 옆자리에 앉은 가브리엘라는 자연스럽게 나를 그 고약한 냄새의 주범이라고 생각했다. 그녀는 더럽고 불쾌하다는 표정으로 나를 바라봤지만 내가 그녀에게 해줄 수 있는 말은 없었다. '제발 그런 표정으로 날 보지 말아요. 이 고약한 냄새는 내가 아니라 펭귄 때문이라고요!' 하고 털어놓을 수도 없는 노릇이었다. 버스는 이제 터미널 주차장에 주차하고 있었고, 아무리 가브리엘라가 예쁘다고 해도 그녀를 믿고 내 비밀을 털어놓기에는 우리가 만난 시간이 너무 짧았다.

　고맙게도 버스가 멈추었다. 나는 그동안 무슨 일이 벌어졌는지, 펭귄이 버스 바닥을 얼마나 지저분하게 했는지도 확인하지 않은 채 가방을 꽉 움켜쥐고는 도망치듯 내렸다. 가브리엘라에 대한 모든 생각들, 그녀와 잘됐을 경우에 일어날 수 있는 모든 가능성도 버려둔 채 말이다.

　나는 골목길로 숨어들어 광장 이정표만 보고 따라 걸었다. 유리로 된 건물이며 나무와 의자가 있는 도시 광장에 이르자 비로소 안심이 됐다. 식민지의 모습이 남아 있는 소박한 도시였지만 꽤 아늑하고 편안해 보였다. 광장을 마주 보고 있는 거리 한쪽으로는 바로크 양식의 아름다운 대성당이 있었다. 하지만 무엇보다도 좋았던 건 탁 트인 맑은 공기였다.

거리에 즐비한 노천카페며 식당에서는 간단한 아침 식사와 커피를 즐길 수 있었다. 나는 그중 한 곳에 앉아 커피와 식사를 주문했다. 종이로 덮어둔 망 가방을 슬쩍 보니 아주 작은 표시를 제외하고는 펭귄이 들어 있다는 표시가 전혀 나지 않았다. 의심의 눈초리들로부터 가방 안에 든 것을 교묘히 감춘 나는 아주 슬쩍 종이봉투를 들춰 안을 들여다봤다. 그러고는 더없이 행복한 표정을 짓고 있는 후안의 모습에 마음을 푹 놓았다. 스트레스를 받았다는 징표도 없었으며 가방에서 벗어나려고도 하지 않았다. 그저 꼼짝 않고 가만히 서서 나를 응시했다.

"아직 멀었어?"

녀석은 버스에서 실례를 한 것에 대해서는 조금도 가책을 느끼지 않는다는 듯한, 아주 천연덕스러운 표정으로 물었다. 나는 펭귄에게 따졌다.

"내가 도대체 펭귄을 데리고 뭘 하고 있는 건지 모르겠다! 내가 얼마나 당황스럽고 창피했을지 생각은 해봤어, 후안 살바도르?"

후안은 내가 겪은 고통에는 아무 관심이 없다는 듯 심드렁하게 나를 바라봤다.

나는 한숨을 푹 내쉬었다. 그래 봐야 어쩔 도리가 없다는 사실을 인정해야 했다. 주사위는 이미 던져지지 않았는가? 물러설 곳은 없다. 결국 다 내 탓이다. 이젠 무슨 일이 있어도, 어떤 어려움이 닥쳐도 이겨내고 대처해야 한다. 게다가 더 나쁜 상황도 얼마든지 생길 수 있었다. 충분히 그럴 수 있었다.

"이제 다음 차례는 배를 타는 거야. 아주 재미있을 거야. 그런데 내 이렇게 부탁할게. 이번에는 제발 사람 놀라게 하지 좀 말아줘, 응?"

한 시간 안에 선착장에 가야 했기에 나는 다시 종이봉투로 후안 살바도르를 덮고 아침 식사를 즐겼다. 식사를 하며 주위를 둘러봤다. 김이 모락모락 나는 뜨거운 커피가 나왔다. 따스한 커피의 온기에 마음까지 녹는 기분이었다.

당시 남아메리카에서는 학교에 다니는 대부분의 남학생들은 축구를 하는 시간을 제외한 나머지 시간에는 일을 해서 집에 돈을 보태는 것이 관행이었다. 그러다 보니 도시는 구두닦이 소년들로 넘쳐났다. 이러한 관행은 모두에게 깨끗한 구두를, 어린 학생들에게는 약간의 돈을, 남는 일손에게는 일자리를 제공했다.

구두닦이 소년 중 한 명이 나를 보더니 달려와 내 앞에 직접 만든 나무 상자를 의자 삼아 앉았다. 손잡이는 펼치면 두 배로 넓어져 손님이 발을 올려놓는 발판으로 사용할 수 있도록 나름 신경 써서 만든 상자였다. 보통 이러한 거래에서는 별다른 말이 오가지 않는다. 손님이 상자에 발을 올려놓으면 암묵적으로 거래가 성립된다. 신발을 닦을 생각이 없으면 구두닦이 소년에게 눈길을 주지 않으면 그만이다. 그러면 소년은 불쾌한 내색 없이 조용히 다른 곳으로 옮겨간다.

나는 상자에 발을 올려놓았다. 그리고 소년은 일을 시작했다. 소년은 힘을 줘 구두에 묻은 먼지를 닦아냈고 몸에 밴 알뜰함으로 최소량의 광택제를 구두 솔에 묻혀 광을 내기 시작했다. 그러고는 어느 한 곳이라도 놓칠세라 구슬땀을 흘려가며 열심히 문질렀다. 이 정도면 돈을 받아도 될 정도로 잘 닦았다 싶으면 검은 구두 솔로 손님의 구두를 톡톡 두드린다. 다른 발을 올려놓으라는 신호다.

신호를 받고 다른 발을 올려놓은 나는 후안 살바도르를 들키지 않고 배로 수송할 방법을 궁리하기 시작했다. 족히 세 시간 이상은 걸리는 여정이었다. 겨울 햇살을 받으며 광장 한편에 앉아 있던 나는 조금 전 버스에 후안 살바도르의 배설물을 그냥 남겨두고 온 것이 마음에 걸렸다. 몬테비데오 경찰들이 총동원돼서 펭귄을 수송한 사람을 추적하고 급기야 지명수배까지 내리는 것이 아닌가 하는 생각도 들었다. '짧은 머리의 유럽인, 붉은색 스키 점퍼와 청바지 차림이며 망 가방에 펭귄을 넣고 다님' 이렇게 말이다. 그렇게 생각하니 내 차림이 조금 눈에 띄는 것 같기도 했다.

구두를 닦던 소년이 다시 내 발을 톡톡 쳤다. 구두를 다 닦았다는 신호였다. 나는 구두를 살펴본 후 소년의 손에 얼마간의 돈을 쥐어줬다.

구두닦이 소년들은 일을 마치면 그 자리에서 어슬렁거리지 않는 것이 관례였다. 기껏해야 한 손님당 1~2분가량을 소비하는데 일을 마치고 나면 부지런히 다른 손님을 찾아가야 하기 때문에 그 이상을 머무르는 경우는 드물다. 받은 돈에 대해서도 이러쿵저러쿵하지 않는다. 다음 손님을 찾아 휙 가버린다. 하지만 이 소년은 그 관례를 깼다.

"선생님."

나는 흠칫 놀라 소년을 바라봤다. 〈올리버 트위스트〉 속 소년과 쏙 빼닮은 모습이었다.

"저, 선생님 가방 안에 있는 게 펭귄 맞나요? 저, 한 번 봐도 될까요?"

앉아 있던 그의 눈높이에서 후안 살바도르의 발이 보였던 것이다.

나는 주위에 아무도 없음을 확인한 후 소년이 살짝 들여다볼 수 있도록 종이봉투를 약간 들어 올려줬다. 소년과 펭귄은 침묵 속에서 서로 얼굴을 마주 봤다. 그 광경을 지켜보고 있자니 마치 그 둘 사이에 언어를 초월한 대화가 오고 가는 것 같았다. 소년과 새는 그들만의 언어로 대화를 나누고 있었다.

그리고 얼마 지나지 않아 그 감흥은 깨졌다. 불과 조금 전, 내가 나 자신에게 했던 질문이 소년의 입에서 흘러나왔기 때문이다.

"왜 펭귄과 같이 있는 거예요?"

그가 어디까지 알고 있는 걸까? 펭귄이 소년에게 무슨 말을 한 걸까? 나는 대답하려고 했다.

"응… 그러니까… 왜 그런 거냐 하면…."

한마디를 할 때마다 입이 바싹 말랐다. 그러게, 왜 나는 몬테비데오 한복판에서 가방 안에 펭귄을 담아가지고 있는 걸까? 나는 다시 입을 열었다.

"그건 말이지…."

"아, 영국 분이셔서 그렇군요."

소년이 알았다는 듯이 고개를 끄덕이며 마치 학교 선생님이 대답을 못하고 우물쭈물하는 학생을 대하듯 상냥하게 내 대신 대답을 해줬다. 그건 질문이 아니라 대답이었다.

"얘야."

나는 대답을 하려고 입을 열었다가 원래 하려던 대답 대신 이렇게 말했다.

"아니다. 신경 쓰지 마라. 지금 나는 이 새를 넣을 튼튼한 비닐봉지가 필요한데 그런 봉지를 구해다주면 50페소를 주마."

소년은 나를 똑바로 바라봤다. 아마도 내게 비닐봉지를 구해다주는 데 걸리는 시간에 다른 손님들을 찾아 일을 할 경우 얼마나 돈을 더 벌 수 있는지를 비교하고 있는 것 같았다. 그러고는 으레 그렇듯 흥정을 해왔다.

"100페소 주실 수 있으세요?"

소년이 물었다. 장난기 가득한 얼굴로 뻔뻔한 웃음을 짓고 있는 소년의 얼굴에 달라붙은 먼지들이 햇살을 받아 빛나고 있었다. 흥정에서 너무 쉽게 항복하는 것은 내 규칙에도 어긋나는 일이었다.

"물론이지. 다만 조건이 있다. 내가 커피를 다 마시기 전까지 바로 이 자리로 가져다줘야 한다."

나는 소년에게 내가 주도권을 쥐고 있음을 확인시켜 줬다. 소년은 한마디 대꾸도 없이 내 컵에 커피가 얼마나 남았는지 확인하더니 쏜살같이 달려갔다.

나는 느긋하게 아침 식사를 마치고는 빙긋이 미소를 지었다. 저 멀리서 소년이 딱 적합한 봉지를 들고 달려오는 모습이 보였기 때문이다. 나는 소년에게 200페소를 줬고 소년은 깡충깡충 뛰며 입이 귀에 걸리도록 함박웃음을 지었다.

내가 탈 배는 쾌속정으로 스페인어로는 알리스까포aliscafo라고 부른다. 몬테비데오와 부에노스아이레스를 오가는 이 배에서, 어찌하다 보니 펭귄을 여행 동반자로 삼게 된 나는 국경 세관원에게 들키면 어떻게 해야 할지를 궁리하고 있었다. 배는 매우 시끄럽고 덜컹거리는 데다가 배기가스로 말미암아 창에는 먼지가 덕지덕지 붙어 있어서 승객들이 배로 이동하는 동안 할 수 있는 일이라고는 앉아서 혼자 생각하는 일 외에는 딱히 없었다. (참으로 다행스럽게도) 대화는 거의 불가능했으며 독서도 어려웠다. 시끄러운 엔진 소리와 플레이트 강을 건너는 세 시간 내내 불어대는 차가운 바람 때문에 감각은 거의 마비될 지경이었고 다른 일은 아무것도 할 수 없었기에 나는 침착하게 다음 난관을 어떻게 넘을지 찬찬히 생각할 수 있었다.

먼저 나는 펭귄의 습성에 대해 생각했다. 그리고 유안과 함께 술을 마셨던 날 밤을 떠올리며 서서히 계획을 완성시켜 나갔다. 나는 후안 살바도르를 잘 감춘 채 신고서에 '신고할 것 없음'에 표시하고 유유자적 걸어 나갈 것이다. 만약 일이 틀어져 후안이 발각되면 나는 이렇게 설명할 것이다. 펭귄은 본래 철새이니 이 '아르헨티나' 펭귄을 본래 있던 곳으로 옮기는 것이라고. 이 펭귄에게 어찌해서 불행한 일이 닥쳤고, 다친 펭귄이 회복하는 동안 나와 함께 있는 것이라고 말이다. 펭귄은 다시 야생으로 돌려보낼 것이라고 말할 것이다. 실제 나의 계획은 부에노스아이레스에 있는 동물원에 펭귄을 맡기는 것이었지만 말이다. 그리고 나는 이렇게 말할 것이다.

"설마 이러한 인도적 조치가 법률에 위배되는 것은 아니겠지요?"

나는 이 펭귄이 '아르헨티나' 새임을 강조해서 세관원의 애국심에 호소할 생각이다. 이전에 술집에서 벌어졌던 싸움을 통해 알게 된 그 정서에 말이다. 내가 무슨 생물학 무기를 이용한 테러 행위를 저지르거나 외래종 조류를 밀반입하는 것이 아님을 잘 설명할 수 있기만을 바랐다. 그렇게 준비를 하고 어느 정도 느긋해진 나는 모든 것을 신의 섭리에 맡기기로 했다. 하지만 그 섭리에 다소 의구심이 들기는 했다.

아르헨티나 세관과 출입국관리소는 다른 나라들과 크게 다르지 않았다. 요즘은 공간도 좀 넓어지고 입국하는 사람들에게 정중하게 대하지만 그때 당시의 세관과 출입국관리소는 그다지 유쾌한 장소가 아니었다.

내게 부에노스아이레스 부두 아래쪽에 있는 암울한 분위기의 이민국사무실은 낯선 곳이 아니었다. 아르헨티나에 도착했을 때 내게는 방문비자뿐이었다. 외국인 취업 허가증과 거주 허가를 받으려면 반드시 이민국의 승인을 받아야 했다. 따라서 외국에서 취업을 하러 온 사람들은 자신의 지식이나 기술이 해당 국가의 노동력보다 뛰어나며 입국하려는 나라에 명백하게 이익이 된다는 사실을 보여줘야 했다. 한창 젊은 시절 특유의 오만함으로 가득했던 나는 당연히 취업 허가를 쉽게 받을 수 있을 줄 알았다가 그것이 그리 만만한 일이 아님을 알고 깜짝 놀랐었다.

구직자들은 정해진 시간에 필요한 모든 서류를 구비해 부두에 있는 이민국 내의 '취업 허가' 부서에 직접 출석해야 했다. 그날 심사를 받지 못하면 다음 날 아침에 다시 나와서 새로 줄을 서서 기다려야 했으며 그날도 받지 못하면 또 그다음 날, 또 다음 날 이런 식으로 계속 나와야 했다.

선진국에서 온 사람들 입장에서 보면 당시 아르헨티나의 생활수준이 낮게 보일 수도 있지만 북쪽의 다른 가난한 이웃 나라들 입장에서 보면 아르헨티나는 경제 수준이 매우 높은 곳이었다. 따라서 아르헨티나의 부두에는 취업 심사를 기다리는 구직자 행렬이 항상 길게 늘어서 있었다. 하지만 아르헨티나 정부는 숙련되지 않은 외국인 노동자를 입국시키고 싶어 하지 않았다. 그래서 취업 허가를 신청하는 절차 자체를 복잡하고, 더디고, 불편하기 짝이 없게 만들어 아예 단념시키는 방법을 취했다.

이민국의 끔찍한 절차를 쉽게 통과할 수 있는 방법도 있었다. 아르헨티나의 기업에서 일자리 제의를 받았음을 보여줄 수 있는 경우에는 특별대우를 받았다. 고용주가 필요한 서류를 구비해 또 다른 고용인을 이민국에 파견해 심사에 참석시키기도 했다. 하지만 (뇌물을 제외하면!) 다른 사람이 그 줄을 대신 서게 하는 방법은 없었다.

세인트 조지 학교는 교직원의 취업 허가 절차를 원만하게 하도록 도와주기 위해 아르헨티나에서 태어난 은퇴한 영국인을 고용했다. 내가 처음 이곳에 왔을 때 학교에서 보내준 조프Geoff는 약간의 뇌물로 내 여권을 가지고 심사 약속을 잡아서 이민국 사무실 앞의 대기 줄을 며칠 정도 앞당겼다며 흐뭇해했다. 성공에 필요한 건 인내심이었다. 용감한 조프가 내 대신 줄을 서준 것이다. 내가 줄을 섰더라면 최종적으로 여권에 입국 허가 도장을 받기까지 최소한 열흘 또는 몇 달이 걸릴지도 모르는 상황이었지만 어쨌든 덕분에 나는 무사히 입국할 수 있었다.

그때 이후 다시 부에노스아이레스 항구에 도착한 나는 커다란 대기실로 들어가 초조한 마음으로 '입국' 줄을 섰다. 나는 맨 처음 만난 출입국 관리관에게 내 여권과 비자를 보여줬다. 그러자 그는 나를 세관원들이 기다리고 있는 줄 중 한 곳으로 보냈다. 수백 명의 승객들이 앞에 내려놓은 짐을 밀며 줄을 섰다. 그러고는 짐 검사를 하는 동안 질문할 세관원의 심사를 기다렸다. 그들 사이를 무장한 군인들이 돌아다니면서 세관원의 업무를 관찰하고 감시했다. 무장 군인들이 돌아다니는 것은 군사 쿠데타가 일어난 아르헨티나 전역에 계엄령이 내려졌기 때문이었다.

나는 목이 바짝바짝 말랐지만 한편으로는 내 유창한 언변에 자신이 있었다. 후안 살바도르와 발을 맞춰 걷는 데에도 완전히 익숙해졌다. 내가 어미 펭귄처럼 먼저 걸으면 후안이 내 앞으로 쓱 미끄러지듯 걸었다. 손발이 척척 맞았다!

내 차례가 되어 나는 허리 정도 높이의 테이블에 등짐을 내려놓고 내가 사는 지역 담당 세관원 앞에 섰다. 세관원 복장을 입은 말쑥하고 온화한 인상의 젊은 사람이 예의 바르게 인사를 건넸다.

"부에노스 디아스!"

하지만 내가 미처 대답도 하기 전에 다른 세관원이 손목시계를 톡톡 치는 몸짓을 하며 내 담당 세관원에게 다가왔다. 그러자 내 담당 세관원이 "그라씨아스" 하고 인사하더니 가버렸다. 갑작스러운 변화에 얼마나 당황했는지 모른다. 퍽도 고맙구나, 운명아.

새로 온 세관원은 뚱뚱한 체격에 턱살이 축 늘어져 있었는데 턱이 그의 머리만큼이나 거대했다. 회갈색 제복은 꼬질꼬질했고, 대단한 살집 때문에 제복 셔츠 단추가 끝까지 잠기지 않았고, 넥타이도 느슨하게 맨 상태였다. 손으로 말아 피는 시가가 불이 꺼진 채 입술에 물려 있었으며 담배 잎이 묻어 있는 희끗희끗한 수염은 한 2~3일은 면도를 하지 않은 듯 아래턱을 무성하게 덮고 있었다. 게다가 거울처럼 반사되는 짙은 색 선글라스를 쓰고 있어서 그의 눈은 보이지도 않았다. 지구상 그 어디에도 이처럼 불길한 느낌을 주는 세관원은 존재하지 않을 것만 같았다.

"신고할 건 없나요?"

"없습니다."

그의 선글라스에 비친 내 모습을 보며 대답했다.

"어딜 다녀오셨습니까?"

친절함이나 최소한의 우호를 베풀려는 일말의 노력도 없는, 무뚝뚝하기 그지없는 말투였다.

"우루과이에 다녀왔습니다."

난 그저 유럽인 관광객일 뿐 그의 관심을 살 만한 그런 부류의 사람이 전혀 아니었다. 그는 옆으로 휙 고갯짓을 했다.

가도 좋다는 의미였다. 나는 배낭과 가방을 들고는 세관을 통과했다. 맙소사! 드디어 세관을 통과한 것이다! 이보다 쉬울 수는 없었다. 도대체 나는 오후 내내 왜 그렇게 걱정했던 것일까? 갑자기 꼬질꼬질해 보였던 세관원의 외모가 천사까지는 아니더라도 지극히 평범해 보였다.

하지만 너무 빨리 승리의 기쁨에 도취됐었나 보다. 지금 생각해봐도 모를 일이다. 그날 내 의기양양한 기분이 후안 살바도르에게 전달됐던 것인지, 아니면 내가 단순히 후안의 발을 밟은 것인지 그 이유는 잘 모르겠지만 내가 안도의 한숨을 내쉬던 그 순간 후안 살바도르가 처음으로 소리를 냈다. 가방에서 시끄럽고 날카롭게 꽥꽥거리는 소리가 3음절씩 울려나왔다.

수백 마디의 대화가 오가던 건물 안이 일시에 찬물을 끼얹은 듯 조용해지더니 모든 사람이 이 괴상한 소리의 정체를 찾기 위해 두리번거렸다. 침묵의 압박이 점점 거세지는 가운데 나를 향한 따가운 눈초리들이 하나둘 꽂히기 시작했다. 그러고는 이내 수백 명의 눈동자가 벌겋게 상기된 내 얼굴을 바라봤다. 갑자기 모든 사람이 내 사적인 문제에 관심을 가졌다. 그들은 내 소동 때문에 세관원들의 주의가 흩어져 자신들의 어두운 비밀들이 슬며시 감춰지기를 바라고 있었기에 내심 세관원의 관심이 다른 곳에 가게 된 것을 반가워하는 눈치였다. 머릿속에서 무장한 군인들이 총을 들고 내 뒤로 다가와 수갑을 채우는 장면이 그려졌다.

"도대체 그게 뭡니까?"

적색경보였다! 나를 담당했던 세관원이 책상에서 비스듬히 몸을 빼내어 내가 감추려 애를 쓰고 있던 가방을 바라보며 고함을 질렀다. 나는 최대한 시간을 벌려고 했다.

"뭘 말씀하시는지?"

"지금 감추려 하고 있는 그 가방 말이오. 그 안에 뭐가 들었소?"

"아, 이 가방이요? 아, 이건 그냥 펭귄이에요. 감추려고 한 거 아닌데요!"

겉으로는 최대한 태연하고 떳떳한 말투로 대답했지만 마음속은 새까맣게 타들어갔다. 버스에서 펭귄이 배설한 것 정도야 그냥 창피하고 말 일이지만 지금 여기서 벌어지고 있는 일은 꽤나 심각한 상황이었기 때문이다.

"아르헨티나로 동물을 반입하면 안 됩니다! 이 나라로 살아 있는 가축을 밀반입하는 건 중범죄예요!"

나는 준비했던 내 의견을 펼치기 시작했다. 세관원에게 최대한 정중한 태도로 '펭귄은 살아 있는 가축이 아니라 야생 동물이다. 또한 펭귄은 철새로 아르헨티나와 우루과이 해변을 따라 이동하며 심지어 아무런 제재도 받지 않은 채 브라질까지 가기도 한다. 이 항구에 이 펭귄을 데리고 온 이유는 펭귄이 아르헨티나로 돌아와야 하는 시점인데 불행하게도 이 새가 상처를 입어 이동을 하지 못하게 되어 내가 임시로 보호하며 데리고 온 것이다. 상처가 회복되면 이 새는 자기 마음대로 살던 곳으로 갈 것이다' 하고 말이다.

나는 혹 제재를 당해 말이 중간에 끊기기라도 할세라, 그렇게 되면 무슨 일이 닥칠지 몰라 두려웠기에 계속 말을 이어나갔다. '일반적인 상황에서라면 펭귄은 세관원의 골치를 썩게 할 그런 존재가 아니다. 게다가 나 역시 동물 밀반입 죄로 체포되진 않을 것이다. 왜냐하면 저 새는 아르헨티나 펭귄이어서 새를 본국으로 송환하는 것이기 때문이다.' 이 부분을 말할 때에는 내심 뿌듯하기까지 했다. 이 문장이 매우 효과적으로 작용하리라는 확신이 들었다. 물론 세상일이 내 바람 같지는 않았다.

내 이야기를 듣는 내내 세관원의 표정에는 아무 변화가

없었다. 나무랄 데 없는 내 완벽한 논리를 잘 이해하지 못한 것이 분명했다. 시종일관 그는 떨떠름한 표정이었다. 최근 권력을 장악한 군사정권이 펭귄을 위한 인신보호법의 핵심을 이해하지 못할 수도 있고, 사람에게도 인신보호법을 적용하리라는 확신이 들지 않자 등골이 서늘해졌다.

"따라오시죠."

세관원은 포동포동한 집게손가락으로 작은 사무실을 가리키며 내게 말했다. 배낭과 후안 살바도르가 든 가방을 든 나는 곧 닥칠 암울한 운명을 예감하며 그를 따라갔다. 사무실로 들어가자 그는 뒤에서 문을 쾅 닫았다. 작은 방에서는 쾌쾌한 냄새가 났고 튼튼한 벽 때문에 바깥의 소리가 전혀 들려오지 않았다.

"흠, 어디 봅시다."

나는 가방을 테이블에 올려놓고 종이봉투를 벗겼다. 후안 살바도르는 나를 한 번 보고 그 사람을 한 번 봤다. 세관원이 화들짝 놀라며 소리쳤다. 정말 놀란 듯 보였다.

"세상에! 정말 펭귄이잖아!"

"제가 펭귄이라고 말씀드렸잖아요. 철새라고요. 보통은 항구 세관으로 이동하지는 않겠지만요. 이 아르헨티나 펭귄은 상처가 회복될 때까지만 나와 임시로 동행하는 겁니다."

잠시 동안 불편한 침묵이 흘렀다. 세관원은 나와 후안 살바도르를 번갈아 봤다.

"이게 정말 아르헨티나 펭귄이오?"

그는 몸을 굽혀 후안 살바도르를 빤히 바라보며 의심스럽다는 듯 물었다. 그리고 빠르게 덧붙였다.

"그렇다면 얘기가 달라지지요."

"당연하지요!" 나는 힘줘 대답했다. "의심할 나위 없이 완전히 아르헨티나 펭귄입니다. 리오가예고스Río Gallegos 인근에서 알을 낳지요."

자신감이 붙은 나는 슬쩍 과장까지 했다. 후안 살바도르가 이 말도 안 되는 거짓말에 반박하지 않으리라는 사실을 잘 알고 있었기 때문이다.

세관원은 몇 초 동안 펭귄을 더 들여다보고 "흠" 하면서 자신의 턱을 두드렸다. 후안 살바도르도 그를 바라봤다. 호기심 어릴 때 바라보는 방식으로 한쪽 눈씩 번갈아가며 보는 게 아니라 정말 깜짝 놀랄 정도로 정면으로 빤히 쳐다봤다. 세관원이 먼저 눈을 깜박였다. 마침내 그는 결론을 내렸다.

"아… 그러니까 이제 알겠네요…. 뭐 물론…."

그는 입을 열었다. 그러고는 문이 굳게 잘 닫혔는지 재빨리 확인한 후 테이블 쪽으로 몸을 굽혀 내 얼굴에 바짝 얼굴을 들이댔다.

"돈 좀 있소?"

그는 치아를 드러내며 기분 나쁜 웃음을 지으며 나지막하게 속삭였다. 그러고는 그 세계에서는 대단히 익숙한 동작인 엄지와 검지를 비비는 시늉을 하며 자신의 어깨너머로 슬쩍 시선을 던졌다.

그제야 나는 무슨 뜻인지 알아차렸다. 물론 나는 법을 위반하거나 규칙을 어기지 않았고 그는 새 따위는 애당초 관심이 없었던 것이다. 그가 원한 것은 그저 뇌물이었다. 내게 겁을 줘 몇 달러를 얻어내려 했을 뿐이다. 그러나 나는 펭귄을 잘 봐달라는 대가로 그에게 돈을 지불하지 않기로 작정했다. 그렇게 되면 정말 내가 큰 곤경에 처할 수 있기 때문이다. 게다가 이제 상황이 뒤바뀌어 그의 입장은 상당히 약해졌고 내가 유리한 위치에 서 있지 않은가. 장군이오! 이제 내가 승기를 잡을 차례였다. 나는 한두 걸음 뒤로 물러서서 역겹다는 듯한 표정을 지었다.

"어떻게 감히 내게 뇌물을 달라고 말할 수 있단 말입니까?"

나는 스물세 살짜리 청년이 할 수 있는 한 최대한 점잖은 말투로 말했다.

"이 문제를 상부에 항의하겠습니다. 당신 상관은 어디 있습니까?"

나는 세관원에게 상부에 항의한다는 위협을 하면 즉각 대응이 있으리라는 사실을 잘 알고 있었다. 나는 뒤돌아서서 문을 향해 걸어갔다.

"새는 당신이 알아서 잘 돌봐주세요!"

나는 뒤돌아선 채 고개만 돌려 그에게 말했다.

"청어를 좋아합니다. 굉장히 많이 먹지요. 참, 부리 근처에 손가락은 절대 갖다 대지 않는 게 좋을 겁니다."

하지만 내가 문에 도착하기도 전에 그가 쉿소리를 내며 말했다.

"잠깐! 한 발짝도 더 움직이지 마십시오."

그가 총이라도 뽑아든 걸까? 내가 끔찍한 실수를 저질러 내 행운을 멀리 날려버린 걸까? 나는 그 자리에 멈춰 서서 천천히 뒤를 돌아봤다. 그는 테이블 위의 펭귄에게서 멀찍이 떨어지더니 손을 등 뒤로 감췄다.

"새를 가져가시오. 이제 가서도 좋습니다."

그러면서 내 환심을 사려는 듯 웃으며 덧붙였다.

"이 문제에 대해 꼭 다른 사람에게 말씀하실 필요는 없지요. 그렇지 않습니까? 안 그래요?"

그렇게 나는 후안 살바도르를 들고 군중 속으로 유유히 빠져나왔다. 세관원이 혹시 마음을 바꾸거나 펭귄이 그 방 테이블 위에 남겨두고 돌아선 것에 대해 뭐라 언급하기 전에 말이다.

그다음 여정은 항구에서 지하철까지, 지하철역에서 콩스티투시옹 역 터미널까지, 거기서 또 지하철을 타고 킬메스까지 가는 데 채 한 시간도 걸리지 않았고 더는 아무 일도 일어나지 않았다. 그리고 마지막으로 버스를 타고 15분을 더 달린 후 마침내 집에 도착했다.

"안녕하세요!"

학교 교문을 들어서며 나는 수위 아저씨들에게 최대한 태연한 목소리로 밝게 인사를 건넸다. 그리고 일단 목욕 좀 한 뒤에 내려와서 여행 이야기를 들려주겠다고 말하고 서둘러 내가 머무는 기숙사로 갔다. 아무도 마주치지 않길 바라면서.

드디어 내 방에 들어가서 방문을 닫고 나니 안도감이 밀려왔다. 나는 곧바로 후안 살바도르를 욕실로 데려갔다. 하루 종일 망 가방에 있었던 것치고는 상태가 꽤 괜찮아 보였다.

"자, 다 왔다. 우리집에!"

내 말을 들으며 후안은 새로운 집을 두리번거렸다. 하지만 그는 나를 보려 하지 않았다.

"왜 그래?"

내가 물었다.

"리오가예고스라니! 분명히 말해두지만 나는 포클랜드에서 알을 낳는다고!"

딱히 반박할 여지가 없는 대답이었다.

"그 정도면 괜찮지 뭐! 네가 오늘 하루 동안 부린 말썽도 만만치 않았다고! 그리고 아까 세관에서는 왜 그렇게 꽥꽥운 거야? 그리고 버스에서는 너 때문에 평생 당할 창피 다 당했다고. 하마터면 너 때문에 내가 체포될 뻔했잖아!"

마침내 펭귄이 시치미를 뚝 떼고는 순진무구한 표정으로 나를 바라봤다. 빙그레 웃음이 나왔다. 어찌 됐건, 무슨 일이 있었건 녀석을 아르헨티나로 무사히 데려왔기 때문이다.

"뭘 봐? 펭귄 처음 봐?"

물고기를
먹자

이제부터 쇼핑리스트 일순위는 청어로!

　나는 후안 살바도르의 가슴과 면도날처럼 날카롭게 두드러진 가슴뼈 부분을 문질러봤다. 그가 마지막으로 식사를 한 것이 언제였는지 궁금했다. 꾸물대지 않고 바로 나가면 상점에서 뭔가 살 수 있는 시간이었다. 나는 비상금 은닉 장소에서 몇 천 페소를 꺼내 킬메스로 가기로 했다. 일단 자전거를 꺼내 타이어 바람을 넣었다. 항상 타기 전에 바람을 넣어야 했다. 그리고 바로 달려 나갔다.

　아르헨티나에 온 다음 6개월 동안 나는 어마어마한 인플레이션 상황에서 생존하는 요령을 빠르게 터득해나갔다.

　부에노스아이레스에 있는 에세이사 국제공항에 도착하

던 날 나는 공항에서 나의 새 고용주이자 세인트 조지 칼리지 교장선생님을 만나 부에노스아이레스에서 가장 흔한 자동차인 포드사의 팔콘을 타고 학교로 갔다. 학교로 가는 동안 차 안에서 아르헨티나의 역사며 지질학 정보, 경제 상황 등에 관한 이야기를 들었다. 그중에서도 가장 귀에 들어오는 말은 내 월급이 월급날보다 더 빨리 지급될 것이라는 내용이었다. 식사를 마치고 난 후 학교 회계 담당자가 내게 자신의 사무실을 보여주며 빳빳한 새 지폐로 150만 페소를 줬다. 런던에 있는 영국 조폐공사에서 인쇄한 화폐였다. 회계 담당자는 내게 시내 구경이나 한 번 해보라고 권했고, 나는 그날 오후 바로 시내로 나가 생필품 몇 가지를 사가지고 숙소로 돌아왔다.

학교가 세워질 때만 해도 킬메스는 부에노스아이레스의 아늑한 교외 도시였지만 시간이 흐르면서 킬메스 북쪽 지역은 발전을 거듭해 내가 있던 당시만 해도 수도권이라는 느낌을 물씬 풍겼다. 도로에는 두꺼운 콘크리트가 깔려 있었는데 마치 극지방의 얼음 덩어리처럼 군데군데 금이 가 있었다. 전신주에는 전선들이 무질서하게 얽혀 있고, 인도에는 하수구 뚜껑들이 비스듬히 기울어 도로 위로 삐죽이 올라와 있곤 했다.

킬메스 역시 아르헨티나의 다른 도시들과 마찬가지로 100제곱미터 정사각형 블록 단위로 구획된 계획도시였다. 모퉁이에 있는 건물들은 정확히 45도 각도로 양면이 도로 양쪽에 걸쳐 있었는데 길모퉁이에 날카로운 건물 모서리가 튀어나오지 않도록 보통 그곳에 출입문을 설치하는 경우가 많았다.

건물 중에는 상점들도 있었지만 도무지 정체를 알 수 없는 곳들도 더러 있었다. 그런 건물들은 대개 돌돌 말아서 여닫는 철문으로 출입문과 창문을 비밀스럽게 가리고 있어서 내부가 전혀 보이지 않았다. 철저하게 봉쇄된 건물은 안전해 보일지는 몰라도 미관상 썩 보기 좋지는 않았다. 블록마다 있는 수리소나 폐차장에는 각종 자동차 용품이나 오토바이, 다른 금속 제품들과 고무 타이어, 잡동사니들이 쌓여 있었고 컴컴한 폐차장 안쪽은 말할 것도 없이 인도에까지 잡동사니들이 지저분하게 나와 있었다. 그리고 그곳에는 늘 기름때 묻은 옷을 입고 담배를 피우며 잡담을 나누는 수리공들이 있었다.

나는 속으로 10만 달러짜리 지폐는 어떻게 사용해야 하는지, 그 가치는 얼마나 되는지 생각하며 일단 필요한 생필품을 장바구니에 담았다. 모두 바닷가에서 나는 것들이었다. 뭐가 필요한지도 잘 몰랐고 돈을 어디에 어떻게 써야 할지도 망설여졌다.

내가 이곳의 물정을 전혀 모르고 있다는 사실을 깨닫게 되자 적잖이 당황스러웠다. 물건 가격은커녕 대략적인 시세조차 전혀 가늠하지 못했다. 가령 맥주 한 잔을 사먹는다면 주머니에 있는 10만 페소 15장, 그러니까 150만 페소 중에 얼마를 내야 할까? 환율을 알고는 있었지만 별 도움이 되지 않았다. 수제품보다는 공산품 가격이 훨씬 더 비쌌고 인건비는 저렴한 편이었다. 교사가 받는 월급이면 가정부나 요리사, 정원사 등은 어렵지 않게 고용할 수 있었지만 자동차를 사는 것은 또 다른 문제였다.

일단 나는 첫날 오후를 킬메스 교외를 돌아다니며 보냈다. 점심도 사먹었다. 식당 밖에 놓인 메뉴판에 메뉴와 함께 가격이 나와 있어서 별로 어렵지는 않았다. 계산하고 나자 거스름돈을 잔뜩 받았다. 식사 후에는 맥주와 과일, 커피, 우유 등만 간단히 사서 학교로 돌아왔다.

그날 저녁 나는 회계 담당자를 다시 만났다.

"돈은 다 쓰셨나요?"

그가 물었다.

나는 그러지 못했다고 대답했다. 내게 무엇이 필요한지 잘 몰랐기 때문이다. 그러자 그는 마치 내가 큰 잘못이라도 저지른 양 버럭 화를 냈다.

그는 내게 무엇이 필요한지 따위는 전혀 중요한 문제가 아니라고 했다. 장바구니에 담을 수 있는 만큼 다 담아서 사야 한다는 것이다. 일단 닥치는 대로 물건을 사와서 학교에서 사람들과 물물교환을 하면 된다고 했다. 한 달에 인플레이션이 100퍼센트 가까이 일어나고 있는 상황이었기에 내일이면 내 돈의 가치가 절반으로 떨어질 수도 있기 때문이었다.

이토록 중요한 이야기를 왜 처음부터 내게 해주지 않았는지 궁금했다. 알고 보니 그의 두루뭉술한 화법 때문에 소통에 문제를 겪은 사람은 나뿐만이 아니었다.

어쨌든 다음 날 나는 일어나자마자 상점으로 가서 돈을 다 썼다. 문을 연 상점은 어제보다 적었다. 그 와중에도 상점 물건들의 가격이 끊임없이 바뀌고 있었다. 보통 상점들은 주인이 현금이 필요하거나 재고를 팔 수 있다는 확신이 있지 않는 한 문을 잘 열지 않았다.

작은 상점들의 경우 점원들이 돌아다니며 물건 가격을 바꾸고 있었는데 하루에 3~5퍼센트 정도씩 올리는 것이 아니라 아예 몇 주에 한 번씩 가격을 두 배로 올리고 있었다. 물건 가격을 지나치게 높게 잡았다 해도 며칠 안에 물가상승률이 그 가격을 따라잡기 때문에 그 가격이 자동으로 시장 가격이 됐다. 심지어 장바구니 안에 담은 물건의 가격이 바뀌는 경우도 있었다. 계산을 하는 순간에 계산원이 시장 가격표를 보면서 '오늘은 두 배로 올랐네요!' 하고 말하는 경우도 있기 때문이다. 그러면 그 물건을 두 배의 가격으로 사거나 그냥 내려놓거나 옥신각신 흥정을 해야 한다. 이따금 흥정이 통할 때도 있었다.

나는 맞지 않는 청바지와 절대 입지 않을 것 같은 셔츠를 샀다. 커피와 치약도 샀다. 지퍼가 달린 녹색의 조잡한 플라스틱 가방에 담긴 싸구려 수저 세트도 샀다. 방수 처리가 된 대나무 손잡이가 달린 그 조악한 포크와 수저 세트는 테이블 수십 개에 놓고도 남을 정도로 터무니없이 많이 샀다. 각종 집기류와 옷감 몇 필, 있지도 않은 카메라용 필름과 평생 쓰고도 남을 모기향까지 샀다.

가까스로 하루 만에 돈을 다 썼지만 나중에 이 물건들을 물물교환하는 데에는 전혀 문제가 없었다. 심지어 그 끔찍한 수저 세트까지도 말이다(나중에 알고 보니 그 수저 세트는 회계사에게 가 있었다).

얼마 지나지 않아 나는 내 외국인 신분으로 미국 달러로 된 여행자 수표를 살 수 있다는 사실을 알게 됐다. 즉, 월급을 받을 때마다 그렇게 터무니없는 물건들을 사재기하느라 상점들을 전전할 필요가 없었던 것이다. 인플레이션이 영향을 미치는 곳은 상점만이 아니었다. 법적으로 고용주는 고용인들에게 급여를 매월 중순에 지급해야 했다. 이는 노동자를 보호하기 위한 조치였다. 인플레이션이 그토록 고공행진을 하고 있는데 어째서 고용주들이 임금을 체불하는 이익을 누려야 하는지에 대한 논쟁이 오가기도 했다.

심지어 휴일 수당은 휴일 전 마지막 근로일에 지불하도록 되어 있었다. 즉, 우리 같은 경우는 여름방학이 시작되기 전인 12월 초에 벌써 여름방학에 받을 월급을 받을 수 있다는 의미였다(아르헨티나는 12월부터 2월까지가 여름이다).

지금이야 석 달 치 월급을 한꺼번에 미리 받는 것이 좋지만 당시 나는 12월 초에 넉 달 치 월급을 받은 적도 있었다. 내가 왜 이렇게 많이 주냐고 묻자 '아기날도aguinaldo'가 포함된 것이라고 했다. 나는 "아! 그렇군요!" 하며 바보처럼 보이지 않으려고 당연하다는 듯이 대답했다. 그리고 다른 외국인 교사들에게 '아기날도'가 뭐냐고 물었다. 아기날도는 크리스마스 보너스였다.

제29대 아르헨티나 대통령이자 1940년대 첫 번째 재임 기간 동안 자신의 정치적 영향력을 넓힌 후안 페론의 두 번째 부인인 에비타 페론은 노동자에게 이익을 주는 다양한 경제 개혁 정책을 소개하며 노동자를 위한 정책에 앞장섰다. 페론 지지자들의 '압제'에 신음하는 가난한 사람들을 지지하고 대변하며 노동자들의 마음을 움직이는 연설과 방송을 했던 에바(에비타 페론의 애칭 - 옮긴이)가 노동자들의 깊은 존경과 사랑을 받은 것은 당연한 일이다. 불행하게도 당시 페론 정부는 에바가 지지했던 그 노동자들을 이해하기보다는 궁극적으로 그들에게 더 큰 해를 끼쳤다.

아르헨티나에 있는 동안 나는 인플레이션 때문에 정신을 차릴 수가 없었다. 하지만 개중에는 인플레이션에 적응해서 페론 정부가 고수했던 저리정책을 이용해 자신들의 이익을 극대화하는 이들도 있었다. 집을 소유한 사람들은 몇 년 전에 모기지론(부동산을 담보로 주택저당증권MBS을 발행하여 장기주택자금을 대출해주는 제도 - 옮긴이)을 이용해 샀던 집의 대출 상환

금이 이제는 맥주 몇 잔 값 정도밖에 되지 않는다며 다음 달에는 그나마도 또 절반의 가치로 떨어질 것이라는 이야기를 내게 자랑스레 하곤 했다.

그러나 나는 이렇게 이익을 보는 사람들이 있다면 어딘가에는 손해를 보는 사람들이 반드시 존재하리라는 사실을 알고 있었다. 인플레이션은 경제적으로 어디엔가 문제가 있는 상황이기 때문이다. 하지만 이 사실이 실제로 어떻게 돌아가고 있는지를 깨닫는 데는 조금 더 시간이 걸렸다.

시장에 가서 보니 다행히 생선가게에 청어가 넉넉하게 있었다. 나는 일단 마음을 놓고 생선 가게에 줄을 섰다. 머릿속에는 뱃속에서 계속 꾸르륵 소리가 나던 후안 살바도르 생각뿐이었다. 그런데 내 앞에 어느 나이 지긋한 여인이 머리 끝부터 발끝까지 검은색으로 차려입고 마치 치통을 앓는 불도그처럼 화가 잔뜩 난 표정으로 그날 잡은 생선의 가격을 두고 옥신각신하고 있었다. 여인의 모습이 깊이 공감이 갔다. 내게도 먹여 살려야 할 펭귄이 있었기 때문이다.

미친 듯이 치솟는 물가 때문에 아르헨티나의 화폐 단위인 '페소'의 가치를 다시 정하자는 결정이 내려졌다. 우루과이 정부도 그와 비슷한 결정을 내린 적이 있었다. '새로' 정한 단위에 따르면 '새' 우루과이 1페소는 예전의 1,000페소의 가치를 지니게 됐다. 모든 것의 가격이 수천, 수만 아니면 수백만으로 매겨져 있던 터라 아예 가격을 단순하게 1,000으로 나누어 숫자에서 '1,000' 단위만 빼면 되는 단위였다. 가령 '구' 페소로 1만 페소였던 맥주 한 잔의 가격이 '신' 페소로 10페소가 되는 것이었다. 모두가 이해했고 변화도 순조로웠다.

아르헨티나도 우루과이와 동일한 방법으로 화폐개혁을 했다면 별 탈 없었을 것이다. 하지만 아르헨티나는 상식에서 벗어난 정책으로 경제적 혼란만 가중시켰다. 구 100페소를 신 1페소로 바꾼 것이다. 나와 청어 더미 사이에 서 있던 그 여인은 급속하게 총체적 대혼란을 야기한 화폐정책의 피해자인 셈이었다. 물건의 가격을 100으로 나누는 정책은 대다수 사람들에게 큰 혼란을 가져다줬다. 기존 구 화폐로 1만 페소였던 맥주는 이제 신 화폐로 '100'페소였는데 이 계산이 사람들 머리에서 직관적으로 빨리 되지 않았다. 특히 몇 몇이서 술값을 나눠서 낼 경우에는 그 혼란이 가중됐다. 게

다가 누군가 기존의 화폐에 신 화폐를 덮어씌워 인쇄를 하자는 기발한 아이디어를 내놓았고, 그의 아이디어가 그대로 실행되면서 화폐의 새 화폐 단위도 구 화폐 단위도 모두 읽기 어려워지는 사태마저 벌어졌다.

생선 장수는 그 여성에게 새로운 가격이 옳다며 재확인시켜 주느라 안간힘을 썼고, 그 여성은 알뜰살뜰 번 돈을 한 푼이라도 속임수에 빼앗기지 않겠다는 자세로 버텼다. 그 와중에 여인을 설득하던 생선 장수도 급기야 셈이 헷갈리기 시작했고 줄을 서 있던 다른 손님들까지 가세해서 어떻게 하면 그 여인을 이해시킬 수 있을지 갑론을박 논쟁이 벌어졌다. 그대로 있다가는 밤을 샐 판이었다.

나는 얼른 청어를 사서 한시라도 빨리 후안에게 먹이고 싶은 마음뿐이었다. 이런 젠장! 애타는 마음에 소리라도 버럭 지르고 싶었지만 마음을 다스리며 나 자신을 다독였다. 나는 깊게 심호흡을 하고는 나지막이 중얼거렸다.

"아, 좀, 작작 좀 꾸물대고 빨리 하지."

그런데 그 순간 앞의 여인이 하던 말을 멈추더니 휙 뒤돌아서 분노로 이글거리는 눈동자로 나를 노려봤다. 그러고는 손에 들고 있던 검은색 지갑으로 내 가슴을 계속 내리쳤다.

그 바람에 그녀의 어깨에 걸친 숄이 땅에 떨어졌다. 내가 그
숄을 주워주려고 허리를 굽히는데도 그녀는 계속 나를 때렸
다. 그러더니 점잖고 세련된 말투로 내게 말했다.

"이봐, 젊은이! 어떻게 감히 그런 말을 할 수 있어!"

그때의 당혹감이라니! 마치 내 친할머니가 10대 시절의
내가 무례한 말투를 사용했을 때 나무라는 것 같았다. 그녀
에게 무례하게 굴 생각은 추호도 없었다.

결국 내가 "어르신, 제 결례를 부디 용서해주시길 바랍니
다"라고 정중하게 사과하고 나서야 상황이 종료됐다. 최대한
정중하고도 예의바르게 나는 나 때문에 빚어진 불쾌함을 조
금이라도 덜 수 있도록 그녀의 생선 값을 내가 낼 것이라고
말했어야 한다. 하지만 이 경우 너무 당황한 나머지 그러한 임
기응변은 떠오르지 않았다. 그 재치는 아껴두었다가 그녀가
내 앞에 서서 극도로 흥분할 때 써먹어야겠다고 다짐했다.

집에 돌아오니 후안 살바도르가 욕조에서 펄쩍펄쩍 뛰며
나를 반겼다. 호기심이 왕성한 후안은 내가 뭘 들고 왔나 보

려고 고개를 길게 쭉 뺐다.

"그 장바구니엔 뭐가 들었나? 한 번 보자!"

나는 청어가 잔뜩 든 장바구니를 들고 욕조에 걸터앉았다.
그러곤 한 마리를 꺼내 꼬리를 잡은 후 후안의 앞에서 흔들
어 보였다. 그런데 후안은 청어를 보지 않았다. 그래서 나는
청어를 후안의 부리에 바짝 갖다 대고는 코 바로 앞에서 흔
들어댔다.

"이리 와봐. 이런 생선이 먹고 싶었던 거 아니야? 킬메스
시장에서 방금 사온 아주 싱싱한 생선이라고. 아주 특상품이
야! 고마운 시늉이라도 좀 하지그래!"

내가 녀석의 부리에 청어를 갖다 대자 후안은 혐오스럽다
는 듯이 부리를 가슴에 묻고는 눈을 꼭 감고 머리를 세차게
흔들며 역겨움을 표현했다.

"싫어! 저리 치워! 이 역겨운 거 저리 치워! 난 물고기만
먹는다고!"

후안은 마치 사람의 말을 하듯 정말 저렇게 또박또박 자
신의 의사를 표현했다. 누가 봐도 후안은 이 청어에 관심이
없었다.

'그렇다면 어떻게 해야 한담? 빨리 음식을 먹지 않으면 얼

마 버티지 못할 텐데. 그렇다고 억지로 먹일 수도 없는 노릇이고.'

이런저런 생각 끝에 나는 후안의 머리를 잡고 손가락을 그의 부리 끝에 밀어 넣어 억지로 부리를 벌렸다. 그러고는 잽싸게 그 사이로 물고기 하나를 집어넣었다. 일단 후안이 청어를 맛볼 때까지 그렇게 붙잡고 있다가 놓아줬다. 후안은 격렬하게 머리를 흔들며 청어를 뱉어 욕실 저편으로 날려버렸다. 후안이 뱉은 청어는 내 옆을 아슬아슬하게 비켜 날아가 등 뒤의 욕실 벽에 철썩 부딪히더니 바닥으로 떨어졌다. 후안은 다시 부리를 가슴에 묻고는 꼼짝도 하지 않았다. 나를 무서워하거나 조금 전에 내가 했던 행동을 무서워하는 건 아니었다. 녀석은 품위 있는 태도로 태연하게 깃털을 다듬었다.

어떻게든 먹여야 했기에 나는 다시 한 번 시도했다. 후안의 머리를 고정시키고 생선 한 마리를 입 속으로 더 깊숙이 밀어 넣었다. 하지만 후안은 격렬하게 머리를 흔들며 두 번째 물고기도 첫 번째 물고기와 마찬가지로 바닥에 내팽개쳐졌다. 후안은 나를 빤히 바라봤다.

"시장에 물고기는 없었어?"

"이게 물고기야, 후안 살바도르."

"아냐. 이건 물고기가 아냐. 물속에서 살아서 헤엄치는 물고기들 있잖아. 내가 물고기보다 더 빠르게 헤엄쳐서 먹을 수 있다고. 그것도 몰라?"

내가 지금의 이 실패를 맛보려고 그 모진 수모와 수고를 겪은 것은 아니지 않은가.

나는 세 번째 시도를 했다. 이번에는 후안의 머리를 세워서 잡고 부리를 벌렸다. 그리고 세 번째 물고기를 입에 넣었다. 이번에는 그의 목구멍 아주 깊숙이 물고기를 밀어 넣었다. 더 정확히 말하자면 물고기를 후안의 식도까지 깊숙하게 밀어 넣었다. 그리고 후안의 머리를 놓아주고는 지켜봤다. 부풀어 올랐던 후안의 작은 눈동자가 감겼다. 그러고는 숨을 쉬지 않았다.

혹 내가 물고기를 넣으면서 후안의 숨통을 막은 것은 아닐까? 청어가 목에 걸려 질식한 걸까? 펭귄에게도 하임리히 응급처치(기도가 막혔을 때 뒤에서 안고 흉부를 압박해 기도를 막은 물질을 빼내는 응급처치법 – 옮긴이)를 할 수 있을까? 집어넣은 물고기를 다시 꺼낼 수는 없을까? 나는 물고기가 넘어가도록 후안의 목을 계속 마사지했다. 이윽고 후안이 눈을 떴다. 그런데 이번에는 후안의 눈동자가 머릿속에서 진공흡입기로 빨아들이기라도 한 것처럼 이상할 정도로 오목해졌다. 뭔가 조짐이 좋지 않았다. 후안은 꼿꼿하게 선 자세로 다시 눈을 감았다. 그렇게 몇 초나 흘렀을까. 후안이 몸을 부르르 떨기 시작했다. 그리고 내가 막 목구멍에서 다시 물고기를 꺼내려는 찰나 꿀꺽하고 물고기를 삼켰다. 불룩한 덩어리가 그의 목구멍을 통과해 내려가는 것이 보였다. 후안은 다시 눈을 떴고 모든 것이 정상으로 돌아왔다.

나는 안도의 한숨을 내쉬며 이마에 흐른 식은땀을 닦았다. 이 과정 내내 후안은 반항하지 않았다. 달아나려 하지도 않았고, 내가 확연하게 알아챌 만한 어떠한 거부행위도 하지 않았다. 그저 꼼짝 않고 가만히 서서 나를 바라봤다. 한 번은 왼쪽 눈으로, 또 한 번은 오른쪽 눈으로. 그렇게 한쪽씩 바라보며 천천히 이해하고 있었다. 후안은 더 이상 부리를 가슴에 묻지도 눈을 내리깔지도 않았다. 반짝반짝 빛나는 두 눈으로 나를 똑바로 바라보며 유창한 달변가처럼 또박또박 이렇게 말했다.

"아! 청어구나! 그 파랗고 하얀색 비닐봉지에 든 게 청어였어. 근데 그걸 왜 내 코앞에서 그렇게 흔든 거야? 냄새 맡으라고? 물속에서 냄새가 난다고 생각해? 너 바보야? 청어는 더 있겠지? 좀 꺼내봐. 배고파. 빨리 배고파 죽겠다고! 며칠 동안 쫄쫄 굶었잖아. 그것도 잊어버린 건 아니겠지?"

다른 물고기 하나를 잡아 꼬리를 잡고 그의 머리 위에서 흔들자 후안은 내가 '후안 살바도르'라고 녀석의 이름을 다 부르기도 전에 청어를 낚아채 통째로 꿀꺽 삼켰다. 녀석이 커다란 부리를 닫을 때에는 나도 모르게 반사적으로 손가락을 확 뺐다. 녀석의 부리에 두 번이나 당할 수는 없었기 때문이다.

한 번 청어를 먹기 시작한 후안은 마치 그동안 먹지 못했던 것을 보상이라도 받듯 청어를 집어 들기가 무섭게 낚아채어 쉬지 않고 먹어댔다. 가만히 보니 물고기를 삼킬 때 눈이 자동으로 감기는 것 같았다. 나는 물고기 꼬리를 잡아 내밀면서 후안이 어떻게 물고기를 받아먹는지 찬찬히 들여다봤다. 후안은 별로 어렵지 않게 먹이를 받아먹었다. 먼저 한 번의 동작으로 물고기를 낚아채서는 휙 뒤집어 머리를 먼저 입에 넣고 삼켰다. 다음 물고기도 똑같은 방식으로 먹었다.

10분 남짓 지났을까? 장바구니에 가득 차 있던 청어들이 순식간에 후안의 입 속으로 빨려 들어갔고, 후안의 배는 눈에 띌 정도로 불룩해졌다. 녀석은 심지어 아까 뱉어서 내팽개친 청어 두 마리도 먹어치웠다. 나는 후안이 청어를 먹는

동안 그의 깃털을 쓰다듬으며 하루라도 빨리 방수 기능이
회복되길 바랐다.

욕실 문을 닫고 침대로 돌아와 잠자리에 들었다. 얼마 전
후안을 처음 해변에서 발견했을 때보다 상황이 조금씩 나아
지는 것 같았다.

다음 날 아침 나는 건강하게 밤을 보낸 녀석의 모습을 흐
뭇하게 바라봤다. 다만, 조금 멀찍이 떨어져서 봐야 했다. 욕
조 끝에 있는 플러그에 후안이 볼일을 봐놨기 때문이다.

"욕실 좀 치워야겠어! 알겠지!"

후안이 도도하게 말했다.

아침을 먹은 후 나는 자전거 바퀴에 공기를 주입한 후 다
시 시장에 갔다. 생선 장수 앞에 아직도 청어가 잔뜩 쌓여 있
는 것을 보니 반가운 마음이 들었다. 생선 장수 역시 하루 만
에 또다시 생선 1킬로그램을 사가는 나를 보며 놀라워했다.

"펭귄 주려고요."

내가 말했다.

"아, 예. 그러셨군요. 미련하게도 그걸 미처 몰랐네요. 내일도 또 오실 거죠?"

그가 활짝 웃으며 말했다. 나는 빛의 속도로 대답했다.

"물론이지요! 이제부터 날마다 이만큼씩 청어를 사러 올 겁니다!"

후안 살바도르는 아침 식사로 청어 열 마리 정도를 먹어 치웠고 오며 가며 내가 몇 마리씩 줄 때마다 모두 받아먹었다. 결국 후안은 그날 사온 생선을 말끔히 다 먹어치웠다. 건강도 곧 회복할 수 있을 것 같았다. 그렇게 해서 내 방 욕실에 아주 착실하게 볼일을 잘 보는 하숙생 하나를 들이게 되었다.

든든한
후원자

계단을 빨리 오르지는 못했지만 내려가는 건 그 누구보다 빨랐다

방학이 끝나고 개학을 하자 수업 준비를 비롯해 내 업무가 정신없이 늘어났다. 그 와중에 내 방 하숙생도 하루에 네 번씩 꼬박꼬박 식사를 하며 서서히 일상에 적응해갔다. 우루과이에서 돌아온 날 저녁 나는 휴가를 마치고 돌아온 동료들에게 여행지에서 펭귄을 봤다는 핑계를 대며 펭귄의 습성에 대해 묻고 다녔다. 물론 내가 그런 질문을 하는 진짜 속사정은 꽁꽁 감췄다. 나는 내 방에 하숙생이 있다는 사실을 발설할 마음의 준비가 되어 있지 않았다.

내 질문에 열성적으로 대답해주는 동료들이 있긴 했지만 대부분 내가 이미 알고 있는 내용이었고 딱히 후안에게 도

움이 될 만한 정보는 얻지 못했다. 도서관에서 그 지역 동물들에 관한 책들도 샅샅이 뒤져봤지만 그다지 새로운 정보는 없었다. 그나마 위안이 됐던 건 펭귄 한 마리가 먹기에 내가 제공해준 식사량이면 충분하다는 점이었다.

세인트 조지의 교정 남쪽에는 남학생들 기숙사로 사용되는 3층짜리 큰 건물이 세 동 있었다. 13~16세 학생들은 한 방에 침대가 여러 개 있는 기숙사를 사용했고 휴게실은 공동으로 이용했다. 상급생들은 침실 겸 공부방을 사용했다. 각 기숙사 건물마다 기숙사 관리인 한 명과 보조직원 두 명이 관리했다. 나는 혼자서 방 하나를 사용했는데 내가 있는 기숙사 동은 관리인 한 명이 기숙사 전체를 관리했고, 그 관리인의 숙소는 건물 맨 끝에 있었다.

내 숙소는 2층이었다(미국식으로 보자면 3층이고, 북향이었는지 남향이었는지는 잘 모르겠다). 2층에 있는 내 방문을 열고 밖으로 나가면 야외 테라스로 통했고 그 위층에는 관리인의 숙소가 있었다. 테라스는 9제곱미터 정도의 크기였고 테라스 끝에는 약 40센티미터 높이의 난간이 있었다. 딱 마젤란펭귄의 키만 한 높이였다. 테라스 바닥에는 타일이 깔려 있었는데 배수 때문에 바닥이 살짝 기울어 있었다. 테라스에는 테이블 하나와 의자 몇 개, 그리고 바닥 청소용 호스 외에는 아무것도 없었다. 테라스로 나가려면 사람이건 펭귄이건 오직 연결된 문을 통해서만 드나들 수 있었다.

우리가 학교로 돌아온 다음 날, 나는 아침 식사를 하기 전 목욕을 하려고 후안 살바도르를 잠시 그 테라스에 내놓았다. 그런데 목욕을 하다가 원래 매끈했던 욕조 바닥이 펭귄 배설물이 있던 자리만 사포처럼 매우 거칠게 변했다는 것을 발견했다. 배설물에 욕조 바닥이 그렇게까지 거칠게 된 것을 보니 욕조에서 이리저리 몸을 잘못 움직였다가는 자칫 긁혀서 다칠 수도 있겠다는 생각이 들었다. 후안의 배설물을 손으로 만지거나 피부에 닿게 해서는 안 되겠다는 생각도 들었다. 에나멜로 된 욕조를 부식시킬 정도면 인간의 피부에도 상당히 독할 것 같았다. 후안 살바도르가 벨라미스의 욕조에서 볼일을 보지 않은 것이 천만다행이었다.

바야흐로 때가 된 것 같았다. 학교 동료들에게 후안 살바도르 이야기를 할 때가 온 것 같았다. 후안이 덜컥 죽는 일은 없을 것이다. 죽기는커녕 내가 시간과 돈을 들여 날마다 시장에서 신선한 청어 1킬로그램을 사다 바치는 생활을 매우 흡족하게 누리고 있는 듯 보였다. 달아나려고 한다든지 다른 펭귄을 그리워하며 고통스러워한다든지 하는 모습은 전혀 찾을 수 없었고, 덕분에 나도 한시름 놓았다. 후안은 다정하고, 열정적이며, 호기심이 왕성한, 정말 귀여운 친구였다.

세관원과 그런 일이 있은 후로 후안은 절대로 소리를 내지 않았지만 그래도 혹시 모를 일이었다. 그러니 후안의 존재가 발각되기 전에 내가 먼저 손을 써야 했다. 무방비 상태로 펭귄을 숨기고 있는 현장이 발각되거나, 펭귄을 학교에 계속 숨겨두고 있다는 죄책감에 시달리기 싫었다.

아침을 먹으며 나는 가장 든든하게 지원군이 되어줄 사람을 찾아 학교 세탁실로 갔다.

나는 마리아와 평소와 다름없이 인사를 주고받은 후 말했다.

"마리아, 당신 도움이 필요해요."

"물론이지요, 선생님. 뭘 도와드릴까요?"

"마리아, 사실은 제가 다친 펭귄을 발견했는데, 그게….."

나는 운을 뗐다.

"펭귄을 발견하셨다고요? 우리 학교에서요?"

"잠시만 시간 좀 내주시겠어요?"

마리아는 교내 청소며 빨래 등 학교 살림을 총괄하는 직원이었다. 당시 70세였던 마리아는 열세 살 때부터 세인트 조지 학교에서 일했다. 처음에는 학교 근처에 사는 다양한 연령대의 여성들이 돈을 벌기 위해 세인트 조지 학교에서 나오는 빨래를 나누어 했는데 마리아도 그중 하나였다. 그러다가 관련 분야에서 마리아의 비중이 점점 커졌고 최고참자가 됐다. 언제부턴가 학교에서는 마리아에게 학교 살림을 전담하는 직책을 맡겼다. 마리아는 청소 담당부서와 세탁 담당부서를 총괄해 책임지고 있었다. 마리아 같은 노동자는 연금을 받을 수 없었기에 죽기 전까지 일을 하지 않으면 빈곤한 노후를 맞아야 했다. 그렇게 되면 누군가의 도움에 기대어 살아야 한다. 저축으로 모아놓은 돈도 인플레이션으로 그 가치가 없어졌기에 은퇴를 할 수도 없는 처지였다.

나는 마리아 같은 사람들을 알게 되면서 이 극심한 인플레이션 때문에 막대한 손해를 보는 사람들의 사정에 대해 더 깊이 이해하게 됐다.

마리아 같은 빈곤층 사람들을 스페인어로 '데스까미사도스descamisados'라고 하는데 이들은 급속하게 가치가 떨어지는 화폐로 임금을 받는 탓에 들인 노력에 비해 제대로 보상을 받지 못했다. 반면 '부유층'은 수혜자였다. 가치가 없는 화폐로 노동력을 지불하고 얻은 노동의 결과를 자산으로 보유해서 자산의 가치가 유지되거나 더 상승했기 때문이다. 인플레이션은 분명 다수의 빈곤층에서 나온 부를 소수의 부유층으로 이동시키고 있었다. 부에노스아이레스 교외에 근사한 집들의 실제 비용을 내주고 있는 것은 마리아와 비슷한 처지의 '와이셔츠를 입지 않는' 수천 명의 노동자들이었다.

마리아는 내 입에서 나온 흥미로운 이야깃거리에 큰 관심을 보였다. 그녀는 일감을 내려놓더니 바로 내 뒤를 따라왔다. 마리아는 150센티미터 남짓한 키에 가슴이 대단히 풍만했으며 만성적인 관절염과 무지외반증(엄지발가락이 휘면서 관절에 변형이 생기는 증상 – 옮긴이)을 앓아 다리가 안쪽으로 심하게 휘었다. 그래서 지나가는 돼지 한 마리도 잡지 못할 정도로 걸음이 느렸지만 다행스럽게도 세인트 조지 학교에서는 돼지를 잡는 기술을 사용할 일이 없었다.

나는 마리아와 보조를 맞춰 천천히 걸으면서 휴가 동안 있었던 일을 모두 털어놓았다. 마리아는 오랜 세월 고질적인 무릎 관절염을 앓은 탓에 걸음걸이가 좌우로 약간 뒤뚱거렸는데 펭귄의 걸음걸이와 매우 비슷했다. 그녀는 아픈 다리로 계단 난간을 붙잡고 난간에 몸을 의지해가며 한 걸음 한 걸음 천천히 계단을 올라왔다. 마침내 가장 꼭대기 층에 이르자 마리아는 성취감에 햇살처럼 화사한 미소를 지었다. 마리아에게 그러한 성취감은 자신의 통제권 밖에 있는 경제적 고통보다 훨씬 더 중요했다. 나는 마리아를 알고 지내는 동안 단 한 번도 그녀가 자신의 처지를 비관하거나 불평하는 것을 들은 적이 없었다. 나는 그런 마리아를 할머니처럼 따르고 좋아했다.

다른 이들을 선뜻선뜻 잘 도와주는 넉넉한 마음씨 때문에 '산타 마리아'라는 애칭으로도 불리는 그녀는 내가 아는 이들 중 가장 마음이 따뜻한 사람이었다. 마리아는 학생들을 사랑했고 기꺼이 어머니처럼 대해주고 싶어 했다. 고맙게도 학생들 역시 마리아에게 재미난 이야기도 해주고 더러 투덜거리기도 하면서 격의 없이 잘 지냈다. 마리아는 젊은 교사들에게도 어머니 같은 존재였다.

한번은 세탁 직원들이 파업을 해서 남학생들이 자기 옷을 손수 빨아야 했던 적이 있었는데 그때 나는 한사코 내 빨래를 해주겠다는 마리아를 겨우 말렸다. 세탁실에서 일하는 여성들은 파업을 한지 불과 2~3주 만에 임금 인상에 성공했다. 주된 이유는 일부 남학생들의 어머니들이 열여섯 살짜리 귀하디귀한 아들이 자기 속옷을 직접 빨았다는 사실에 소스라치게 놀라 학교 측에 항의했기 때문이다. 이후 놀라울 정도로 실용적인 아르헨티나의 방식대로 모든 것이 다 정상으로 돌아왔다.

테라스 문을 열자마자 후안 살바도르가 우리를 봤다. 그리고 내 예상대로 후안이 마리아의 마음을 녹이는 데는 채 2초도 걸리지 않았다. 마리아가 두어 걸음 후안 쪽으로 가자 후안은 쪼르르 마리아 앞으로 달려와 마리아의 얼굴을 빤히 쳐다봤다. 오면서 타르와 기름을 뒤집어썼던 후안의 이야기를 들었던 마리아는 기꺼이 이 작은 새에게도 엄마가 되어주고 싶어 했다. 물론 후안 살바도르는 기꺼이 그 호의를 전부 받아들였다. 마리아는 테라스 난간에 앉아 부드러운 손길로 후안의 어깨를 쓰다듬었다.

나는 마리아에게 후안의 아침 식사에 동참하겠냐고 물었고 몇 분 지나지 않아 마리아는 후안의 아침 식사 시중을 들었다. 물고기 한 마리를 먹을 때마다 후안은 고개를 좌우로 흔들어댔고 감사의 표시라도 하듯 힘차게 날개를 퍼덕이며 꼬리를 세차게 흔들었다. 이 노련한 낚시꾼은 새로운 추종자의 마음을 순식간에 낚았고 마리아는 그에게 완전히 푹 빠졌다. 그 후 마리아는 후안에게 종종 맛있는 음식을 갖다 주며 둘만의 우정을 더욱 돈독하게 만들어갔다.

나는 다른 사람들에게도 펭귄 이야기를 발설했다. 교장선생님에게 펭귄의 몸 상태가 회복되면 다음 휴가 때 부에노스아이레스에 있는 동물원에 갖다 주겠노라고 거듭 다짐했고, 기숙사 관리인 리차드에게도 똑같이 말했다.

그날 후안과 나는 쉬지 않고 찾아오는 방문객을 맞아야 했다. 저녁 식사를 하면서 나는 동료들에게 푼타델에스테에서 있었던 후안과 벌였던 작은 전투 이야기와 테라스에 펭귄이 살게 된 이유를 설명했다. 그런데 후안을 구조한 이야기와 목욕시킨 이야기를 하던 중 내가 그의 이름을 말하자 동료 교사 조지가 끼어들었다.

"아니지. 후안 살바도르가 아니라 '후안 살바도Juan Salvado'라고 해야지. 영어로 하면 'John saved(구조된 존)'이라는 뜻이니 더 잘 어울리잖아."(salvador는 구조자, 구원자라는 의미가 있다. 따라서 Juan Salvador는 '구원자 존'이라는 의미다 – 옮긴이)

그러자 다른 사람들도 만장일치로 후안 살바도르보다 후안 살바도가 훨씬 더 잘 어울린다고 했다. 그렇게 해서 후안은 가까운 친구들 사이에서는 후안 살바도로 불리게 됐고,

이따금 공식석상에서만 후안 살바도르라는 이름을 사용하게 됐다.

당연히 동료 교사들도 후안을 보고 싶어 했다. 저녁 식사를 마친 동료들은 나를 따라 테라스를 찾았다. 그리고 그곳에서 후안과 통성명을 하며 인사를 나누었다. 동료들은 의자와 테라스 난간에 주르륵 앉아 왼쪽 옆 사람에게 와인 병을 오른쪽 옆 사람에게는 청어 봉지를 넘겨주며 자신들은 와인을 마시고 후안에게는 청어를 줬다. 후안 살바도르는 물고기를 한 마리씩 들고 있는 사람들 앞에 차례대로 가서 즐겁게 물고기를 받아먹었고 이내 그곳에 모인 이들의 마음을 사로잡았다. 배가 부른 후안은 청어를 먹는 속도가 느려지긴 해도 사람들과 함께하는 시간을 매우 좋아했다.

후안의 움직임이 둔해지자 비로소 동료들은 다른 데로 관심을 돌려 공통 화제나 한창 신문에서 화제가 되고 있는 이야기를 나누기 시작했다. 주로 군대, 가령 기관총을 두르고 있는 소년 징집병에 대한 이야기나 킬메스 축구팀이 축구대회에서 우승할 확률과 같은 이야기였다.

그때 나는 처음으로 후안이 인간들과 함께 있는 것을 매우 편안해한다는 사실을 알게 됐다. 이후로도 나는 후안이 사람들과 편안하게 어울리는 광경을 수도 없이 목격했다. 후안은 인간의 체구나 행동에 전혀 겁을 먹지 않았다. 테라스에 있다가 방문객이 오면 진정한 우정을 갈망이라도 하듯 늘 따뜻하게 반겼다. 아니, 더 정확하게 표현하자면 사람들이 자신의 이름을 불러주면 기뻐 날뛰었다. 어떤 방문객은 자신을 반기는 후안을 보고 길고도 힘든 여행을 떠나 있다가 아주 소중한 오랜 친구의 집에 온 기분이라고 말하기도 했다.

후안은 어린아이 같은 매력이 있으면서도 그 매력의 유효기간이 어린아이처럼 짧지 않았다. 아니, 절대 사라지지 않았다. 또 어떻게 보면 후안은 근사한 연회를 베푼 완벽한 주인처럼 보였다. '돈 후안 살바도르 데 핑귀노 공작'이라고 불러줘야만 할 것 같은 느낌마저 들 때가 있다. 재치 있고 세련된 태도와 얼룩 하나 없이 깨끗한 흰색 넥타이에 연미복, 거기에 귀족 가문에서 태어난 것 같은 자신감, 빼어난 학습 능력과 폭 넓은 경험까지 두루 갖춘 후안은 여유로운 몸짓으로 손님들 사이를 유유히 돌아다니며 인사를 나눴다. 후안이 다가가면 모두들 하던 대화를 멈추고 그에게 관심을 집중했다. 그러면 후안은 방문객들에게 찾아와줘 진심으로 기쁘다는 태도를 보여줬다.

후안이 엄격한 식사법에 얽매이지만 않았다면 생선을 들고 있지 않은 다른 방문객에게도 다가가 모두에게 말을 건넸을 것이다. 그랬다. 그대로 표현하면 인간이 펭귄에게 물고기를 먹여준 것이고, 비유적으로 표현하면 후안 살바도가 인간들에게 자신에게 먹이를 줘도 좋다고 허락한 것이다.

동료 교사들이 찾아왔던 날 밤 후안은 청어 한 마리를 더 먹을 여유가 있는지 고민하기라도 하듯 내 옆에 서서 사람들을 두리번거렸다. 그리고 눈을 깜박이다가 고개를 꾸벅꾸벅 떨어뜨리더니 이내 잠이 들었다. 여전히 선 자세로 스르르 내게 기대어 잠든 후안의 모습은 포만감 가득하면서도 더없이 평화로운 표정이었다.

다음 날은 학생들이 방학을 끝내고 학교로 돌아오기 바로 전날이었다. 아직 학생들은 오지 않았고 후안도 더 이상 도망자 신세가 아니었기에 나는 운동도 시킬 겸 지붕 아래 테라스에서만 생활하던 후안을 데리고 운동장으로 나가 보기로 했다.

세인트 조지 학교 운동장은 꽤 넓었다. 탁 트인 넓은 공간이 꽤 있었고 가장자리에는 커다란 유칼립투스 나무들이 서 있었다. 다양한 식물들이 있는 조용한 공간도 있었는데 그곳은 마치 가정집 정원처럼 아담하게 그늘을 드리웠다. 나는 후안을 데리고 잔디밭으로 나갔다. 그리고 유칼립투스 나무 아래를 함께 천천히 걸었다. 후안은 늘 내가 가는 곳이면 어디든 따라와서 내 곁 가까이서 걸었다. 우루과이의 해변에서 그랬던 것처럼 말이다.

내가 더 빨리 걷자 후안도 나를 따라잡으려고 전속력으로 달렸다. 펭귄은 달릴 때 양 날개를 펴고 최대한 속도를 내기 위해 몸을 뒤뚱거리며 달린다. 이 광경을 보고 웃지 않을 사람은 없을 것이다. 빠르게 달릴 때를 제외하면 보통 나는 후안을 관찰하며 천천히 걷는다. 그러면 후안도 풀이며 잎사귀들을 관찰하고 바닥에 떨어진 나뭇가지에도 호기심을 보이며 천천히 걸었다. 하지만 내 곁에서 멀리 떨어지는 법은 없었다.

운동장 산책을 하면서 만난 학교 직원들에게도 후안을 소개시켰다. 대놓고 내게 뭐라고 하는 사람은 없었지만 내 행동을 기이하게 생각하는 사람은 있었을 것이다. 후안 살바도는 우루과이 해변에서 나의 선택이 최선이었음을 입증해주는, 살아 있는 증거였다.

운동장을 처음 산책하던 날, 1.5킬로미터 남짓 걸으면서 나는 후안이 '안아줘!' 하며 조르지는 않을까 세심하게 표정과 몸짓을 살폈지만 그런 기색은 없었다. 당시에는 꽤 긴 산책 거리를 꿋꿋하게 잘 걷는 후안에게 놀랐지만 생각해보면 펭귄들은 매년 수천 킬로미터씩 이동하고 인간의 이동거리보다 훨씬 더 먼 거리를 여행하는 조류에게 운동장 몇 바퀴 도는 정도의 산책은 전혀 어렵지 않았을 것 같다.

당시 킬메스에서부터 학교 정문까지 이르는 귀도Guido 거리는 포장도로고, 거기서부터 약 2.4킬로미터 정도는 울퉁불퉁한 비포장도로며, 이 도로는 강가로 연결돼 있다. 비포장도로 양쪽은 학교 부지였다. 북쪽으로는 럭비 선이 그어진, 평평하게 탁 트인 운동장이 있고 이 운동장 둘레에는 아름다운 자카란다 나무들이 빼곡하게 심어져 있다.

자카란다는 중앙아메리카와 남아메리카 전역에 서식하는 나무로 수종이 매우 다양한데 내가 본 자카란다 나무들은 한결같이 아름다웠다. 봄이면 자카란다의 가지에는 숨이 막힐 듯 아름답고 선명한 청보라색 나팔 모양의 꽃이 나무 전체를 뒤덮는다. 그 선명하고도 진한 청보랏빛은 어두운 밤하늘이나 구름 낀 흐린 날에도 청명하게 빛났다. 제철이 되면 단단하고 굵게 파인 짙은 나무줄기와 극명한 대비를 이루는 연둣빛 나뭇잎사귀들을 압도할 정도로 만발한다. 꽃이 지고 난 뒤에도 여린 나뭇잎들이 여름 내내 아름답게 남아 있다. 가을이 되면 황금빛이 감도는 노란색의 포도 알맹이처럼 생긴 열매가 맺히는데 이 열매는 햇살 아래 반짝거리면서 잎이 지고 난 후에도 한참을 떨어지지 않고 나뭇가지에 매달려 있다. 모든 나무를 통틀어 가장 아름답다고 생각하는 자카란다 나무 아래서 아장아장 걷던 후안의 모습은 평생토록 내 가슴에 가장 아름다운 장면으로 남아 있다.

비포장도로 남쪽으로는 20만 제곱미터 크기의 부지에 학교 건물들과 여러 개의 운동장이 있다. 오늘날에는 그곳이 주거지역이라 건물들이 빼곡하게 들어서 있다. 하지만 그 시절에는 학교 캠퍼스가 크게 두 곳으로 나뉘어 있었고, 캠퍼스 둘레를 굵은 철사로 다이아몬드 모양으로 엮어 만든 울타리가 둘러싸고 있었다. 울타리 사이로 끝이 뾰족한 관목나무들이 줄지어 서 있는 비포장도로는 집들이 드문드문 있는 마을로 연결되고 그 길은 다시 플레이트 강으로 통했다.

플레이트 강까지 자전거로 가면 30분 정도 걸리지만 펭귄과 함께 가면 훨씬 더 오래 걸린다.

학교와 강 사이에 위치한 조용하기 짝이 없는 마을에는 드문드문 작은 집들이 있었는데 그 집들은 주로 마을 주민들이 그 지역에서 조달한 목재들을 이용해 직접 지은 집으로 여느 판자촌의 오두막집들보다는 세련되게 잘 지은 농가주택이었다. 일반 주거지처럼 주택들이 다닥다닥 붙어 있지 않아 그곳 주민들은 전기나 물, 하수도 시설도 없이 지내야 했다. 주민들은 얼마 되지 않는 땅에 옥수수 몇 그루를 심었고 닭이며 돼지를 길렀다. 그리고 대부분 그런 마을에서 구할 수 있는 일을 하며 근근이 먹고 살았다. 학교는 이곳 지역주민들을 요리사, 청소부, 세탁 직원, 수위 등으로 고용했다.

나는 저녁이면 강가까지 걸어서 산책하길 좋아했는데, 내가 펭귄에게 관심을 갖게 된 이후에는 내가 관심의 대상이 됐다. 그곳 주민들은 강가에서 후안 살바도 같은 새는 본 적이 없었기 때문이다. 살면서 '단 한 번도' 말이다. 펭귄들이 먹는 청어는 강에서 흘러나오는 민물을 피해 바다로 갔을 것이고 펭귄들은 아르헨티나 해안과 우루과이 해안 사이의 해역을 따라 300킬로미터가 넘는 거리를 수영해서 갔을 것이다. 알면 알수록 펭귄은 놀랍고도 매력적인 생명체였다.

그 지역 말로 '리오 데 라 쁠라따Río de la Plata'라고 불리는 플레이트 강은 영국 해협만큼이나 넓은, 어마어마하게 큰 강이다. 영국의 항구도시 도버에 서서 남쪽 바다를 바라본다고 상상해보라. 섭씨 30도 정도의 기온과 따뜻한 수온, 진흙과 짭짤한 소금 내음, 아열대식물, 반대 방향으로 이동하는 태양을 말이다(남반구에서는 태양이 시계 반대 방향으로 이동한다). 그러면 흙먼지 자욱한 비포장도로 끝에서 플레이트 강둑에 서 있는 기분을 짐작할 수 있을 것이다.

대단히 살기 좋은 곳이라고는 할 수 없지만, 학교에 다니는 남자아이들이 한가로이 강가를 산책하거나 마을길을 거닐기에는 더없이 좋은 환경이었다. 돌이켜 생각해보면 정치적 상황이 거의 무정부 상태에 가까운 혼란의 시대였고 시민의 자유가 상상도 할 수 없을 정도로 엄격하게 제한되어 있던 시절이었지만 개인의 자유만큼은 황금기였던 것 같다.

세인트 조지 칼리지에는 그 나라에서 가장 부유하고 영향력 있는 집안의 학생들이 많았지만, 대부분의 학생들은 학교 인근 지역의 주민들이나 이른바 '바호bajo'라고 불리던 극빈층과도 스스럼없이 잘 어울렸다. 이따금 교직원 회의에서 바호들에게 학생들이 해를 당하지는 않을까 하는 우려도 있긴 했지만 학교 정문 앞에 무장한 경비들과 테니스 코트 주변에 빙 둘러쳐져 있는 단순한 울타리 외에 굳이 추가로 보안을 더 강화해야 할 필요는 그다지 없어 보였다.

나는 후안 살바도에게 학교를 보여주고는 함께 기숙사로 돌아와 현관 쪽으로 두어 걸음 걸어갔다. 그런데 후안은 미처 문을 보지 못한 듯 걸어오다가 현관문에 쾅 부딪혔다. 문에 부딪힌 후안은 그대로 튕겨져 나가 그 자리에 주저앉았다. 나는 얼른 후안을 안아서 기숙사 건물 안으로 들여보내 줬다. 후안은 내가 안아줄 때면 언제나 좋아했다. 절대로 빠져나가려고 발버둥치거나 하지 않았다. 안에 들어와서는 다시 펭귄을 내려놓았다.

내 방은 단단한 나무로 된 커다란 계단의 맨 꼭대기에 있었다. 나는 앞장서서 계단을 올라가기 시작했다. 간간이 멈춰 서서 펭귄이 잘 따라오고 있는지 확인했다. 그런데 펭귄이 맨 아래 계단에 또 부딪혀 튕겨져 나갔다. 하지만 이번에는 한쪽 눈씩 번갈아가며 장애물을 확인했다. 그러더니 갑자기 장애물이라는 개념에 대해 깨달음을 얻은 듯했다. 그 이후로는 법석을 떨지 않고 한 걸음 뒤로 물러나 거의 제 배꼽 높이의 계단을 폴짝 뛰어올랐다.

그런데 이번에는 뛰어오르면서 위 계단에 머리를 쿵 찧었다. 펭귄은 그 자리에 서서 다시 다음 계단으로 폴짝 뛰어올랐는데 이번에는 비스듬하게 대각선으로 뛰어 올라갔다. 비스듬하게 올라가니 위 계단에 머리를 찧지 않았다. 그리고 순식간에 그 과정을 반복했다. 다음 계단도 비스듬하게 지그재그를 그려가며 내 뒤를 따라 올라왔다. 내가 조금 앞서서 올라갔고 후안이 바로 뒤를 따라왔다.

똑똑한 후안이 대견했던 나는 그가 계단을 내려갈 수 있는지도 알고 싶었다. 그래서 올라갔던 계단을 내려가기 시작했다. 그러자 후안은 한 치의 망설임도 없이 계단에 배를 대고 엎드리더니 마치 썰매를 타듯 배를 통통 튕기며 엄청나게 빠른 속도로 계단 맨 아래까지 미끄러져 내려가 반질반질한 대리석 바닥에 배를 대고 엎드렸다. 활강이 멈추자 벌떡 일어났다. 후안은 계단을 가장 빨리 올라가지는 못했지만 내려가는 건 그 누구보다 빨랐다. 심지어 계단 맨 아래에서는 직각으로 몸을 돌리며 착지하는 기술까지 발휘했다.

이후 나는 학생 녀석들이 나 모르게 후안과 계단 내려가기 시합을 종종 벌였고 그때마다 늘 후안이 이겼다는 이야기를 듣게 됐다. 그 이야기를 들은 나는 가슴이 철렁해 바로 시합을 금지시켰다. 혹 남학생들이 계단을 빨리 내려가려고 한 번에 여러 칸씩 뛰다가 아래 엎드려 있는 펭귄을 덮쳐 죽게 할 수도 있고, 펭귄의 목을 부러뜨릴 수도 있으며, 뛰어내리다가 그대로 밟아 펭귄의 내장을 파열시킬 수도 있고, 펭귄이 계단에서 넘어질 수도 있기 때문이다. 생각만 해도 몸서리가 쳐졌다. 하지만 새 학기를 준비할 때까지만 해도 학생들의 장난 수위가 어디까지 짓궂을 수 있는지 예측하지 못했던 것은 내 탓이었다.

"원한다면 나를 만날 수 있어.
대신에 청어 한 봉지는 필수야."

새 친구들

문 앞에는 의욕 넘치는 추종자들이 줄을 이었다

학교마다 특유의 분위기가 있다. 학생들이 재잘거리는 소리가 조용하게 잠들어 있던 기숙사의 침묵을 깨울 때 그 특유의 분위기는 학교 구석구석까지 퍼진다. 쿵쾅거리는 발걸음 소리, 교복과 운동 용품을 넣어 불룩해진 가방을 침대 아래로 무심하게 휙 던질 때 나는 '쿵' 하는 둔탁한 소리는 새로 시작될 17주간의 새 학기를 알리는 소리였다.

학교는 다시 활기찬 일상으로 요동쳤다. 나는 돌아온 학생들이 반가웠다. 학생들은 보나마나 후안을 아낌없이 사랑해 줄 것이고, 후안에게도 300명이 넘는 새 친구가 생길 터이니 친구가 모자라는 일은 없을 것이다.

학기 중에 학교는 학생들뿐 아니라 가족들과 함께 휴양지에서 휴가를 보내고 돌아온 다수의 교직원에게도 집이나 다름없었다. 또한 모두가 서로의 이름을 알고 아주 가깝게 지내는 친밀한 공동체였다. 세인트 조지 학교의 각 학급은 15명가량의 학생들로 구성되어 있고, 학교 건물과 비슷한 크기의 기숙사가 여러 동 있다. 교내 식당은 학생들과 직원 전원을 수용할 수 있을 정도로 넓어 하루에 서너 번씩 전교생이 모여 식사를 하기에 충분했다. 주방장인 호르헤는 어린 아르헨티나 학생들의 입맛을 사로잡는 법을 아주 잘 알았다. 학교 내에 있는 성당 역시 전교생을 수용할 수 있을 정도로 컸는데 그곳은 식당처럼 자주 이용하는 곳이 아니었고, 식당에서처럼 열정적이지도 않았다.

나는 계단 위에 서서 학생들을 바라보며 저 학생들이 테라스 문을 열기까지 과연 얼마나 걸릴까 생각해봤다. 생각보다 그리 오래 걸리지는 않았다. 새까만 더벅머리에 늘 웃음기 가득한 이고르는 새 학기가 시작되면 누구나 그러하듯 복잡한 심경으로 어슬렁리고 있었다. 그 학생은 페루 출신이었지만 할아버지는 러시아에서 이민을 온 사람이었다.

아무튼 교정을 서성대던 이고르가 무심코 테라스 쪽을 바라봤고 몇 초도 되지 않아 단박에 시선을 사로잡는 무언가를 발견했다.

"저기, 펭귄이 있어요!"

이고르가 나지막이 말했다. 그러고는 두리번거리다가 거의 잔디에 코가 닿을 정도로 납작하게 엎드려서 다시 내게 말했다.

"저기 펭귄이 있다고요!"

"아, 겨울을 나려고 이제 막 남쪽으로 와서 쉬나 보구나."

내가 대답했다. 지적인 반박 기술은 내가 학생들에게 즐겨 사용하는 방법이었다. 사실이 아닌 내용을 그럴듯하게 말해서 학생들이 자신의 생각을 토대로 이의를 제기하지 못하게 하는 기술이었다.

이고르는 미간을 찌푸리며 테라스를 내다봤고 잠시 혼란스러운 듯한 표정을 짓더니 단호하게 "아녜요!" 하고 말했다. 그러고는 더 이상 말을 하지 않고 가만히 내 표정을 살폈다. 마침내 농담을 이해했다는 듯 씩 웃더니 물었다.

"가 봐도 돼요?"

"아주 조용히 가 본다면 괜찮다."

이고르는 조심스럽게 문을 열고는 살금살금 테라스로 갔

다. 이고르가 천천히 후안 앞으로 다가가자 후안은 날개를
파닥이며 방문객을 반겼고, 이고르는 후안의 머리를 쓰다듬
기 위해 몸을 숙였다. 후안은 고개를 숙였다가 획 젖히면서
학생을 부추겼다. 이고르는 내 얼굴을 바라봤다.

"다른 애들한테 말해도 돼요?"

테라스에 펭귄이 산다는 소문은 삽시간에 들불처럼 퍼졌
다. 테라스 문 앞은 소문이 사실인지를 확인하고 싶어 안달
이 나서 서로 밀치락달치락하는 학생들로 붐볐다. 처음에는
정해진 시간 동안 정해진 인원의 학생들만 들여보내려고 했
다. 너무 많은 사람이 관심을 보이면 후안이 겁을 먹을 수도
있다는 생각에서였다. 하지만 이내 후안이 수용할 수 있는
추종자의 수에는 한계가 없다는 사실을 알게 됐다.

학생들은 후안에게 먹이를 줘도 좋다는 허락을 받고는 뛸
듯이 기뻐했고 이내 자원봉사자도 생겨났다. 후안에게 먹이
를 주고, 정기적으로 테라스 바닥을 청소하고, 날마다 시장
에 가서 생선을 사오는 것이 자원봉사자들의 일이었다. 어린

학생들에게 책임감은 종종 최선의 노력을 이끌어내는 경우가 많다. 게다가 '최선'을 다해 언제든 후안 살바도에게 필요한 것을 가져다줄 준비가 되어 있는 의욕 넘치는 지원자들이 줄을 이었다.

자연 상태에서만 보던 펭귄을 실제로 본 학생들은 '사교적'이라는 형용사의 참뜻을 이해하게 됐다. 보통 인간이 사교적인 동물이라고는 하지만 펭귄도 그에 못지않다. 어마어마하게 많은 개체 수가 무리를 이루며 사는 펭귄들은 개인 공간이라는 개념이 뚜렷하게 없다. 어떤 면에서 보면 남아메리카에 있는 이 영국식 기숙학교는 다른 어떤 인간 사회보다도 펭귄의 집단 서식지의 모습을 그대로 빼닮았다.

학생들은 아침 일찍 일어나 일렬로 기숙사를 빠져나와 아침 식사를 하기 위해 교내 식당으로 모인다. 그러고는 소규모로 무리를 이뤄 오전 수업을 듣고 예배나 다른 수업에 참석하기 위해 다시 썰물처럼 빠져나간다. 오전 휴식시간에는 다음 수업시간에 필요한 교과서나 교구를 챙기기 위해 기숙사 앞에 바글바글 모인다. 점심시간이 되면 사물함에 가방을 넣어놓기 위해 다시 기숙사 앞에 무리를 이루었다가 식당으로 돌진해 달려간다. 허기를 채우고 나면 낮잠을 자고 쉬기 위해 기숙사로 우르르 들어갔다가 다양한 종류의 운동이나 활동을 하기 위해 다시 우르르 쏟아져 나온다. 그리고 다시 기숙사로 들어가 샤워를 하고 교과서를 챙겨가지고 나와 그날의 마지막 수업을 듣기 위해 교실로 들어간다. 그다음 저녁을 먹으러 식당에 가기 전, 가방과 책을 내려놓기 위해 기숙사로 갔다가 식당에 모여 그날의 마지막 식사를 한다. 그리고 예습을 하고 숙제를 하기 위해 자습실과 독서실에 모인다. 그러고 나서 그날의 유일한 자유시간을 즐기기 위해 삼삼오오 모여 재잘거리다가 씻고 잠자리에 든다. 이것이 기숙학교의 일상이다.

이제 그 일상에 펭귄을 보기 위해 정기적으로 기숙사를 들락거리는 일과가 더해진 학생들이 생겨났다. 펭귄이 주는 즐거움과 기쁨을 맛보려는 학생들이었다. 밖에서 학생들이 지나가는 소리가 날 때마다 후안은 후다닥 테라스로 달려나가 집중해서 남학생들을 보곤 했고, 개중에 몇몇 아이들은 꼭 테라스로 올라와 후안과 이야기를 나누거나 후안에게 물고기를 주곤 했다.

기숙학교의 자유시간은 매우 빠듯했지만, 운동장에서 경기를 마치고 오후 수업이 시작되기 전까지 20분 정도의 여유시간을 어떻게든 활용해서 물고기를 사러 시장에 다녀오려는 자원봉사자들이 넘쳐났다. 후안 살바도는 하루에 500그램 정도의 물고기를 규칙적으로 먹었고, 일주일에 세 번 정도만 생선 장수에게 다녀오면 후안의 식사가 모자라지 않게 늘 냉장고를 채워둘 수 있었다. 시장에서 식량을 사온 학생들에게는 보상으로 후안에게 먹이를 주거나 테라스를 청소하는 특혜가 주어졌다.

보통은 대여섯 명 정도의 학생들이 테라스 난간에 앉아 새 친구에게 먹이를 주곤 했다. 식사를 시작할 때 후안 살바도는 번개같이 물고기를 낚아채 삼키곤 했는데 그 동작이 어찌나 날랜지 아이들이 봉지에서 다음 물고기를 꺼내기도 전에 입에 있던 물고기가 뱃속으로 들어가 있곤 했다. 후안은 먹는 데 정신이 팔려 부주의하거나 경험이 미숙한 학생들에게 세심하게 신경 쓰지 못했지만 학생들이 후안에게 손가락을 물리는 사고는 단 한 번도 일어나지 않았다.

식사를 거의 마칠 때가 되면 후안은 먹는 속도를 늦추고 더 천천히 공을 들여 물고기를 삼켰다. 유심히 관찰하며 물고기를 주는 아이들은 후안이 배가 부른 기미가 보이면 먹이를 그만 줬지만 이따금 수다를 떠는 데 정신이 팔린 학생들은 후안이 더 이상 삼킬 수 없을 때까지 물고기를 주는 통에 어떤 날은 후안의 부리 밖으로 생선 꼬리지느러미가 삐죽이 나와 있을 때도 있었다.

후안은 충분히 배부르게 먹었다 싶으면 학생들 무리 가운데 서서 사랑스러운 눈빛으로 학생들 얼굴을 빤히 바라보곤 했다. 그러고 나서는 조끼가 꽉 죌 정도로 부푼 배를 안고 따뜻한 오후의 햇살 아래서 꾸벅꾸벅 졸다가 학생들의 다리를 기둥 삼아 기대어 잠이 들곤 했다. 개중에 배려가 많은 아이들은 아기처럼 불룩해진 후안의 배가 위쪽으로 오도록 해서 눕혀줬는데 그러면 후안은 뒤척이지 않고 깊이 잠들곤 했다. 반면에 그런 배려가 없는 아이들은 다음 수업에 늦었다는 사실을 깨닫자마자 후다닥 자리를 박차고 일어나 가버렸고 그럴·때면 후안은 마치 너그러운 할아버지처럼 고개를 가로저으며 다시 자리를 잡고 오후의 낮잠을 즐겼다.

후안 살바도의 일상은 그렇게 흘러갔다. 여러 사람이 번갈아가며 먹이를 주고 놀아주면 함께 어울리다가 평화롭게 꾸벅꾸벅 조는 것이 후안의 일상이었다.

귀중한
선물을 받다

얼음을 한 웅큼 물에 넣었다.
얼음 몇 조각에 물 온도가 달라질리 없었다

어느 날 오후, 후안은 테라스에 있고 나는 내 방에 있는데 갑자기 시끄러운 소리가 들렸다. 들어보니 기숙사 앞을 지나는 남학생들의 말소리였는데 평소보다 훨씬 더 흥분에 들뜬 목소리였다. 하지만 정확히 무슨 말인지는 알아들을 수 없었다. 그때 나는 라디오를 집중해서 듣고 있었다. 방에는 고국의 방송인 BBC 라디오 월드 서비스의 주파수를 맞추기 위한 안테나선들이 여기저기 널브러져 있었다. 보통은 그렇게 공을 들여도 방송을 들을 수 없는 경우가 많았지만 이따금 치직거리는 잡음 사이로 고국의 억양으로 뉴스를 진행하는 아나운서의 목소리가 들릴 때도 있었다.

학생들은 기숙사 앞으로 오더니 계단을 올라왔다. 기숙사 문이 열렸다 닫히는 소리가 들렸고, 계단을 올라오는 아이들의 목소리가 점점 더 크게 들려왔다. 그리고 그 소리는 최종적으로 내 방문 바로 앞에서 멈췄다. 라디오가 제대로 들리지 않아 방송 듣기를 단념하고 있던 나는 아이들이 왜 웅성거리는지 궁금해 그쪽으로 귀를 기울였다. 예상대로 노크 소리가 들렸다.

문을 열자 한 아이가 의기양양한 표정으로 우쭐거리며 서 있었다. 아이의 손에는 오래되어 보이는 큼지막한 아연도금 통이 들려 있었다. 대야처럼 생긴 타원형 통이었는데 길이가 약 90센티미터에 너비는 60센티미터가량 되고 깊이가 20센티미터 남짓 되어 보였다. 양쪽 끝에는 손잡이가 달려 있었다.

"코르테스, 굉장하구나! 이거 어디서 났니? 설마 어느 가난한 할머니네 집 마당에서 훔친 건 아니겠지?"

"훔치지 않았어요!"

코르테스가 펄쩍 뛰며 말했다.

"농담이야. 이거 정말 근사하다. 어디서 난 거니?"

소년은 씩 하고 웃었다.

"마을에서 학교로 오다가 마을 작업장 근처에 있는 쓰레기장에서 찾았어요. 거기 사람들에게 이거 가져가려면 얼마를 드리면 되냐고 물었더니 가져갈 수 있으면 그냥 가져가라고 하셨어요."

"경비원들이 그냥 들여보내주던?"

나는 코르테스에게 물었다. 보통 정문 앞을 지키는 경비원들은 학생들이 쓰레기를 학교로 반입하지 못하도록 입구에서 철저히 막기 때문이다.

"처음에는 못 들어가게 했는데 선생님이 펭귄 때문에 필요한 물건이라고 저한테 심부름 보내서 가져오는 거라고 했더니 그냥 들여보내주던데요? 선생님이 가져오라고 시키신 거죠, 그렇죠?"

"아! 그렇지, 암 그렇고말고. 이제 기억이 나네. 똑똑히 기억나고말고! 넌 앞으로 훌륭한 사람이 될 거다. 베르나도 코르테스!"

학교에 있는 몇 주 동안 후안 살바도는 수월하게 테라스의 삶에 적응했다. 테라스에 있는 테이블은 햇볕이나 비바람을 막아주는 쉼터였고 날마다 나나 다른 학생들이 번갈아가며 샤워도 시켜줬다. 후안은 샤워를 좋아했다. 테이블 위에 호스를 걸쳐두면 테이블 아래로 부드러운 물줄기가 떨어졌고 후안은 가정용 폭포 아래서 샤워를 즐겼다.

이 의식은 늘 똑같았다. 후안은 물줄기에 몇 초 동안 부리를 집어넣었다가 세차게 머리를 흔들곤 했다. 이 동작을 두세 번 반복한 후에는 얼굴과 목을 씻고 그다음에는 한쪽 발로 서서 한 쪽씩 발을 씻었다. 그다음에는 몸을 요리조리 움직이며 구석구석 씻었다. 후안이 얼마나 유연하게 발을 씻는지 정말 깜짝 놀랄 정도다. 마치 뼈가 고무로 되어 있어서 몸을 자유자재로 구부릴 수 있는 것만 같았다.

다 씻고 나면 물줄기에서 벗어나 부리로 깃털을 다듬었는데 목에서부터 시작해 꼬리까지 구석구석 정성껏 다듬어 나가고 마지막으로 꼬리를 빠르고도 정열적으로 흔들어댔다. 이 신호를 보내면 우리는 수건으로 후안의 몸을 부드럽게 닦으며 말려줬고 그러고 나면 후안은 새로 난 깃털을 정성스럽게 다듬었다.

우리는 펭귄들이 보통 물을 얼마나 마시는지 아니면 필요한 수분을 생선을 통해 전부 다 섭취하는지 궁금했다. 결론적으로 후안은 커다란 냄비에 담아둔 물을 남기는 법이 없었다. 후안이 그 물을 마시는 모습은 보지 못했지만 어쨌든 학교의 물은 염분기가 아주 많았기에 후안에게 필요한 염분이 모자라지는 않을 것 같았다. 나는 후안에게 필요한 것을 제대로 해주고 있다는 생각에 안심했다.

코르테스는 킬메스의 작업장 구석에 버려진 지저분한 큰 철 대야를 보면서 좋은 생각을 떠올렸다. 그 대야가 있으면 후안이 목욕을 할 수 있을 것이고, 원한다면 물에 몸을 푹 담글 수 있을 것이며, 한여름 너무 더울 때에는 몸을 식힐 수도 있을 것이라고 생각한 것이다. 나 역시도 후안이 필요할 때마다 바로 몸을 편하게 할 수 있다고 생각하니 흐뭇했다. 후안의 깃털은 아직 방수 기능을 회복할 조짐을 보이지 않았다.

코르테스는 자신이 가져온 전리품을 내게 내밀었다. 여러 사람의 손길이 거쳐 갔음직한 물건이었다. 통을 보고 있자니 19세기 말 철물점 또는 어느 상점 진열장에 반짝반짝한 새 제품으로 진열되어 있었을 이 물건의 모습이 그려졌다.

통에는 끈으로 연결된 가격표가 매달려 있었을 것이고 누런색 가격표에는 손으로 적은 가격이 적혀 있었을 것이다. 그리고 당시에는 매우 선구적인 안목이 있던 누군가가 다른 생필품들과 함께 이 물건을 골랐을 것이다. 아마도 헐렁한 멜빵바지를 입은 마른 체격의 젊은 남자가 며칠 전 갓 결혼한 아내와 함께 와서 주머니 사정이 허락하는 만큼만, 마차에 실을 수 있는 분량 정도의 물건을 샀을 것이다. 골이 진 철판 몇 장과 나무, 못, 망치, 울타리를 이어줄 끈, 송곳, 삽, 성냥, 밀가루, 종자용 곡물, 감자, 흰색 범랑 재질로 된 물통, 약간의 탄약, 그리고 이 철제 목욕통을 마차에 실었을 것이다. 부부가 애정 어린 손길과 결심으로 고른 몇 가지 물건들은 아직 살림에 대한 지식이 부족한 젊은 부부가 농가 주택에서 삶을 시작하기에 족했을 것이다.

후안 살바도의 욕조는 그들 부부가 땅을 일구고, 삶을 꾸리고, 부에노스아이레스 남쪽에 새로운 농장을 만들고 하는 동안 그렇게 그들 가정의 중심에 있었을 것이다. 어쩌면 이 욕조는 주방에서 식재료를 준비하는 통으로, 식사를 마친 후에는 그릇을 씻는 통으로 사용됐을지도 모른다. 세탁실과 침실에서도 이런저런 용도로 사용됐을 수도 있다. 갓 태어난 아기들은 이 통에 담긴 따뜻한 물로 목욕을 했을 수도 있다. 물기 없이 잘 닦아 벌레가 들어가지 못하도록 뚜껑을 덮어 곡물이나 음식을 저장해두는 통으로 사용됐을지도 모른다. 그러다가 가족이 늘어나고, 농장의 규모가 커지고, 사회적 지위가 더 좋아지면서 이 통은 서서히 돼지 사료 통이나 가축들 사료를 담아두는 통과 같이 비천한 도구로 전락했을 것이다. 그렇게 여기저기 긁혀가며 낡고 부식하기 시작한 이 통은 평생 동안 할 일을 다 마친 후에 그 가족이 집을 팔고 이사를 갈 때 헐값에 경매에서 팔렸을 것이다. 그리하여 이 사람 저 사람의 손을 전전하며 떠돌다가 마침내 킬메스의 어느 고물상의 작업장에서 아무도 원하지 않는 물건이 되어 한 귀퉁이에 비참하게 처박히게 됐을 것이다.

하지만 운명은 그 통에게 다시 한 번 존귀한 역할을 할 기회를 줬고, 어느 날 오후, 정해진 장소, 정해진 시간에 그곳을 지나가던 어느 남학생의 눈에 딱 띈 것이다.

"정말 우리에게 꼭 필요한 물건이로구나! 잘했어. 테라스에 놓고 통을 좀 씻어야겠다."

코르테스는 흔쾌히 전리품을 테라스에 내다놓았다. 후안은 통에 들러붙어 있던 진흙과 먼지, 거미줄 등이 수도꼭지에서 콸콸 쏟아지는 물줄기에 씻겨 내려가는 것을 감시라도 하듯 지켜봤다. 우리가 하는 일이 마음에 들었던지 깃털에서 작은 물방울들을 튕겨내면서 제 가슴에 머리를 비벼댔는데 목이 어찌나 유연하던지 고개가 완전히 거꾸로 접힌 것처럼 보일 정도였다. 햇살이 비치자 펭귄의 깃털에서 튕겨져 나온 작은 물방울 입자에 무지개가 어렸다. 잊지 못할 아름다운 광경이었다.

덮여 있던 먼지며 흙을 다 씻어내고 맑은 물을 가득 담은 통이 다시 한 번 제 역할을 할 준비가 됐다.

테라스에는 장작더미에서 몇 개 집어온 케브라초quebracho 나무토막이 몇 개 있었다. 이 나무토막들은 물을 틀었을 때 테이블 아래로 늘어뜨린 호스가 뱀처럼 뒤틀리며 제멋대로 물을 뿜어내지 않도록 고정해줬다. 케브라초라는 단어에는 '도끼 파괴자'라는 의미가 있다. 그만큼 단단하고 물에도 가라앉을 정도로 밀도가 치밀한 나무다. 석탄처럼 오래 타서 연료로 사용되는데 그 외에는 딱히 쓰임새가 없다. 그런데 이 단단한 나무가 이곳 테라스에서는 무게를 이용한 평형추 역할과 층층이 쌓아올려 후안이 욕조로 들어갈 수 있도록 계단 역할을 했다. 물론 욕조 안에도 똑같이 나무를 쌓아 후안은 욕조 안팎을 자유롭게 드나들 수 있었다. 케브라초가 물에 뜨지 않는 데다가 무거워서 놓았던 자리에 그대로 고정되어 있기 때문에 가능한 일이다.

모든 준비를 마치고 후안을 바라봤다. 이 욕조를 보고 후안이 어떤 반응을 보일지 궁금했다. 우리는 후안이 기뻐 날

뛰거나 이 욕조에서 첨벙거릴 광경을 상상하며 우리의 훌륭한 성취를 자축할 준비를 하고 있었다. 하지만 기대와 달리 후안은 새 욕조에 관심이 없는지 그저 깃털 다듬는 데만 열중했다. 심지어 욕조에는 눈길조차 주지 않았다. 평소 호기심 왕성하던 모습과는 영 딴판이었다. 보통 후안은 테라스에 새로운 물건이 생기면 곧장 가서 호기심 가득한 모습으로 요리조리 뜯어보곤 했다.

그 모습을 지켜본 아이들은 의기소침해졌다.

"뽀르께 노 우사를로?(왜 사용하지 않지?)"

한 아이가 물었다.

"노 르 구스따?(저게 싫은 걸까?)"

다른 아이가 대꾸했다.

"얘들아, 영어로 하렴!"

내가 주의를 줬다. 학교에서는 스페인어 수업시간에만 스페인어를 사용하도록 하고 있는데 이 규칙은 꽤 엄격하게 지켜지고 있었다.

"씨(네)! 목욕통 싫어해요, 새가."

또 다른 학생이 말했다.

"좀 더 시간을 가지고 지켜보자꾸나. 아마 낯설어서 그럴 거야."

나는 학생들이 실망할까 봐 애써 좋은 쪽으로 말했지만 나 역시도 학생들과 마찬가지로 후안의 시큰둥한 반응에 적잖이 실망했다.

그런데 갑자기 한 학생이 말했다.

"아, 알겠다! 펭귄이 뭘 원하는지 알겠어요. 펭귄은 옐로 yelo를 원하고 있어요. 선생님, 옐로 있으세요?"

학생은 아르헨티나 이주민들이 사용하는 전형적인 스페인식 영어로 물었다.

"옐로라니 뭘 말하는 거냐? 노란색 뭐가 필요하다는 거지? 노란색 페인트? 당연히 아니지. 펭귄이 페인트를 원할 리가 없잖아. 이 한심한 녀석 같으니! 도대체 왜 펭귄이 노란색 페인트를 원하겠어?"

내가 나이 든 대령의 흉내를 내며 대꾸하자 아이들이 까르르 웃었다.

"아뇨, 페인트 말고요. 그냥 옐로요. 그거만 있으면 펭귄도 고향에 온 기분이 들 거예요."

학생이 웃으며 말했다.

그러자 다른 아이들이 깔깔거리며 그 아이의 단어를 지적

해줬다.

"얼음이라고 해야지!"

"아! 맞다. 얼음이요. 이엘로 띠엔네?(선생님, 얼음 있으세요?)"

"얼음? 얼음을 욕조에 넣자고? 통에 가득 차 있는 물에 얼음 몇 조각 넣는다고 별로 달라질 것 같지는 않은데. 아마 아무 소용없을 거야."

"맞아요! 얼음을 넣으면 돼요!"

학생들이 일제히 합창을 해댔다. 모두들 그 학생의 생각이 정말 좋은 아이디어이자 문제를 해결할 수 있는 방법이라고 생각하고 있었다.

"제발요! 선생님, 얼음 있으세요?"

"글쎄… 냉동실에 작은 얼음 조각이 있긴 한데, 워낙 조금이라 전혀 달라질 것 같지 않은데. 후안은 남극 펭귄이 아니니 얼음 몇 조각에 크게 달라지지는 않을 것 같은데…."

나는 주저하며 말했다.

게다가 기온은 거의 35도에 육박하고 있었고 곧 학생들에게 저녁 식사시간을 알리는 종이 울릴 시각이었다. 그 시간은 하루 중 학교생활을 하며 누릴 수 있는 얼마 안 되는 평화로운 시간이었다. 학생들이 저녁 식사를 하는 동안 동료 교사들과 나는 테라스에 앉아 진토닉을 즐기곤 했다. 그리고 물병을 얼려 만든 귀중한 얼음은 진토닉을 즐기는 시간에 없어서는 안 될 필수품이었다. 나는 내 말이 학생들의 생각에 찬물을 끼얹었기를 바랐다.

"선생님, 제발요!"

하지만 녀석들은 간절했다. 어찌나 간절하던지 내가 큰 희생을 해야겠다는 생각이 들었다. 결국 나는 마지못해 내 방으로 가서 작은 냉동실에 얼려둔 얼음 쟁반을 꺼내왔다. 나중을 위해 그중 몇 조각은 슬쩍 컵에 담아 다시 냉동실에 넣어두었다.

"여기 있다. 하지만 별반 차이 없을 거야. 아마 전혀 달라지지 않을 것 같구나. 뭐 두고 보렴."

나는 플라스틱 얼음통을 내밀었다.

바로 그 순간, 저녁 식사를 알리는 종소리가 울렸다.

"어이쿠! 가야 할 시간이네. 얼른 가 보거라! 여기서 이러고 있지 말고. 후안은 두고 그냥 가. 뭐 저러다가 욕조는 자기가 알아서 발견하겠지 뭐. 다음 쉬는 시간에 다시 오렴."

나는 말했다.

"모멘띠또, 모멘띠또!(잠시만요, 잠시만요!)"

녀석들은 애원하며 얼음을 한 움큼 물에 넣었다. 몇 초면 다 녹아 없어질 것이고 얼음 몇 조각에 욕조의 물 온도가 달라질리 만무했다.

그런데 그 순간 후안이 몸단장을 멈추고 욕조를 보더니 마치 얼음이야말로 자신이 원하던 바로 그것이라고 말하기라도 하듯 노련하게 계단을 척척 올라 물속에 풍덩 들어가 목욕을 하는 게 아닌가!

마침내 학생들 사이에선 커다란 웃음소리가 터져 나왔고, 나 역시 아이들과 함께 껄껄 웃었다. 나는 학생들에게 얼른 가서 식사를 하라고 말했다. 달려 나가는 내내 아이들의 웃음소리가 가시지 않았다. '전혀 달라지지 않을 것 같구나!' 하며 내 말투를 흉내 내는 소리가 테라스까지 들려왔고 그 흉내가 끝나면 다시 커다란 웃음소리가 터져 나왔다. 이 소리는 학생들이 식당에 가는 수백 미터 내내 몇 번이고 반복됐다.

나는 예정되어 있던 진토닉 모임에 참석했고 후안도 퇴근 후 한잔 모임에 동참했다. 따스한 햇볕의 열기가 아늑하게 내려앉은 테라스에 앉아 나는 눈을 찡긋하며 후안에게 술잔을 들어 보였다.

"건강하길, 후안 살바도! 살루드(건배)!"

나는 건배를 외치고 술을 마셨다. 그러고는 술잔을 빙빙 돌렸다. 술잔 속 얼음들이 잔에 부딪혀 쨍그랑 소리가 났다. 후안도 꼬리를 흔들며 술잔 속 얼음을 쪼아 먹기라도 하듯 술잔을 향해 몸을 숙이며 화답했다.

"자, 쭉 마시라고!"

그리고 후안은 통 안에 있던 물에 날개를 담그고는 맹렬한 날갯짓으로 물을 튀겼다.

"아, 가려워, 가려워."

테라스
고민상담소

고민은 나눌수록 가벼워진다

　학교에서 공급되는 물은 염도가 너무 높아 사실상 마실 수가 없었고 염분 때문에 수도관이 빠르게 부식되어 매년 수도관을 새로 갈아줘야 했다. 학교에서 수도관 교체 작업이 있는 동안 기숙사에 물 공급이 원활하지 않을 것이고 수리공들이 기숙사 숙소로 들어와야 한다고 공지를 해줬던 터라 낮잠 시간에 수리공 세 명이 수도관을 점검하러 불쑥 내 방에 들어왔을 때에도 그다지 놀라지 않았다. 수도관을 점검하는 데는 채 10분도 걸리지 않았다. 주방과 욕실 살림이 워낙 단출했기 때문이었다. 그런데 수리공들은 테라스 수도관도 점검해야 한다고 했다.

그들은 세 사람이 테라스 수도관을 점검하는 데 기껏해야 1~2분 정도 걸릴 것이라고 생각했을 것이다. 테라스에는 짧은 수도관 하나만 있었기에 한 사람은 종이와 연필을, 또 한 사람은 줄자를, 그리고 마지막 한 사람은 현장 감독 역할을 하면 금방 끝날 일이기 때문이다. 하지만 후안의 생각은 달랐던 것 같다.

내 방에는 블라인드가 쳐져 있는 창문이 하나 있는데 그 창문에서 보면 테라스가 내다보였다. 그래서 일부러 엿들으려고 하는 것은 아닌데 어쩌다 보면 본의 아니게 후안 살바도와 방문객의 대화를 엿듣게 된다. 넌지시 창밖을 보니 후안 살바도 혼자 여기저기 분주하게 치수를 재고 있었고 세 수리공이 난간에 앉아 후안에게 자신들이 하는 일을 상세히 설명하면서 수리를 마치고 나면 수압이 좋아져 후안도 대단히 만족할 것이라고 보고하고 있었다. 내게 해줬던 이야기와 똑같은 이야기를 말이다!

나는 동물을 의인화하는 데 점점 더 익숙해졌다. 사람들이 인간의 속성을 펭귄에게 대입해 펭귄을 마치 사람으로 대하게 된 데에는 내 탓이 가장 크다. 나는 다른 사람들이 후안을 보며 나와 같은 방식으로 반응한다는 사실에 한편으로는 안도감이 들기도 했고, 또 다른 한편으로는 재미있기도 했다. 어쨌든 수리공들이 후안 살바도의 참견을 받아가며 테라스 수도관 치수를 측정하는 간단한 작업에 30분 이상이 걸리는 것을 보며 나는 터져 나오는 웃음을 몇 번이나 참았는지 모른다.

그다음 날인지 며칠 후인지, 누군가 내 방문을 노크해서 나가보니 놀랍게도 문 앞에 그 수리공들이 서 있었다. 그들의 시선은 곧장 내 어깨너머 테라스를 향하고 있었다. 그들의 방문 목적은 내가 아니고 후안 살바도였다. 그들은 후안 살바도를 보고 싶어 했다. 그들에게 후안의 점심 식사를 직접 줘보겠냐고 묻자 그들은 매우 기뻐하며 후안에게 청어를 주기 위해 일렬로 테라스로 나갔다. 그들은 후안과 학교 내 산책에 대해 이야기를 나누고, 새 잔디 깎는 기계가 잔디의 질을 향상시켜 산책에 도움이 될 것이라는 대화도 나누었다. 그들은 후안의 인정을 받고 싶어 했다.

기숙사를 청소하는 분들은 후안 살바도를 만나기 위해 내게 생선을 받아갈 필요도, 허락을 받을 필요도 없었다. 나는 청소하는 분들 모두에게 내키는 대로 자주 후안을 만나 달라고 부탁했고, 그분들은 당연히 그렇게 했다. 애초에 테라스는 내 공간이기 이전에 그분들 관할이었기 때문이다. 다른 방문객들과 마찬가지로 청소하는 분들 역시 후안과 대화를 나누었다. 대화는 처음엔 농담으로 시작하여 그날 있었던 일을 이야기하는 것으로 마무리됐다. 세탁실에서 일하는 분들에게 가장 자주 오르내렸던 주제는 인플레이션과 낮은 임금문제 같은 것이었고, 그런 이야기가 끝나면 다른 직원들에 대한 소문 등의 이야기로 흘러갔다.

마리아 역시 테라스를 찾는 단골이었다. 마리아는 일종의 사명감을 가지고 매번 뒤뚱거리는 걸음으로 테라스를 찾았고, 거의 날마다 후안을 만나줬다. 마리아는 난간에 걸터앉아 지친 다리를 쉬면서 세탁실 일에서 잠시 벗어나 쉬거나 새로 생긴 골치 아픈 일들을 이야기했다. 가령 다림질을 하다가 셔츠를 태운 이야기며 세탁실 여직원과 학교 남학생 사이에 벌어진 불미스러운 사건 같은 이야기들이었다.

"아이 아이, 후안 살바도. 마드레 데 디오스!(아이고, 후안 살바도야! 천주의 성모님이시여!) 이 일을 어쩌면 좋단 말이냐!"

나는 사람들이 짬을 내 테라스에 들러 후안과 나누는 대화를 많이 엿들었다. 대화에는 영어와 스페인어가 모두 등장했는데 영특하게도 후안은 양쪽 언어를 모두 알아듣는 듯했다. 물론 아이들이고 어른이고 할 것 없이 모두 후안에게 푹 빠지는 이유는 후안이 고매한 성직자처럼 다른 사람의 말을 아주 잘 들어주기 때문이다. 시시콜콜한 날씨 이야기부터 가슴속 깊은 곳에 묻어두었던 비밀스러운 이야기에 이르기까지 누군가 말을 하기 시작하면 후안은 골똘히 집중하며 귀를 기울였고 절대로 중간에 끼어들거나 하지 않았다. 말을 하는 사람의 눈동자를 똑바로 바라보며 그 사람이 하는 말을 진지하게 들어주는 후안은 누구라도 마음을 터놓고 싶게 만드는, 그런 존재였다.

사람들은 후안을 현명한 새라고 생각했다. 후안의 외모도 한몫했다. 성직자들이 입는 빳빳이 세운 흰색 칼라 모양의 털에 길고 검은 망토를 입은 그의 모습은 마치 빅토리아 시대의 어느 너그러운 노신사처럼 보였다. 통풍으로 다리가 불편한 그런 노인 말이다. 아니면 목에 십자가 목걸이만 두르면 주교님처럼 보일 수도 있다. 언뜻 보면 말이다.

후안이 다른 이의 말을 잘 들어준다고 생각하게 된 건 그의 태도 때문이다. 후안은 상대가 말을 할 때 고개를 끄덕이고 눈을 바라보며 귀를 기울인다. 후안을 찾아온 사람들은 후안의 무거운 입을 절대적으로 신뢰하며 후안의 격려에 기댄다. 인간의 말을 하지 못한다는 사실은 후안에게 전혀 걸림돌이 되지 않았다. 후안의 눈동자에는 뛰어난 달변가가 갖추어야 할 명쾌한 의사전달 법이 모두 담겨 있다. 이따금 나는 후안의 주식인 생선이 두뇌 발달에 그렇게 좋다고들 하는데, 혹시 그 때문에 후안이 친구들에게 통찰력 깊고 지혜로운 대답을 하는 것은 아닌가 하는 생각을 하기도 했다.

"아이고, 어쩌면 좋단 말이냐, 후안 살바도야."

내 방에서 학생들 시험지를 채점하고 있는데 마리아의 목소리가 들려왔다.

"우리 세탁실 여직원들도 참 멍청해! 그 학생 부모도 마찬가지고! 학생이 그렇게 비싼 단추를 달고 학교에 가게 내버려두다니. 그런 물건은 손 타기 쉬운데 말이야! 아니면 그 멍청한 학생이 어디다 떼어놓았다가 잊어버렸을 가능성도 크지! 그 단추 값이 자그마치 우리 여직원들 석 달 치 월급이라고 하던데. 아니면 여직원들 중 하나가 그 단추를 훔치려 했을 수도 있지. 어쨌거나 곧 경찰이 온다고 하지 뭐냐. 이전에는 한 번도 이런 일이 없었는데, 어쩌면 좋냐, 후안아."

나는 블라인드 사이로 테라스를 엿봤다. 듣자 하니 남학생들 중 한 명이 세탁을 맡기면서 깜박하고 금으로 된 장식용 단추를 떼지 않았다가 나중에 생각나 세탁실에 금 단추를 돌려달라고 했던 것 같다. 그런데 세탁실에서는 아무도 그 단추를 보지 못했다. 그 단추는 금으로 만든 단추이기도 했지만 무엇보다도 그 집안 대대로 내려온 가보였기에 아주 귀중한 물건이었다. 그래서 단추를 잃어버린 남학생은 세탁실에서 일하는 여직원들을 도둑이라고 욕했고, 그 남학생의 부모는 경찰을 부르겠다고 으름장을 놓고 있는 상황인 것 같았다.

다행히 마리아의 관할 내에서 벌어지는 대부분의 사건들은 사안이 그다지 심각하지 않고 예측 가능했으며, 결국 모든 문제가 말끔히 해결되곤 했다. 타버린 셔츠는 명성 드높은 마리아의 바느질 솜씨 덕에 눈에 띄지 않게 수선됐고, 값비싼 장식 단추도 마리아의 노력 덕분에 제 주인에게 되돌아갔다. 그리고 마리아는 다시 자신의 관할 구역을 꾸려나갔다. 마리아는 자신이 책임지고 있는 구역에서는 어떤 장애물도 용납하지 않았다. 마치 암사자가 제 새끼들을 보호하듯 마리아도 냉철한 지도력과 너그러운 마음씨로 세탁실을 이끌어나갔다.

그런 일이 벌어진 것은 남학생 잘못도 여직원 잘못도 아닐 수도 있다. 만약 세탁실 여직원이 규율을 위반하면 가차 없이 쫓겨났다. 업무에 방해가 된다고 생각되는 사람이 있다면 그 누구라도 마찬가지였다. 마리아는 옳다고 판단되면 그 일에 최선을 다했고 사람들은 그녀의 단호한 결단력을 존경하고 신뢰했다. 그리고 그 모든 과정에는 이야기를 진지하게 들어주고 힘이 되어주는 후안이 그녀의 곁에 있었다.

하지만 후안 살바도를 가장 자주 찾는 사람은 남학생들이었다. 학생들은 보통 우르르 몰려와서 후안에게 억울한 일이나 다음 럭비 경기에 적용할 전술 등에 대해 이야기했다. 가끔 혼자 테라스를 찾는 학생도 있었다. 그중 유독 내 가슴에 와 닿았던 대화도 있다.

어느 날 홀리오 몰리나라는 이름의 학생이 진지한 얼굴로 펭귄 사제를 찾아왔다.

"홀라! 깨 딸?(안녕, 후안! 오늘은 좀 어때?) 요즘 날씨 정말 기가 막히게 좋지 않니? 네가 있는 테라스에서 보면 정말 끝내주는 전망인 것 같아. 아, 여기서는 강도 보이네."

홀리오 몰리나는 후안에게 인사말을 건넸다. 그러더니 홀리오의 말투가 점점 은밀해졌다.

"사실, 여기 왔는데 아무도 없어서 정말 좋아, 후안. 이 자리에서 바로 네 조언을 들을 수 있으니까. 저, 사실 이런 이야기 누구에게 해야 할지 잘 모르겠더라고. 너도 알겠지만 내가 그 여자애를 만난 건… 어디냐면 사촌 집에서야. 그리고 나는 음, 그러니까, 나는, 어, 그 여자애가 정말정말 예쁜 것 같아. 그러니까 어쩌다 보니 내가 음, 하루 종일 그 애 생각만 하고 있더라고. 그 애한테 데이트하자고 말해도 될까? 뭐라고? 아! 정말 예쁘지! …너도 내가 그 애랑 데이트해야 한다고 생각해? 뭐라고? 아! …와! 정말? 너도? 정말 끝내준다! 와! 무치시마스 그라씨아스(정말 고마워)! 고마워! 그렇게 할게. 지금 당장 가서 그렇게 해야겠어."

듬직하고 신뢰할 만한 친구가 자신을 지지해줬다는 기쁨에 테라스를 나서는 학생의 얼굴이 환하게 빛났다.

동물원에
가다

어려운 결단을 내리다

푼타델에스테에서 후안 살바도를 바다로 돌려보내지 못하고 돌보게 된 첫날, 나는 부에노스아이레스에 있는 동물원에 후안을 맡길 생각을 했었다. 동물원에서라면 다른 펭귄 친구들과 함께 있을 수도 있고 동물원 사육사들의 전문적인 보살핌을 받을 수도 있으니 여러모로 후안에게 더 낫겠다는 판단이 들어서였다.

후안과 몇 주를 같이 보내다 보니 나나 다른 사람들이나 후안에게 정이 깊이 들었다. 하지만 나는 여행을 다니며 견문을 더 많이 넓히고 싶었다. 석 달 동안 주어진 여름방학은 더 넓은 세상을 여행하기에 더없이 좋은 기회였고 나는 그 기회를 최대한 활용하고 싶었다. 문제는 펭귄이었다. 내게는 모험에 앞서 보살펴야 할 펭귄이 있었다.

처음부터 작정하고 펭귄을 기를 생각은 없었다. 솔직히 말하면 남아메리카에 있는 동안 어떤 반려동물도 기를 생각이 없었다. 나는 한창 젊었고, 모험심에 불탔으며, 외국에 혼자 나와서 살고 있었다. 나는 광활한 야생 세계를, 낭만적인 이 대륙을 마음껏 누비고 싶었다.

학교는 내게 일종의 베이스캠프였다. 어마어마한 인플레이션에도 불구하고 학교에서 일한 덕택에 소득을 얻고 이를 토대로 지출을 계획할 수 있으며, 일 년에 넉 달 이상의 휴가를 보낼 수 있었다. 학교에서 살다 보니 필요한 것은 다 주어졌다. 식당에서는 하루에 네 끼가 제공됐고, 훌륭한 숙소도 주어졌다. 세탁이며 청소도 물론 제공됐다. 즉, 내 월급은 거의 쓸 일이 없이 고스란히 저축할 수 있었다는 의미다. 저축한 돈으로 나는 오토바이를 샀다. 오토바이는 체 게바라Che Guevara 같은 정치적 행보까지는 아니더라도 그처럼 여행을 하고 싶어 하는 나 같은 가난한 여행자에겐 최고의 교통수단이었다. 하지만 오토바이는 펭귄과 함께 여행을 다니기에 적절한 교통수단이 아니었다.

어느 이른 봄날 드디어 부에노스아이레스에 있는 동물원에 갈 기회가 생겼다.

최근 이사벨 페론Isabel Perón 정부를 축출하고 호르헤 비델라Jorge Videla 장군의 군사정권이 쿠데타를 일으켜 권력을 장악한 후 모든 것이 다시 제대로 돌아가기 시작했다. 기차도 제시간에 다녔고 아르헨티나의 경제도 어느 정도 안정돼 갔다. 외국 화폐를 가지고 있는 것도 더 이상 범죄행위가 아니었다. 다만 인플레이션만은 여전히 높은 상태였다. 그 결과 월급날이 되면 모든 사람이 최단 코스를 이용해 은행으로 달려갔다. 아르헨티나의 페소를 달러같이 널리 통용되는 화폐로 바꾸기 위해서였다.

이 상황에서 오토바이는 경쟁력이 없었다. 실험 결과 최대한 빨리 은행까지 갈 수 있는 수단이 아님이 입증됐기 때문이다. 그래서 나는 일단 킬메스에서 시내까지 기차를 타고 가서 은행에 들러 환전을 마치고 마침내 부에노스아이레스의 동물원으로 갔다.

그날은 일반적인 동물원의 매력에 빠질 겨를이 없었다. 나는 곧장 펭귄 우리로 향했다. 그곳에 가면 검정색과 흰색 깃털 옷을 제대로 입은 펭귄들을 볼 수 있으리라 생각했다. 후안 살바도의 배 쪽 깃털은 아직 털갈이를 하지 않아 본래의 색이 돌아오지 않았기 때문이다.

하지만 펭귄 우리의 모습은 충격적이었다. 일곱 마리의 우울해 보이는 펭귄들이 물이 얼마 없는 수영장 근처에 누워 있었다. 물이 어찌나 얕은지 관리인이 신은 고무장화 높이에도 채 미치지 못했다. 게다가 우리는 후안 살바도 혼자 사용하는 테라스보다 작았다. 펭귄들은 우리 한편에 간신히 드리운 그늘 아래 옹기종기 모여 있었는데, 내가 해변에서 봤던 자유로운 펭귄들의 모습과 사뭇 달랐다. 다들 조금씩 떨어져서 하나같이 풀 죽은 듯 고개를 푹 떨구고 나른한 자세로 누워 있었다.

그날은 기온이 꽤 높았는데 펭귄들은 이렇게 더운 날이면 더 시원한 곳을 찾아 아르헨티나 남쪽에서 여름을 보내곤 한다. 나는 실망감을 감출 수 없었다.

나는 파타고니아와 칠레 해변에서 거대한 군락을 이루고 있는 펭귄들을 본 적이 있다. 한 마리 한 마리가 모두 후안 살바도 같았다. 무슨 일에든 기민하게 반응하고, 호기심 많고, 잠잘 때만 빼면 모든 일에 다 참견하며 돌아다니고, 늘 매사에 만족하는 듯 보였다. 하지만 동물원의 펭귄들은 만족스러워하는 것처럼 보이지 않았다. 솔직히 말하자면 만족스러워 보이기는커녕 비참해 보였다.

그때 동물원 관리인이 내 옆에 왔다. 나는 그에게 펭귄들에 대해 몇 가지 물어봐도 괜찮은지 물었고 그는 쾌활하게 기꺼이 그러라고 했다. 그는 내 질문에 다음과 같이 대답했다.

그렇다. 펭귄들은 생선을 먹을 때만 완벽하게 행복하며 다른 음식은 전혀 줄 필요가 없다.

그렇다. 펭귄들은 운동을 하고 건강을 유지하기 위해 수영을 해야 하지만 수영하는 장소가 반드시 바다일 필요는 없다. 수영장이 클수록 펭귄의 만족도가 더 높아진다. 이 동물원은 충분한 공간이 확보되지 않아 펭귄들을 많이 수용할 수도 없다.

그렇다. 부에노스아이레스는 펭귄이 일 년 내내 살기에는 조금 더운 기후다.

그렇다. 지금 펭귄 먹이를 주러 가는 중이다.

그렇다. 펭귄들은 하루에 몇 차례 식사를 하며 평균적으로 하루에 생선 200그램 정도 먹는다.

나는 관리인의 대답을 듣고 학교에서 후안을 돌보는 체제가 후안에게 더욱 만족스러운 삶이라는 확신이 들었다. 하지만 후안이 학교에 더 장기간 머물게 될 경우 후안이 수영을 할 만한 곳을 찾아줘야 한다. 동물원 수영장은 펭귄들이 수영을 할 수 있을 만큼 충분히 크지 않았다. 나는 가능한 한 후안에게 야생 본능을 펼칠 기회를 주고 싶었다.

　관리인은 자리를 뜨더니 우리 입구로 가서 문을 열고 바위 모양으로 만든 작은 건물로 들어갔다. 그러고는 몇 분 후 양동이를 들고 다시 나왔다. 양동이에는 고등어처럼 생긴 생선이 잘게 썰어져 담겨 있었다. 펭귄들은 그가 먹이를 들고 다가와도 그저 심드렁하게 바라볼 뿐이었다.

　나는 어느 정도 기대를 하며 그 광경을 지켜봤다. 펭귄들은 무기력하게 관리인이 주는 생선을 받아먹고는 다시 털썩 드러누웠다. 후안의 식사시간과는 충격적일 정도로 달랐다. 후안은 누군가 오는 소리만 났다 하면 쪼르르 달려와 쾌활하게 머리를 부비며 방문자를 반긴다. 후안의 시선은 방문자의 얼굴을 향해 있기도 하지만 방문자의 손에 들려 있는 것에 가 있을 때가 더 많다. 후안에게 생선을 주는 사람은 항상 청어의 꼬리 끝을 조심스럽게 쥐고 있다. 자칫하면 기운 센 후안의 날카롭고도 아귀가 딱 들어맞는 부리에 물릴 수 있기 때문이다.

나는 그 펭귄들의 모습을 보면서 내가 야생에서 봤던 펭귄의 모습이 아님을 똑똑히 깨달았다. 동물원 우리 안의 온도가 너무 높아서 펭귄들이 그렇게 무기력했던 것일 수도 있다. 하지만 그 무렵은 한여름도 아니었다. 동물원 펭귄들과 달리 후안은 시내 남쪽 끝에 위치한 세인트 조지 학교의 테라스에서 살고 있다. 비교적 한적한 시골이고 늘 강에서 강바람이 부드럽게 불어와 동물원보다 훨씬 더 시원하다. 사실 후안 살바도는 학교에서 햇볕 쬐는 것을 즐기는 듯 보였으며 방문자가 없을 때에는 종종 태양을 마주 보고 서 있곤 했다. 잠자리에 들기 전 햇볕의 마지막 온기를 다 쬐기라도 하려는 듯이 말이다.

이제 선택의 순간이다. 나는 정보를 수집하고, 동물원의 환경을 봤다. 결단을 내려야 한다.

나는 동물원을 나섰다. 오는 길에 즉흥적으로 시내에 들러

해로즈 찻집에 갔다. 런던의 유명 찻집 분점인 그곳에서 차 한 잔을 마시고 싶었기 때문이다. 나는 후안 살바도를 위한 최선의 선택이 무엇인지, 또 내가 해줄 수 없는 것은 무엇인지를 신중하게 생각했다.

종업원은 주문한 차를 가지고 오면서 내게 오이 샌드위치를 권했다. 나는 정중하게 거절했다. 오이 샌드위치를 사먹을 돈이 없어서라기보다는 그저 배가 고프지 않았다고 해두자. 나는 종업원이 자리를 뜨자마자 허겁지겁 각설탕을 집어먹었다.

그러고는 주전자에 담긴 차를 찻잔에 따라 단맛이라곤 조금도 느껴지지 않을 것 같은 차를 저으며 동물원 방문 결과를 곰곰이 생각했다. 후안 살바도는 내가 봤던 동물원 펭귄들보다 자신의 처지에 훨씬 더 만족하는 것 같았다. 어쨌거나 그는 동물원 펭귄들보다 식사도 더 잘하고 '친구'도 훨씬 더 많았으니까. 늘 민첩하고 쾌활하며 친구들 만나는 걸 대단히 좋아하니까. 나는 동물원 관리인에게 확인한 사실들과 내가 눈으로 직접 목격한 것들을 정리해봤다. 그리고 다른 대안이 생기지 않는 이상 후안을 부에노스아이레스 동물원에 인도하는 것은 후안을 위하는 길이 아니라고 결론지었다.

후안을 부에노스아이레스에 있는 펭귄 기숙학교에 보내지 않고 세인트 조지 학교에 계속 데리고 있는 것이 최선의 방법일까? 후안을 동물원에 보내지 않는다면 관리인의 조언대로 후안을 수영시킬 장소를 물색해야 했다. 이 문제의 해결책은 바로 떠오르지 않았다. 만약 한여름의 뜨거운 열기 때문에 후안이 심각하게 아프거나 하면 어떻게 하지? 무슨 좋은 방법이 없을까? 후안이 살던 야생 세계로 다시 데려다 줘야 하는 건 아닐까? 그 방법은 결코 쉽지 않을 텐데. 후안을 우루과이에 있는 푼타델에스테로 데려갈 수 있을까? 다시 세관을 통과해서? 지금 장난하자는 건 아니겠지? 다른 방법은 없을까?

아르헨티나에서 내가 후안을 데리고 갈 수 있는 가장 가까운 바다는 내가 있는 곳에서 남쪽으로 400킬로미터 가량 떨어진 마르델플라타 해변으로 기차를 타고 여섯 시간을 가야 한다. 예전에 부에노스아이레스에서 신나는 저녁을 보내고 난 후 기차에서 잠이 드는 바람에 실수로 한 번 가본 적이 있는 해변이었다. 낯선 정거장에서 잠이 깬 나는 운 좋게 다시 킬메스로 돌아오는 기차를 탈 수 있었다.

만약 내가 여기서 후안의 식사를 준비해서 이른 저녁에

출발하면 가는 길이 그렇게 덥지는 않을 테니 후안을 데리고 기차를 타서 바다에 갈 수는 있을 것이다. 갈 수는 있지만 그곳에 다른 펭귄들이 있을까? 그 펭귄들이 후안을 자신들의 영역에 들어오도록 허락해줄까? 거기에도 후안이 먹을 청어가 있을까? 후안이 또다시 내 곁에서 떨어지지 않으려고 하면 어쩌지? 이런저런 생각이 꼬리에 꼬리를 물었지만 뾰족한 수가 떠오르지 않았다.

내가 알고 있는 가장 가까운 야생 펭귄 군락지는 내가 있는 곳에서 1,600킬로미터 떨어진 발데스Valdés 반도였다. 후안을 그곳에 데려다주려면 보통 험난한 여정이 아닐 듯싶었다. 가장 좋은 방법은 후안과 오토바이를 기차에 싣고 바이아블랑카Bahía Blanca까지 가서 거기서 오토바이를 타고 발데스 반도로 가는 것이었다. 나는 차를 저으면서 거리를 대충 계산해봤다. 먼저 바이아블랑카까지 가는 데 열네 시간 정도가 걸리고 그다음 오토바이로 열 시간 정도를 달려야 한다. 나흘 안에 다녀올 수 있을지 확신이 서지 않았다. 그것도 예기치 못한 사고가 전혀 일어나지 않아야 가능할 성싶었다.

신중한 사람이라면 절대로 권하지 않을 여행이었다. 설령 그곳까지 후안을 무사히 데리고 갔다 해도 그다음엔 어떻게 하지? 만약 그곳에서 펭귄 군락지를 찾지 못한다면? 찾았다고 해도 후안이 그곳에서 터를 잡고 있는 새들에게 입주 허락을 받았는지 확실하게 알지도 못한 채 후안을 떼어놓고 오면 후안을 그곳에 버리고 왔다는 죄책감에 시달리지 않을까?

가장 합리적이고도 유일한 방법은 나 혼자 후딱 발데스 반도 답사를 다녀오는 것이었다. 그때까지는 어떤 구체적인 계획도 세울 수 없었다.

충동적으로 해로즈 찻집에 들른 탓에 오후 수업에 늦지 않으려면 서둘러 킬메스행 기차를 타야 했다. 하지만 그 기차는 불가항력적 충돌을 향해 치닫는 기차이자 아르헨티나에서는 모든 우발적 사고를 대비해야 한다는 교훈을 일깨워준 기차였다. 후안 살바도의 거취 문제는 앞으로 닥칠 일에 비하면 아주 미미한 문제였다.

후안 페론이 실각당해 망명생활을 한 지 18년 만인 1973년, 그는 또다시 아르헨티나의 대통령이 됐다. 그의 나이가 78세였다. 그의 세 번째 부인인 이사벨 페론은 부통령이 됐다. 당시 페론을 지지하는 여러 당파의 내분과 도시의 게릴라 집단인 몬토네로스Montoneros가 주도하는 테러로 아르헨티나는 큰 혼란에 빠져 있었다. 달리는 차에서는 총격전이 벌어졌고 대량 살상을 목적으로 폭탄 공격이 무차별적으로 가해지면서 사람들이 죽거나 다쳤으며 그 외에도 수많은 피해가 발생했다.

처음 아르헨티나에 도착했을 때 교장선생님이 '문화적 충격'을 받을지도 모른다며 경고를 하긴 했지만 당시 극도로 혼란스러운 아르헨티나의 상황에 대해서는 제대로 대비가 되어 있지 않았다. 날마다 아침 신문 1면에 전날 벌어진 수많은 폭력행위로 사망한 사람들의 명단이 실렸던 시절이었다.

1974년, 집권 1년 만에 후안 페론이 갑작스럽게 사망하자 부통령이었던 이사벨 페론이 대통령이 됐다. 이사벨 페론은 완전히 역량 미달이었다. 주위에는 온통 간신뿐이었으며 그녀의 전임자였던 에바 페론이 최고의 자리까지 올라갈 수 있게 한 정치적 통찰력이나 지혜마저 그녀에겐 없었다. 아르헨티나는 완전히 무정부 상태로 곤두박질치고 있었다. 사회 각계각층에 있던 내 주변 사람들은 이 극심한 혼란의 소용

돌이에서 국가의 질서를 바로잡을 수 있는 건 오직 군 세력 뿐이라는 사실에 암묵적으로 동의하고 있었다.

아직도 이사벨이 대통령으로 재임하던 시절에 봤던 어느 TV 프로그램이 생생하게 기억난다. 당시 학교 휴게실 중 한 곳의 왼쪽 구석에 TV가 있었는데 TV를 끄려고 그 앞으로 갔다가 그때 우연히 흘러나오던 방송을 보게 됐다. 화면을 메운 것은 생일 파티 장면이었다. 나는 불신의 눈으로 그 방송을 봤다. 사탕젤리며 모자, 의자에 먼저 앉기 놀이 같은 장면이 나오는 걸로 봐서 어느 어린아이의 생일 축하 파티인 듯했다. 음식이 마룻바닥에 떨어지자 사람들이 웃었다. 촛불을 불자 사람들은 요란하게 나팔을 불고 아르헨티나의 생일 축하 노래인 「꿈쁠레아뇨스 펠리쓰Cumpleaños Feliz」를 불렀다. 여기서 '생일 당사자 소녀'는 다름 아닌 아르헨티나 공화국 대통령 이사벨 페론을, 술을 마시며 흥청거리는 사람들은 유아적인 정부 각료들을 상징하고 있었다. 파티 속 그들은 모두 현실을 부인하고 있었다. 그 천박한 파티 장면은 일상적으로 자행되는 폭탄 공격과 끔찍한 살인 행위에 반기를 들며 전국으로 방송됐다.

언제 테러가 일어날지 모르는 분위기에서 살다 보니 사람들은 자기 자신의 안전 문제를 가장 중요하게 생각했다. 무엇 하나 신뢰할 만한 것이 없었다. 상점들은 문을 열기도 하고 닫기도 했다. 기차는 다니기도 하고 다니지 않기도 했다. 전기 공급 역시 믿을 수 없었다. 자신의 안위를 최우선으로 삼는 상황은 그 시절엔 전혀 불합리하지 않았다. 특히 직장에 제대로 나오지 않는 사람들도 허다했고, 직장에서도 자신이 맡은 일에 최선을 다하지 않는 경우도 비일비재했다. 자기 보호에 비하면 일자리는 상대적으로 덜 중요했기 때문이다. 이사벨 페론 정부는 법과 질서를 유지하는 데 실패했고, 정부의 기본적인 의무와 기능을 다하는 데도 실패했다. 하지만 군부는 쿠데타를 일으켜 질서를 바로잡기를 주저하고 있었다.

1955년, 이전에 페론 정부가 실각하게 된 것도 군부 세력에 의한 쿠데타 때문이었다. 군부 세력이 정권을 잡은 즉시 바로 문민정부에 권력을 되돌려줬다고는 하지만 1950년대와 1960년대 정권의 중심에서 그리 멀지 않은 곳에는 늘 군부 세력이 존재했다. 군에 대한 시민들의 분노가 커지자 1970년대 군부 세력은 오랜 시간 숨죽여 지냈다. 그들은 군이 국가를 '살려야' 한다는 범국민적인 요구를 기다리고 있는 상황이었다.

1975년, 상황이 악화되자 군의 개입을 요구하는 목소리가 드높아졌다. 이러한 요구는 다달이 높아져 1976년, 군대가 '바야흐로' 권력을 장악할 것이라는 기대가 팽배해졌다. 하지만 하루가 지나고 이틀이 지나도 군에서는 아무런 움직임이 없었다. 그리고 그해 3월, 혁명이 일어날 것이라는 소문이 파다하게 퍼졌다. 나는 3월 21일에 부모님께 이런 내용의 편지를 썼다.

> 간략하게 짧은 편지를 씁니다. 곳곳에 소문이 돌고 있고 아무도 확실한 상황은 모르고 있는 것 같습니다. 하지만 바로 얼마 전 들은 BBC 라디오 방송에 따르면 쿠데타가 임박했다고 합니다. 만약 정말 그런 일이 벌어진다면 제 편지가 제때 도착하지 않을 겁니다. 걱정하지 마세요! 저는 괜찮을 겁니다.

22일과 23일은 아무 일도 없이 지나갔다. 그러다가 24일 아침, 나는 라디오에서 흘러나오는 군가에 잠이 깼다(고백하자면, 사실 라디오에서 쉴 없이 흘러나오던 탱고보다는 군가가 훨씬 더 듣기 좋았다. 탱고는 밤에 어두운 술집에서는 잘 어울리지만 아침을 시작하기에는 썩 좋은 음악이 아니기 때문이다). 쿠데타가 일어난 것이다.

처음에는 사람들의 기대가 컸다. 광포한 테러들이 눈에 띄게 줄어들었다. 전반적으로 사람들은 더욱 책임감 있게 행동했다. 거리는 깨끗했고, 전기도 제대로 들어왔으며, 상점들도 문을 열었고, 일주일에서 열흘씩 걸리던 고국의 편지도 하루 이틀이면 도착했고, 기차도 정시에 잘 다녔다. 내 입장에서는 쿠데타가 환영할 만한 사건이었다.

그래서 나는 기차를 탈 때마다 이 기차가 나를 제시간에 학교까지 데려다줘 내 할 일을 할 수 있으리라는 확신이 있었다. 하지만 그날 내가 탄 킬메스행 기차는 리아추엘로Riachuelo를 지나자마자 아베야네다Avellaneda에서 멈췄다. 그러고는 역 바깥쪽에서 무장한 군인들이 밀어닥치더니 우리를 에워쌌다.

고함 소리와 일사분란하게 움직이는 군홧발 소리가 들렸다. 모든 승객이 기차에서 내려 역사 건물 쪽으로 향해 갔다. 그 와중에 군인들은 빨리빨리 제대로 움직이지 않는다며 총부리로 우리를 찌르고 밀었다. 장교들이 군인에게 소리를 지르면 군인들이 다시 승객들에게 고함을 쳤다. 완전히 공황상태에 빠진 승객들도 있었다. 여기저기서 비명 소리와 남편, 아내, 아이들, 친구를 애타게 부르는 소리가 뒤섞였다.

잠시 후 사람들은 우리가 탄 기차에 테러범들이 있었다고 수군거리기 시작했다. 군인들은 조용히 하라고 윽박지르며 기관단총을 흔들어댔다. 범죄자들이건 무고한 사람들이건 할 것 없이 모두를 협박해 공포심을 조장하기 위해서였다. 그러자 사람들은 크게 동요했다. 겁에 질린 나머지 흐느껴 울며 애원하는 사람도 있었다. 사람들 손에는 십자가와 묵주가 들려 있었다.

승객들은 약 30명 정도씩 나뉘어 각각 다른 방으로 들어갔는데 방에 들어가니 모두 벽에 기대어 서 있으라는 지시가 내려졌다. 그러고는 모두 재킷과 코트를 벗으라는 명령이 떨어졌다. 수색을 용이하게 하기 위해서였다. 모두가 겁에 질려 있었다. 사람들의 이마에서 식은땀이 흘러내렸다. 무장한 군인들과 승객들의 겨드랑이에는 축축한 땀자국이 크게 번져 있었는데 그 땀자국은 그날 우리의 집단 공포가 어느 정도였는지를 잘 보여줬다. 무덥고 답답하고, 공포가 가득한 그 방에 있던 내 몸에서도 몇 초에 한 줄기씩 축축한 땀방울이 흘러내렸다.

군인들은 대부분 젊은 징집병으로 대학생 나이도 채 되지 않은 것 같았다. 그들의 얼굴에도 두려움이 역력했으며 그들의 눈은 무언가를 찾기라도 하듯 승객들의 얼굴을 분주히 훑었다. 그들의 어깨에 멘 총은 바로 앞에 있는 승객 대여섯 명의 가슴과 머리를 바로 겨누고 있었다. 방에는 무거운 침묵이 가라앉았다.

나는 애써 눈을 내리깔며 군인들과 되도록 마주치지 않으려 했다. 괜히 눈이라도 마주쳤다가 반항하거나 도발하는 사람으로 보일 것 같아서였다. 하지만 마음과 달리 나는 다른 사람들은 어디 있는지, 군인들은 무얼 하고 있는지 궁금해 연신 두리번거렸다. 두리번거리는 와중에 총이 보였다. 총구의 검은 구멍을 바로 눈앞에서 보니 속이 뒤틀리는 것 같았다. 군인들은 방아쇠에 손가락을 갖다 대고 있었는데 과연 안전하게 제대로 잡고 있는지는 알 수 없었다. 나를 겨누고 있는 총의 방아쇠를 군인이 쓱 당겨도 나는 절대 눈치채지 못할 것이다. 그리고 그렇게 나는 잊혀가겠지. 우리 부모님은 얼마나 가슴이 찢어질까? 후안 살바도는 어떻게 하나? 누가 후안을 잘 돌봐줄 수 있을까? 아니다. 후안을 위해서라도 어떻게든 정신 차리고 이 상황을 극복해야 한다. 내가 해야 할 일은 마룻바닥만 보고 시키는 대로 하는 것이다.

한 사람씩 몸수색이 시작됐다. 한 사람씩 차례대로 정해진 곳으로 이동했는데 아마 승객들 몸에서 숨겨진 무기를 찾는 듯했다. 몸수색은 지나치게 집요했고 불필요하게 거칠었다. 개인의 사생활에 대한 배려는 고사하고 젊은 남자 군인들이 모든 연령대의 남성과 여성 모두의 몸을 수색했다. 하지만 아무도 거기에 반항하지 않았다. 그렇게 몇 시간이 흐르고 모든 사람들의 몸수색이 끝나자 표를 검사했다. 승객들을 다시 기차에 오르게 했다. 출발해도 좋다는 허락이 떨어지자 그제야 승객들은 크게 안도했다.

군인들이 몇몇 승객을 데리고 갔다는 이야기도 나왔다. 그 말이 사실인지 아닌지는 알 수 없었다. 확실한 건 초조한 기색의 젊은 군인이 메고 있는 기관총 총구가 나를 내려다보고 있던 경험은 대단히 무서운 일이라는 사실이었다. 그 군인들이나 장교들이 과연 자신들의 임무를 제대로 하기는 한 것인지도 모르겠다. 혹, 아르헨티나가 여우를 피하려다 호랑이를 만난 것은 아닌지 의구심도 들었다.

"기사 양반, 빨리 출발하자고."

럭비팀
마스코트

후안 살바도, 행운의 상징이 되다

새 학기가 시작되면 모든 학생이 건강하고 활기에 넘친다. 하지만 어느 정도의 시간이 지나면 '럭비 시합에 참여하지 못하는' 부상을 입은 학생들이나 아픈 학생들 명단이 공지에 뜬다. 시합에는 참가하지 못하지만 한창 밖에서 뛰어놀 나이인지라 그런 학생들은 몸 상태에 따라 럭비 경기장 주변을 걷기도 하고 상태가 괜찮으면 강까지 걸어가기도 한다.

'경기에 참여하지 않는' 학생들이 내게 와서 다른 학생들이 럭비 경기를 하는 동안 후안과 함께 경기장 주변을 걸어도 괜찮은지 물어왔다. 후안 살바도는 '훌리건이 관람하는 신사들의 경기'(축구와 럭비를 비교하는 말로 '축구는 훌리건이 뛰고 신사들이 관람하는 경기고, 럭비는 신사들이 뛰고 훌리건이 관람하는 경기'라는 표현이 있다 - 옮긴이)를 관람하게 됐다.

학생들은 후안을 데리고 14세 미만 학생들로 이뤄진 두 팀의 시합을 관람하러 갔다. 학생들은 터치라인 근처를 왔다 갔다 하며 "좀 달려, 이 느려 터진 뚱보야!" 등과 같이 퍽도 유용한 조언과 응원을 하며 고래고래 소리를 질러댔고 후안은 그들과 함께 경기를 관람했다.

그런데 후안이 무슨 이유로 늘 자신이 응원하는 팀 터치라인 쪽에 서 있는지, 어째서 응원하는 팀 동료들과 함께 있었는지는 모르겠다. 분명한 사실은 후안이 여러 명의 다른 학생들과 함께 수많은 럭비 경기를 관람했고 터치라인 이쪽 저쪽을 오가며 한 장면도 놓치지 않으려는 듯 경기에 집중하면서도 단 한 번도 시합이 열리고 있는 경기장으로 난입하거나 경기장에 바짝 가까이 서 있던 적은 없었다는 점이다. 갑자기 선수들이 후안이 있는 곳으로 돌진해올 때에는 주위에 있던 학생들이 잽싸게 후안을 낚아채 안전한 곳으로 옮겨줬다.

머지않아 14세 미만 럭비선수들은 후안이 상대 팀을 벌벌 떨게 만들 정도로 용감하고 늠름한 마스코트라고 생각했다.

후안은 럭비팀 사이에서 공공연히 행운의 상징이 됐고 늘 자신이 응원하는 팀 선수들에게 행운을 가져다줬다. '자신이 응원하는 팀'이라고 해야 할지 '후안을 마스코트로 선택한 팀'이라고 해야 할지는 잘 모르겠다.

어느 따스하고 온화한 목요일 오후, 우리의 마스코트가 진지하게 지켜보는 가운데 중요한 럭비 시합을 앞두고 '후보 선수들'과 '보결 선수들'이 벌이는 연습 게임의 심판을 보던 중 내 앞으로 전화가 걸려왔다.

그 시절에는 국제 비행기 값이나 전화 요금이 어마어마하게 비쌌다. 이해를 돕기 위해 상대적 가치로 설명하자면 런던에서 부에노스아이레스를 왕복하는 비행기 BOAC VC10편 요금이 1,000파운드(한국 돈 약 175만 원)인 데 비해 당시 평균 임금은 주당 50파운드(한국 돈 약 8만 7,000원)였다.

국제전화 요금은 그저 비싼 정도가 아니라 엄두도 못 낼 만큼 비쌌다. 지금 요금의 50배 또는 100배 이상 됐던 것 같다. 따라서 어지간히 긴박한 상황이 아니면 개인적으로 국제

전화를 사용하는 일은 거의 없었다. 국제우편이 목적지에 도착하는 데 보통 일주일이 채 걸리지 않았고, 운 좋게 시간대가 잘 맞으면 이틀 만에 가기도 했다. 게다가 국제우편은 매우 저렴했다. 나는 고국에 있는 부모님께 의무적으로 일주일에 한 번씩 편지를 썼고 다른 친구들이나 지인들과도 수시로 편지를 주고받으며 지냈다. 예기치 않게 후안과 함께 살게 된 후에 내 편지는 고향 사람들에게 아주 흥미진진한 소식지가 됐다. 글을 쓰고 손으로 직접 쓴 답장을 받는 즐거움을 과소평가하는 것은 아니다. 하지만 고향에서 전화는 단한 통도 오지 않았다. 그날 오후까지는.

운동장 저편에서 누군가 떨리는 목소리로 나를 부르며 달려왔다.

"선생님 앞으로 국제전화가 왔어요!"

마치 이어달리기를 하듯 몇 명의 달리기 주자들을 거쳐 이 말이 내게 전달됐다. 사무실에서 족히 800미터는 떨어진 곳에 있는 내게 소식을 전하기에는 가장 이상적인 방법이었다. 나는 학생들에게 후안을 테라스로 데려다주고 나를 기다리지 말라고 전하고는 사무실로 향했다.

당시 국제전화 종류는 두 가지였다. 하나는 특정 '장소에서 장소'로 거는 방식으로 상대적으로 더 저렴했다. 이 방식은 전화가 연결되어 있는 총 시간을 분 단위로 나누어 요금이 부과됐다. 또 다른 방식은 '사람과 사람'이 직접 연결하는 방식으로 요금이 두 배였다. 하지만 상대방이 수화기를 들어 통화를 시작하기 전까지는 요금이 부과되지 않았다. 만약 전화를 받는 사람이 어떤 이유로 전화를 받지 못하면 요금이 부과되지 않는 방식이었다.

머릿속에는 뭔가 불길한 일이 일어났다는 생각뿐이었다. 나쁜 소식만이 이 비싼 국제전화를 걸 만한 유일한 이유였기 때문이다. '무소식이 희소식'이라는 말도 있지 않은가? 누군가 죽은 것이 분명했다. 여러 사람이 떠올랐다. 조부모님 연세가 80대였다. 내가 집을 떠나올 때만 해도 건강한 모습이시긴 했다. 부모님은 60대였다. 편지에는 어디 편찮으시다는 말씀이 전혀 없었다. 형제자매나 가까운 친구가 혹시 불의의 사고를 당한 걸까? 그럴 리는 없을 거야. 이런 순간에는 내게 정말 소중한 사람이 누구였는지가 분명해진다. 아, 제발 아무 일도 없어야 할 텐데… 싸늘한 불안감이 엄습해왔다. 얼굴에 흐르는 식은땀이 피처럼 느껴졌다. 조금 전 럭비 시합과는 무관한 땀이었다. 나는 최대한 침착해지려고 애썼다.

전화를 받으러 달려가면서도 전화를 받을 때 숨이 차서 말을 제대로 하지 못할까 봐 최대한 보폭과 속도를 조절했다. 드디어 교무실에 도착했다.

교무실로 가는 내내 심장이 쿵쾅거렸다. 진흙투성이 부츠를 벗고 교무실로 들어가니 사라가 따뜻하고 인정 어린 미소를 지어 보였다. 학교에서 사무 일을 보던 사라는 따스한 보살핌이 필요한 젊은 외국인이나 이주민들이 의지할 수 있는, 마음 따뜻하고 좋은 사람이었다.

수화기는 화분 옆 사라의 책상 위에 눕혀져 있었다. 불길한 검은색 전화기였다. 그 전화기가 내게 안겨줄 고통을 생각하니 가까이 다가서기가 끔찍하게도 싫었다. 사라는 수화기를 들고 손으로 송화구를 막으며 말했다.

"개인으로 온 전화니 서두르실 것 없어요. 숨 좀 고르고 받으셔도 괜찮아요. 깊게 심호흡 몇 번 하세요."

사라가 작은 소리로 말했다. 그러고는 교환원에게 거짓말을 했다.

"저기 전화 받을 분이 오시네요. 몇 분이면 도착할 거예요."

사라는 자기 책상을 돌아 나오면서 다정한 미소와 함께

전화기를 건네줬다. 그러고는 '마음 단단히 먹으세요'라고
격려하듯 내 팔을 살짝 잡아줬다. 사라가 사무실을 나가고
문이 완전히 닫히고 나니 온전히 나만의 시간과 공간이었다.

나는 깊게 숨을 들이쉬며 수화기를 들고는 최대한 침착하
게 말했다.

"여보세요?"

"여보세요. 국제전화 교환수입니다. 어머니께서 톰 미첼이
라는 분과 통화를 원하십니다. 본인 되세요?"

수화기 너머 목소리가 아주 작게 들려왔다. 꽤 먼 거리인
것 같았다.

어머니의 전화라… 그렇다면 그 말은… 온몸에 힘이 쭉
빠졌다. 나를 지탱해주던 세계가 무너지는 느낌이었다. 온몸
이 굳어버렸다. 그래… 그렇다면.

나는 희미하게 멀리 들리는 목소리를 향해 거의 고함을
지르다시피 대답했다.

"네, 접니다."

"지금부터 발신자와 연결됩니다."

교환원이 말했다.

"여보세요. 어머니?"

"여보세요…. 톰이냐? 내 말 들리니, 톰?"

"좀 더 크게 말씀해주실 수 있으세요? 잘 안 들려요."

"오냐. 이제 좀 잘 들리니? 이제 내 말 들려?"

"네. 들려요."

"아, 그래. 얘야! 생일 축하한다!"

"뭐라고요?!!"

"생일 축하한다고! 생일 축하하려고 전화한 거야!"

너무 혼란스러운 나머지 말문이 막혔다. 오늘이 내 생일이었나? 아, 그렇구나! 어머니가 정말 그것 때문에 전화를 하신 건가? 아무도 죽지 않고 무사히 살아 있는 거구나!

우린 짧게 통화를 마쳤다. 비통한 무덤 옆자리에서부터 생일 축하 풍선에 이르기까지 생각과 말들이 뒤죽박죽 엉켜버리는 바람에 어머니에게 최대한 기쁜 목소리를 들려주기 위해서 얼마나 안간힘을 써야 했는지 모른다. 예기치 않은 국제전화에 내가 얼마나 무서웠는지 어머니께 알리고 싶지 않았다. 하지만 어머니는 어쩐지 내가 하는 말은 별로 귀담아 듣지 않으시는 듯했다.

어머니가 불쑥 내 말을 잘랐다.

"그건 됐고, 우리 가엾은 펭귄은 어떻게 지내니? 도통 걱정이 돼서 견딜 수가 없구나. 그래 먹는 거는 충분히 잘 먹고?"

나는 펭귄을 아주 잘 키우고 있다며 어머니를 안심시켜 드렸다.

"그래. 후안이 잘 있는지 꼭 확인하고 싶었다. 아이고, 이제 개 산책 시키러 나가야겠다. 아버지가 전화요금 청구서 보시면 졸도하시겠구나. 그래, 사랑스러운 우리 펭귄 잘 보살펴다오. 부탁한다. 다른 사람들에게도 후안 안부 전해주마!"

"괜찮으세요?"

수화기를 내려놓자 사라가 문을 열고 들어오며 물었다.

"차 한 잔 가져왔어요. 혹시 안 좋은 소식이라도….."

사라가 내 얼굴에서 무슨 조짐이라도 찾으려는 듯, 필요하다면 따뜻한 위로의 포옹을 해줄 준비가 되어 있다는 듯 조심스레 내 얼굴을 살폈다.

"정말 친절하시네요. 나쁜 소식은 없어요. 어머께서 그냥 생일 축하 전화를 주신 거예요. 전 오늘이 제 생일인 줄 새까맣게 잊어버리고 있었거든요. 그래서 전화를 주셨나 봐요. 아니면 내가 후안 살바도를 제대로 잘 보살피고 있는지 궁금해서 확인 차 전화를 하신 것일 수도 있고요."

우리는 한동안 멍한 표정으로 서로를 마주 봤다. 그렇게 멍하니 있다가 서로 웃음을 터뜨렸다. 그때 내 눈에서 눈물이 흐르고 있었다면 웃음 때문이었을 것이다. 내 세상은 아무 일도 없었다. 나는 술에 취한 사람처럼 비틀거리며 사무실 밖으로 나왔다. 다리 힘이 쭉 빠져 다리 근육이 마치 젤리처럼 흐물거렸기 때문이다.

럭비 시합이 한창 절정인 계절, 세인트 조지 럭비팀이 최대의 라이벌인 세인트 보니페이스St Boniface와 시합을 앞두고 있었다. 두 학교 간의 시합은 늘 우열을 가리기 힘든 접전이었다. 두 팀 모두 부에노스아이레스 최고의 럭비팀으로 인정받고 있었기에 이 경기는 항상 럭비 시즌 맨 마지막에 이뤄졌다.

세인트 보니페이스와 시합이 있는 날은 늘 공식적인 행사도 열리는 날이었다. 시합은 해마다 두 학교에서 번갈아가며 열렸고, 각 학교 5학년 학생들이 선수로 참가했다. 시합은 언제나 토요일에 열렸는데 세인트 보니페이스와 시합을 갖는 토요일은 대단히 특별한 날이었다. 평소보다 일찍 오전 수업을 끝내고 시합이 시작되기 전에 점심 식사를 마쳤다. 시합 후에는 파티가 열리는데 소고기에 소금을 뿌려 구운 아르헨티나 전통 요리로 모두가 함께 즐겼다.

양 팀의 경쟁이 워낙 첨예하다 보니 늘 외부에서 온 심판이 주심을 맡고 최고의 스포츠정신을 철저히 준수한다. 오전 수업을 마치고 남은 시간에는 정식 경기를 시작하기 약 45분 전쯤에 저학년들의 시합이 열린다. 시합을 마친 어린 선수들이 선배들의 최고 경기도 보고 응원도 할 수 있도록 하기 위해서다.

시합이 열리기 몇 주 전부터 세인트 조지 럭비팀의 훈련은 팀 최고의 기량을 이끌어내고 동시에 선수들 한 명 한 명이 저마다 필요한 기술과 움직임을 완전히 파악하도록 하는 연습에 집중한다. 역기 등을 이용하는 웨이트 훈련과 운동장을 전속력으로 달리는 스프린트 훈련이 실전 전술들과 맞물려 군사훈련처럼 체계적으로 이뤄지며, 교실에서는 칠판에 선수들의 움직임을 조감도 관점에서 그려가며 꼼꼼하고도 엄밀하게 전략을 가르친다. 어떤 것도 결코 운에 맡기지 않는다.

교장선생님은 일 년 동안 모든 럭비 시합에 참석하는 것을 당연시했고 모두가 시합 결과를 학교의 위신과 직결시켰다. 라이벌인 세인트 보니페이스와 갖는 중요한 시합이 점점 가까워지자 교장선생님은 아예 선수들 훈련에까지 참여하기 시작했고, 럭비팀 코치도 개인적인 자유시간마저 포기하며 선수들에게 조언을 아끼지 않았다. 후안 살바도는 오후 산책을 하면서 선수들이 얼마나 잘하고 있는지를 점검했다.

부에노스아이레스의 모든 학교에 럭비팀이 있는 것은 아니어서 대부분의 학생들이 상대 팀의 전력을 훤히 잘 알고 있었다. 양 팀 모두 상대 팀의 강점과 약점을 제대로 꿰뚫고 있었으며 기록으로 남아 있는 학교 내 시합 성적도 잘 알고 있었다.

세인트 보니페이스에서 14세 이하 학생 중에 유독 뛰어난 선수가 한 명 있는데, 그 친구는 늘 팀 승리의 일등 공신이었다. 태클이 들어와도 전혀 겁내지 않았고 그 지역 또래 학생들 중 100미터를 가장 빠르게 달리는 아이였다. 그 학생에게 유일하게 어울리지 않는 것이 있다면 이름이었다. 그렇게 빨리 달리는 학생의 이름은 '워커Walker', 즉 '걷는 사람'이었다.

워커는 풀백 포지션이었는데 워낙 든든하게 방어를 해줘 다른 열네 명의 선수들이 자신감을 갖고 오로지 공격에만 집중할 수 있었다. 하지만 워커의 진짜 능력은 경기 흐름의 파악이었다. 워커는 경기의 흐름을 보고 있다가 결정적인 순간에 공격 팀에 가담해 공격력을 증강하는 데 중요한 역할을 하곤 했다. 만약 워커의 손에 공이 들려 있다면 거의 득점으로 연결된다고 봐도 무방했다. 워커는 예닐곱 살 때부터 미니 럭비 게임을 시작했는데 그가 시합에 참여하기 시작한 이후 줄곧 소속 팀의 주장을 도맡아왔다.

세인트 조지 학교 14세 이하 럭비팀의 주장은 루이스 페르난데스였다. 루이스는 덩치가 컸으며 또래 친구들에 비해 힘도 좋았고 책임감이 강한 친구였다. 하지만 워커에게는 번번이 막혔다.

경기가 시작됐다. 초반에는 긴장감이 팽팽하게 감돌았지만 공을 차지하기 위한 거친 싸움이 시작되자 분위기가 달아올랐다. 양 팀 모두 경기를 주도하고 득점으로 이어지는 전략을 적용해가며 치열하게 싸웠고 상대 팀의 노력을 무너뜨리기 위한 시도가 계속됐다.

시합은 엎치락뒤치락 접전이었고 점수 차이는 거의 없었

다. 하지만 관중들은 세인트 보니페이스 팀의 경기력이 더 낫다고 생각했다. 그리고 전반전 종료 직전, 세인트 조지 팀에서 결정적인 실수가 나왔다. 정신없이 경기가 진행될 때만 해도 세인트 조지가 유리했었다. 세인트 조지 팀 포워드 중 한 명이 공을 잡아 백 포지션 쪽으로 길게 패스를 했다. 하지만 공의 위치가 좋지 않았다. 우리 쪽 골라인에 너무 가까이 떨어진 데다가 선수들의 위치도 어중간했다. 워커는 재빨리 상황을 판단했다. 약 10미터 가량 떨어진 곳에 있던 그는 바람처럼 달려와 던진 선수와 받을 선수 사이에 붕 떠 있던 공을 비호처럼 낚아챘다. 그러고는 전속력으로 돌진하며 우두커니 서 있던 선수들이며 반대 방향으로 달리고 있던 선수들 수비벽을 모두 뚫었다. 아무도 그를 막지 못했다. 단 몇 초만에 워커는 첫 시도에서 터치다운에 성공했고 득점을 했다. 그렇게 보니페이스 팀이 4점을 앞서게 됐다(당시에는 터치라인 근처에 터치다운을 하면 4점이었다). 다행히 공의 각도가 애매해서 상대팀 키커가 공을 충분히 멀리 차지 못해 그나마 2점 추가 득점을 내주지는 않았다.

전반전 종료를 알리는 주심의 호각 소리가 울렸다. 4 대 0으로 세인트 보니페이스가 앞선 가운데 양 팀 선수들이 코치와 다음 전략을 논의하기 위해 저마다 진영에서 나왔다. 당시만 해도 생수병을 들고 다니며 수시로 물을 마셔야 한다는 광고가 나오기 전이었다. 플라스틱 병에 든 생수는 먼 나라에서 값비싼 가격에 수입되던 때라 70~80분을 뛴 선수들은 수분을 보충하기 위해 오렌지 4분의 1토막 정도를 먹곤 했다. 선수들에게 수분 보충을 해줄 오렌지를 나르는 일은 경기에 참가하지 않는 학생들 몫이었고 그 학생들은 당연히 응원단으로 후안을 데리고 나왔다.

코치에게 전략과 격려를 들은 선수들은 오렌지를 먹고는 껍질을 버리기 위해 양동이 쪽으로 왔다. 선수들은 양동이 근처에 있던 행운의 마스코트인 후안의 머리를 쓰다듬기 위해 몸을 굽혔다. 하지만 후안은 그 특권을 마다했다. 눈은 선수들의 얼굴을 빤히 보면서 발은 전혀 다른 방향으로 달아나고 있었다. 그렇게 선수들과 얼굴을 보면서 다른 방향으로 달아날 수 있는 것은 파노라마처럼 볼 수 있는 시야를 가졌기 때문이다.

선수들이 다시 경기장에 들어가자 후안은 깃털을 다듬었다. 늘 그렇듯 몇 초에 한 번씩 주위를 두리번거리고 날개를 파닥이고, 깃털을 매만지고, 고개를 흔들고 이따금 학생들의 다리 사이를 누비고 다녔다.

5분 동안의 휴식시간이 끝나고 따뜻한 오후의 햇살이 내리쬐는 가운데 후반전이 시작됐다. 아이들이 후안을 안전한 장소인 상대 팀 골대 뒤쪽에 옮겨놓았다. 세인트 보니페이스 팀은 세인트 조지 팀의 득점만 막으면 이기는 상황이었다. 한편 세인트 조지 팀이 승리를 거머쥐려면 상대 팀보다 두 배의 득점을 해야 했다. 홈팀의 승리 가능성이 크다고 생각하는 사람은 거의 없었다.

워커는 뛰어난 기량과 남다른 경험을 바탕으로 한 침착함으로 팀원들을 안심시켰다. 워커의 팀원들도 주장의 지시에 잘 따랐다. 워커는 필드 뒤쪽에서 뛰고 있어서 경기를 총괄해서 볼 수 있는 유리한 입장이었다. 그에 비하면 페르난데스는 경험이 한참 부족했고 여러모로 워커와 대조됐다. 페르난데스는 최선을 다하고 있었다. 땀을 비 오듯 쏟아내는 그의 벌겋게 달아오른 얼굴에는 지친 기색이 역력했다.

반면 냉정하고 침착한 워커는 경기와 감정, 이 두 가지를 완벽하게 통제했다. 워커는 모든 곳에서 제 역할을 하려고 노력했고 자기 팀 선수들이 승리의 공을 잡기 위해 고군분투하는 동안 쉴 새 없이 팀원들을 격려하고 지시를 내렸다.

시간이 흘러가면서 후반전 경기는 세인트 보니페이스가 더 나은 팀이라는 인상을 더욱 굳혀줬다. 모든 사람이 세인트 보니페이스가 추가 득점을 한다면 승리를 확정지을 수 있으리라고 확신하고 있었다.

경기는 막바지를 향해 치닫고 있었고 패배를 예감한 관중들은 하나둘 자리를 뜨기 시작했다. 그때 갑자기 경기의 흐름이 바뀌었다. 경기 흐름이 필드 중앙으로 옮겨지면서 세인트 조지 팀의 포워드 선수들이 공을 점유하기 시작했다. 스크럼 하프(하프 백스의 일원으로 스크럼에 공을 넣고, 공을 뺀 후에는 스탠드 오프에게 공을 패스하는 역할을 하는 럭비 포지션 – 옮긴이)가 공을 집어 달려 나갈 준비를 하고 있는 백스 쪽으로 멋지게 패스했다. 상대 팀도 일대일로 밀착 수비를 했다.

워커는 침착하게 골라인 쪽에 서서 경기의 흐름을 지켜보고 있었다. 그는 별로 걱정하지 않는 듯 보였다. 세인트 조지 공격수들이 있는 곳에 보니페이스 수비 선수들이 바짝 붙어 있었기 때문이다. 페르난데스도 있는 힘을 다해 어시스트가 있는 곳을 향해 전력질주를 했다. 그는 자신에게 패스를 하라며 공을 향해 고함을 질렀다. 갑자기 양 팀의 접전이 두 사람, 즉 각 팀 주장들의 대결로 압축됐다.

워커가 씨익 웃었다. 자신이 더 뛰어난 선수라는 사실을 그는 이미 알기 때문이었다. 다른 선수들도 전부 하던 동작을 멈추고 이 극적인 순간을 숨죽여 지켜봤다. 페르난데스는 지원을 요구하며 소리를 질렀고 워커의 미소는 함박웃음으로 바뀌었다. 자신을 향해 오는 새로운 기회를 포착했기 때문이다. 페르난데스는 아주 긴 패스를 하거나 워커의 태클을 맞닥뜨리거나 둘 중 하나를 택해야 했다. 공을 패스한다면 워커는 그 공을 가로채기 좋은 기회를 잡을 것이다. 전반전에서처럼 말이다. 그리고 두 번째 득점을 할 것이다. 만약 페르난데스가 공을 패스하지 않는다면 워커가 태클을 걸 것이고 공은 땅으로 떨어질 것이다. 그렇게 되면 세인트 조지는 패배를, 세인트 보니페이스는 승리를 하게 될 것이다.

페르난데스는 긴 패스를 할 태세를 갖추고는 뒤늦게 달려온 부주장의 위치를 확인하려는 듯 그곳을 흘끗 봤다. 그리고는 팔을 크게 휘두르며 긴 거리 패스 동작을 취했다. 워커가 공을 낚아채기 위해 비호처럼 달려들었다. 한 치의 빈틈도 없는, 고양이처럼 완벽한 동작이었다. 하지만 워커가 자신이 아무것도 낚아채지 않았음을, 실은 페르난데스가 공을 던지지 않았음을 깨달았을 때는 너무 늦었다. 페르난데스는 가짜로 공을 던지는 척했고 워커는 단순한 술책에 넘어가버린 것이다.

얼음처럼 모든 것이 멈춰 있던 그 정적의 순간 페르난데스는 경로를 바꾸어 몇 걸음 더 가서 땅에 공을 내리찍었다. 세인트 조지 점수판 아래 4점을 추가하는 순간이었다! 주심이 휘슬을 불었다.

"예스!" 페르난데스가 소리쳤다. "후안 살바도르에게 배운 거예요! 후안 살바도르처럼 한쪽을 보고 시선과 다른 방향으로 달렸어요!"

페르난데스가 뭐라고 소리치며 말했지만 함성과 박수갈채에 묻혀버렸다. 후안 살바도도 날개를 파닥이며 갈채를 보냈다. 그러고는 사람들이 보내는 박수갈채가 팀의 행운에 극적인 기여를 한 자신의 공로에 대한 찬사이기라도 되는 양 모두를 바라봤다. 이따금 멈춰선 다음 마치 겸손하게 자신을 낮추기라도 하듯 고개를 가로저었다. 오케스트라 지휘자가 청중의 박수를 연주자들에게 돌릴 때의 몸짓처럼 말이다.

세인트 조지 럭비팀의 키커가 생의 가장 중요한 시점을 맞아 준비를 하는 동안 관중석과 경기장에는 정적이 감돌았다. 골대 바로 앞에서 그가 해야 할 일은 공을 크로스바 너머로 던져 2점을 추가 득점하고 경기에 이기는 것이었다. 그는 공을 땅에 놓고 세 걸음 뒤로 물러서서 고개를 숙이며 자신의 위치를 공과 골대와 일직선을 이루었다. 그러고는 잠시 멈춰 서서 깊게 심호흡을 하고는 공을 힘껏 걷어찼다. 공은 곧게 쭉 뻗어나갔다. 경기 종료를 알리는 주심의 호각 소리가 울리고 다시 한 번 우렁찬 함성이 홈팀 응원석에서 터져 나왔다. 6 대 4로 세인트 조지가 승리했다.

경기를 마치고 양 팀 주장은 스포츠인답게 악수를 나누었고 이후 주심, 상대 팀 코치와도 악수를 나누었다. 후안 살바도는 포상 휴가를 즐기기 위해 테라스로 돌아왔다. 모두가 떠난 경기장에서 워커의 아버지가 워커에게, 세인트 보니페이스 코치들도 펭귄에게 교훈을 얻었어야 했다고 말하는 소리가 들렸다.

마리아의
집을 방문하다

뭔가 자라나는 것들이 나를 행복하게 해줘요

나는 펭귄 군락지에 후안 살바도를 방생할 수 있는지, 실효성은 어느 정도인지 검증하기 위해 일주일 동안 주어진 짧은 방학을 이용해 발데스 반도로 가기로 결심했다. 이따금 내가 밤에 숙소를 비울 때면 마리아가 학급 반장들의 도움을 받아가며 후안 살바도를 정성스레 보살펴주곤 했다. 그래서 나는 어디 갈 일이 있으면 늘 마리아를 먼저 찾아가 후안을 부탁했다. 그럴 때마다 마리아는 부담 가질 필요 전혀 없다며 인자한 미소를 짓곤 했다. 마리아는 집에 다양한 가금류와 가축들을 기르고 있고, 남는 동물 우리도 있으니 발데스 답사 여행을 떠나기 전날 퇴근 후 후안을 데리고 오라고 했다.

마리아의 집은 학교에서 걸어서 얼마 걸리지 않았다. 남편과 사별한 후 마리아는 자신이 태어난 집에서 어렸을 때부터 늘 하던 집안일을 하며 오빠와 함께 살고 있었다. 식사 준비는 말할 것도 없고, 닭이며 돼지를 기르고, 설거지와 빨래를 하고, 오빠 내외가 일을 하러 나가면 어린 조카들을 돌보고, 우물에서 물을 기르는 등 대가족이 사는 데 필요한 모든 일을 했다.

후안 살바도와 나는 약속한 시간에 학교 세탁실에서 퇴근하는 마리아와 만났다. 그리고 생선 한 봉지를 들고 마리아의 집으로 향했다. 우리는 느긋하게 걸었다. 마리아는 절대 서두르는 법이 없다. 그래서 후안 살바도도 마리아의 걸음을 쫓아가는 데 전혀 무리가 없었고, 나 또한 편하게 천천히 걸으면 된다. 마리아와 후안은 마치 한 쌍의 메트로놈처럼 똑같이 양쪽으로 뒤뚱거리며 걸었다.

마리아의 아버지가 살아 계시던 시절, 그녀의 가족에게는 땅이 있었고 그 땅을 일구어 생계를 유지할 수 있었다는 말을 마리아에게 들은 적이 있었다. 강가에 100제곱미터 남짓되는 그 땅은 그녀의 아버지가 물려받은 땅으로 척박하고 돌이 많았다. 마리아의 아버지는 그곳에 방이 하나밖에 없는 나무집을 지었다. 노동계층이었던 아버지는 일이 있을 때는 돈을 벌고 일이 없을 때는 집에서 일하며 가족을 부양했다. 마리아에게 듣기로는 그 집에서 열한 명이 한꺼번에 산 적도 있었다고 한다. 그러다가 나이가 찬 남자아이들은 입던 옷 몇 벌만 가지고 저마다 먹고 살 길을 찾아 집을 떠났고, 여자아이들은 비슷한 환경의 남자와 결혼해 또다시 그런 삶을 살기 시작했다고 한다.

"마리아, 가장 오래된 기억은 뭐예요?"

내가 물었다. 연륜이 있는 사람들은 추억 속 세상에 대해 이야기하기를 좋아하고 그들의 이야기 속에는 언제나 놀라운 일들이 가득하기 때문이다.

"아주 단순한 일들이에요. 닭장에서 아침에 먹을 달걀을 꺼내던 기억이 나요. 집 안은 어찌나 춥고 컴컴하던지. 또 여름이면 집 밖은 어찌나 덥고 눈부시던지. 정말 미인이었던 어머니와 강인하셨던 아버지도 생각나요. 문을 여닫을 때마다 나던 삐걱거리는 소리도 기억나네요. 물 펌프도 생각나고요. 킬메스에 처음 기차가 개통됐을 때 그걸 보려고 기차역에 갔던 기억도 나요. 그때 기차를 보고 이 세상에서 기차처럼 크고 강하고 소리가 큰 것은 없다고 생각했었죠. 그땐 오금이 저릴 정도로 기차가 무서웠어요. 아! 킬메스에서 처음으로 자동차들을 본 기억도 나네요. 그땐 정말 어마어마한 부자들만 자가용을 탔는데!"

"저도 제 차가 있었으면 좋겠어요."

나도 영국 우리집 주차장에서 속절없이 먼지만 쌓이고 있을 내 차를 생각하며 아쉬움을 토로했다.

"자동차만 있다면 발데스까지 가기가 훨씬 더 수월할 텐데 말이죠! 마리아 당신은 차를 갖고 싶은 적이 없었어요?"

마리아는 화들짝 놀라더니 손사래를 치며 웃었다.

"세상에나, 전혀요. 절대! 절대, 단 한 번도 그런 생각을 한 적 없어요! 내가 도대체 차를 가지고 뭘 하겠어요. 나는 그저 나를 행복하게 해주는 것들만 있으면 돼요. 많은 사람들이 자신을 절대 행복하게 해줄 수 없는 것들에 얽매여 살죠."

"당신을 행복하게 해주는 건 뭔가요?"

"아이들과 가족이죠. 그리고 친구들도요. 뭔가 자라는 것들도 나를 행복하게 해줘요. 토마토 가지에 핀 꽃들이며 잘 맺힌 열매들도 나를 행복하게 해줘요. 무럭무럭 잘 자라는 닭과 돼지, 염소들을 볼 때도 행복하고요. 지금 내가 하고 있는 일도 나를 행복하게 해준답니다."

마리아는 잠시 말을 멈추더니 이렇게 덧붙였다.

"내가 사랑하는 사람들과 함께 나이를 먹어간다는 게 참 행복해요."

마리아의 말은 곱씹을수록 깊은 울림을 줬다. 나는 마리아에게 다시 물었다.

"펭귄도 당신을 행복하게 해주나요?"

그러면서 아장아장 걸으며 우리 대화에 귀를 기울이고 있는 후안 살바도를 바라봤다. 마리아는 웃음을 터뜨렸다.

"암요. 펭귄도 나를 행복하게 해주지요! 느지막한 오후에 이 흙길을 펭귄과 함께 걷는데 누군들 행복하지 않겠어요?"

후안 살바도가 우리를 바라봤다. 우리는 한동안 조용히 걸었다. 느릿느릿 걷는 우리 곁으로 후안이 잘 따라오고 있었다. 후안은 쉴 새 없이 두리번거리며 흙길과 나무, 울타리와 우리 두 사람을 바라보았다.

마침내 마리아의 집에 도착했다. 소박한 집이며 창고 건물과 울타리, 나무와 덤불, 채소와 과일이 자라고 있는 텃밭, 휴한지로 비워둔 땅 등이 어우러진 공간을 보니 반가운 마음이 들었다. 후안 살바도에게 아늑한 쉼터이자 재미난 볼거리를 제공해주기에는 최적의 장소라는 생각이 들었기 때문이다.

하지만 바로 그 순간, 양지 바른 곳 어디에선가 늑대처럼 덩치가 커다란 사나운 개가 담을 훌쩍 뛰어넘더니 우리 쪽으로 맹렬하게 달려왔다. 양쪽 귀는 뒤로 넘어가 머리에 착 달라붙었고, 하얀 이빨 사이로 나온 빨간 혀가 독기 가득한 새까만 눈동자와 선명하게 대비를 이뤘다. 가속도를 더해가며 돌진해오는 녀석의 발끝에서 흙먼지가 뽀얗게 일었다. 순간 개로부터 후안을 보호하기 위해 후안을 번쩍 안아야 할지 개를 공격해야 할지 판단이 잘 서지 않았다.

하지만 갈팡질팡하는 동안 그 개의 희생자가 후안이 아니라는 사실을 알게 됐다. 개의 목표는 마리아였다. 그 개는 내가 채 어떻게 하기도 전에 거센 바람을 휙 일으키며 쏜살같이 마리아의 배로 달려들었다. 어찌나 세게 달려들었던지 마리아가 뒤로 비틀거렸다. 마리아는 개의 머리를 움켜잡으며 중심을 잡았다. 마리아가 땅에 넘어지지 않는 것이 신기하기만 했다. 개는 마리아의 배에 고개를 깊숙이 묻고는 맹렬하게 달려들었다. 정신없이 흔들어대는 꼬리가 마치 개의 몸을 앞으로 추진하게 하는 프로펠러처럼 보였다.

"저리 가아아아앗!"

마리아가 온 힘을 다해 소리쳤다. 개의 맹렬한 공격 속도에 겁에 질린 나는 넋을 잃은 채 그 자리에 얼어붙었다. 정신 차리고 보니 마리아가 개의 귀를 쓰다듬고 있었다.

"아이고, 이 녀석, 르노야. 그래 나 왔다. 이제 됐으니 좀 떨어져."

이 일이 벌어지는 동안 후안 살바도는 이 무시무시하게 생긴 녀석에게 크게 동요되지 않은 듯 침착함을 유지했다. 개는 미나리아재비 냄새를 맡느라 정신없이 킁킁거리고 있었다.

"르노!"

담장 저편에서 남자의 목소리가 들렸다. 그러자 개는 재빠르게 소리가 나는 쪽으로 달려갔다.

"마리아, 저는 저 개가 당신을 공격하는 줄 알았어요!"

이 말을 하는 도중에도 온몸이 후들거렸다. 마리아는 헝클어진 외투 매무새를 가다듬고 숨을 고르며 말했다.

"아휴! 저 녀석은 늘 저렇게 야단법석이에요. 금세 얌전해질 거예요. 하지만 오빠네 집에 초대받지 않은 손님이 오면 난리가 나지요. 들어가서 오빠와 인사하세요. 아! 벌써 여기 와 있네요."

기름이 칠해지지 않은 듯 삐걱거리는 소리를 내며 문이 열리자 작고 다부진 체격에 가무잡잡한 피부, 지긋하게 나이가 들어 보이는 한 남자가 서 있었다. 탄탄한 체격으로 미뤄 봐 평생 노동을 해온 사람임을 알 수 있었다. 그의 눈가 주름은 미소와 잘 어울렸다.

악수를 나누고 문 안으로 들어가자 그가 말했다.

"우리집에 오신 걸 환영합니다, 선생님. 마노라고 합니다. 르노 때문에 많이 놀라셨죠? 가끔 르노 때문에 깜짝깜짝 놀라는 사람들이 있거든요. 저래 봬도 파리 한 마리 못 죽이는 순둥이랍니다. 그렇지, 순둥아?"

그러자 개는 맹렬하게 꼬리를 흔들었다. 꼬리를 더 빨리 흔들수록 먼지가 더 많이 일었다. 르노는 주인 발치 아래 엎드려 머리만 들고 주위를 살폈다. 아직도 숨을 헐떡거리는 그의 입 밖으로 혀가 길게 나와 있었다. 쉬고 있는 모습이라기보다는 명령을 기다리며 행동을 자제하고 있는 듯한 모습이었다. 녀석의 한쪽 눈은 녹색이었고 또 다른 눈은 갈색이었는데 두 눈동자 모두 나를 빤히 바라보고 있었다. 마치 나를 보며 웃고 있는 듯했다.

"아! 이 친구가 후안 살바도군요."

마노가 허리를 푹 숙여 펭귄을 보며 말했다. 후안은 낯선 곳을 탐색하듯 주위를 서성이고 있었다.

"두 분 모두 환영합니다. 들어오세요. 뭐 좀 마시죠. 놀라! 손님 오셨어. 르노, 네 집으로 가! 마테오! 도나! 글로리아! 애들아, 어디들 있는 거냐! 손님 오셨다, 얼른 와서 인사드려야지!"

집 쪽으로 향해 걷던 우리 앞에 마노의 말이 떨어지기가 무섭게 한 여인이 와 섰다. 놀라였다. 놀라는 다과가 담긴 쟁반을 들고 있었고 사방에서 꼬마 아이들이 달려 나왔다. 그중 한 여자아이는 겁에 질린 듯한 흰 토끼를 움켜쥐고 있었고, 한 남자아이는 주머니칼로 깎던 나무를 들고 있었다. 르노는 즉각 달려가더니 나무로 된 자기 집으로 쏙 들어갔다.

마노는 방향을 틀어 집 앞쪽에 있는 앞마당 모퉁이 쪽으로 앞장서서 걸었다. 앞마당에는 하얀 꽃을 보라색 잎이 감싸고 있는 부겐빌레아 덩굴이 무성하게 자라 있었는데, 덩굴 옆에 지지대로 세워둔 나무 막대를 타고 덩굴이 올라와서 마당에 풍성한 그늘을 드리웠다.

마노가 의자에 앉았다. 한눈에 봐도 그 의자는 마노의 것이었다. 그러더니 내게도 앉으라고 손짓을 했다.

"뭐 좀 드시겠어요? 전 마테차 한잔하려고요. 선생님도 마테차 한잔하실래요?"

마테차란 소가 뜯어먹기 전에 마테나무 잎을 따서 건조시켜 우려낸, 아무 맛도 나지 않는 차라는 사실을 떠올린 내가 미처 대답하기 전에 마노는 놀라에게 차를 가져오라고 했고, 놀라는 마노의 말이 떨어지기 무섭게 내 앞에 차를 대령해놓았다. 놀라는 냉장고에 넣어둘 테니 손에 들고 있는 생선을 달라고 했다. 하지만 마노의 손주들에게 보여주려고 몇 마리는 접시에 남겨두고 나머지를 놀라에게 건네줬다.

이윽고 즐거운 촌극이 시작됐다. 매력적이고, 특이하며, 성질 급한 이 남자는 뭔가를 부지런히 하고 있는 주위 사람들에게 끊임없이 그들이 하고 있는 바로 그 일을 하라고 명령했고, 그들이 그 일을 완벽하게 잘 해내고 있는 동안에도 쉴 새 없이 잔소리를 해댔다.

"도나, 냉장고에 물고기를 넣어두고 와라. 얼른! 상하기 전에!"

"마리아, 선생님께 쿠션 좀 가져다드리지 그러니? 쿠션이 더 필요하신 것 같구나."

"마테오, 네 동생 에르네스토는 어디 있니? 당장 이리 좀 오라고 해라.”

“도나! 어디 있니? 한 번도 제자리에 있는 법이 없구나. 얘야, 옆집에 가서 선생님하고 후안 살바도 펭귄이 우리집에 왔으니 빨리 오라고 전해드려라!”

“글로리아, 가서 생선 좀 가져와서 펭귄에게 주렴. 먼 길을 걸어왔으니 얼마나 피곤할 테냐. 펭귄이 생선 먹는 걸 봐야겠다.”

놀라는 이미 접시에 청어 몇 마리를 놓고 내 옆에 서 있었다.

“그렇지. 드디어 나타났구나, 에르네스토. 가서 의자 좀 몇 개 더 가져오너라.”

의자를 들기에는 어려 보이던 에르네스토는 비틀거리며 양손 가득 의자를 들고 와서 사람들이 앉을 수 있도록 가지런히 정렬했다.

“놀라! 이리 좀 와보구려! 와서 펭귄 좀 봐요! 정말 잘생기지 않았어? 발로 머리 긁적이는 것 좀 봐! 마리아, 이 선생님이 브라질에서 이 펭귄을 발견해 집으로 데려왔다는 사실 알고 있냐? 놀라! 어디 있는 거요?”

“에르네스토, 사람들이 앉을 수 있도록 의자 좀 정리하거라! 에르네스토!”

"아! 오셨군요. 니콜라스, 마티나. 이웃 분들 어서 와요. 와서 이 예쁜 펭귄 좀 봐요. 발로 머리를 긁을 수 있다오. 펭귄이 머리 긁는 거 본 적 없죠? 거기 앉으세요. 그렇죠."

"하하하, 저 펭귄 좀 봐! 마티나 안에 들어가서 냉장고에서 생선 좀 가져와요. 펭귄이 생선 먹는 걸 보고 싶어요. 니콜라스 당신도 보고 싶죠?"

"도대체 토끼가 왜 여기 있는 게냐? 얘야, 토끼 치우거라!"

"미아, 드디어 오셨군요. 뭐하느라 이제 온 거요? 아, 됐고, 와서 펭귄 좀 봐요!"

"마티나, 생선은 찾았어요? 마리아, 마티나 아주머니 모시고 가서 할머니가 생선 둔 곳 알려드려라."

나는 생선이 담긴 접시를 마노 앞으로 쓱 밀어놓았다.

"아, 여기 있네. 여기 있어. 생선이 여기 있네요. 자, 와서 이것 좀 보세요! 후안 살바도가 생선을 먹을 겁니다! 내가 먹이를 줄 거예요. 펭귄 본 적들 있어요? 펭귄이 자기 머리를 어떻게 긁는지 보세요!"

그러고는 마노는 생선 한 마리를 집어 들었다. 후안 살바도는 코앞에서 달랑거리는 생선을 참을성 있게 기다렸다. 하지만 마노는 이미 다른 일에 정신이 팔렸고 후안의 코앞에 있던 생선은 마노가 자꾸 움직이는 바람에 한 걸음 정도 멀리 떨어져 달랑거렸다.

"자, 다들 여길 보세요. 호아킨이 왔네요. 네 할 일은 다 했니? 내가 시킨 일들 말이야. 아무 문제없이 다 잘 했겠지? 얼른 와서 이 펭귄 좀 봐라, 호아킨. 이 펭귄이 글쎄 구조된 펭귄이라는구나. 우리랑 며칠 동안 함께 있을 거야. 나한테 끈이 있는데, 가만있자, 오래된 닭장이 이 녀석한테 딱이겠구먼. 그나저나 끈은 어디 있지? 마리아! 끈 어디 있니? 아아악!"

그 순간 후안 살바도가 마노의 손에서 생선을 낚아채면서 그의 손가락도 같이 덥석 물었다. 그가 말하는 동안 손에 들고 있던 생선이 천천히 내려오자 후안이 체면을 차리지 않고 생선을 문 것이다. 어디서 들어본 듯한 비명과 함께 생선도 사라졌다.

마노는 손에 부상을 입었다.

"맙소사!" 마노는 자신의 손가락을 살폈다. "봤어요? 와서 보세요! 다들 봐요! 세상에 펭귄이 생선을 얼마나 빨리 낚아채는지 봐요! 와! 이런 건 머리 털 나고 처음 보네! 글로리아! 얘들아! 이제 너희들 차례다. 내가 한 것처럼 똑같이 하면 된단다. 자, 해봐! 다치지 않을 테니 겁먹을 거 없어! 얼른."

글로리아는 깊게 심호흡을 했다. 그러고는 생선 한 마리를 집어 들어 용감하게 후안 살바도의 앞에 들이댔다. 마노의 시범과는 달리 훨씬 더 침착하게 잘 갖다 댔다.

마노는 쉴 새 없이 그 상황을 중계방송했다. 그러는 중에도 마노의 친구들이며 친척, 이웃 등 점점 더 많은 사람이 몰려들었고 그가 일일이 소개시켜주는 사람들 틈에서 누가 누군지 알 수 없는 지경에 이르렀다. 사람들은 의자에 둥글게 둘러앉아 마테차를 마셨다. 그리고 그 중심에 늘 그랬듯 모든 관심의 중심인 후안이 남 앞에 나서서 주목 받길 좋아하는 마노에게 갈 관심까지 가로채 주목을 받고 있었다. 후안은 깃털을 다듬고 생선을 받아먹으며 자신을 둘러싼 관중들을 즐겁게 해줬다.

후안 살바도는 아주 만족한 듯 보였다. 그리고 늘 그렇듯 친구들과도 잘 어울렸다. 덕분에 마리아에게 양해를 구하고 아무도 모르게 자리를 빠져나와 야생 펭귄 군락지로 탐사 여행을 떠날 수 있었다. 마리아와 다른 사람들이 내가 없는 4~5일 동안 후안을 잘 보살펴주리라는 생각에 기분이 좋아졌다.

"이건 무슨 알이지?"

발데스 반도의
펭귄을 찾아서

펭귄의 깃털은 결을 따라 가지런히 자라난다

다음 날 나는 오래전부터 생각해두었던 발데스 반도를 찾아 떠났다. 나는 기회가 오자마자 곧장 부에노스아이레스를 떠나기 위해 쉬지 않고 만반의 준비를 해왔다. 서류만 해도 한 짐이었다. 서류들은 주로 내가 오토바이의 법적 소유주임을 증명해주기 위해 지역 공증기관에서 받은 공증서와 그 공증서들이 진짜임을 입증해주는 증명서들이었다. 재미있게도 이 많은 서류 중에 이 오토바이가 주행하기에 안전한지를 입증해주는 서류는 단 한 장도 없었다.

나는 학교 교무실에서 합판과 알루미늄 판을 이용해 오토바이에 달 짐 가방을 정성 들여 만들었다. 질레라Gilera 소형 오토바이를 수선할 공구 일체와 여분의 타이어 두 개를 넣기 위한 가방이었다. 여기에 여분의 연료와 텐트, 침낭, 알코올 난로, 아주 작게 포장된 휴대용 식량, 옷가지와 주머니 크기의 응급용품까지 비장하게 짐을 꾸렸다. 나는 거친 세상으로, 야생으로 떠날 것이다!

나는 오토바이를 가지고 기차로 바이아블랑카까지 갔다. 기차 요금은 거리당 몇 페소 정도가 부과되는 방식이었는데 믿기지 않을 정도로 저렴했다. 아주 빠르거나 아주 긴 거리를 가는 기차는 아니었지만 어쨌든 하루도 채 안 돼서 800킬로미터 이상은 갈 수 있었다. 나는 열차 맨 뒤 칸에 있는 승무원실에 오토바이와 모든 짐을 두고 그 옆을 지키며 갔다. 짐을 지키고 서 있지 않으면 내 짐들이 온전히 그 자리에 남아 있을지 불안했기 때문이다.

아르헨티나에는 길고 아름다운, 축복받은 해안이 있다. 이 해안 중 일부는 바닷새와 해양동물의 번식지로 유명하다. 발데스 반도는 세인트 조지 학교에서 1,400킬로미터 정도 떨어진 곳에 있는 해안으로 펭귄 서식지뿐 아니라 바다사자며 코끼리물범, 고래 등의 번식지로도 유명하다. 추부트Chubut 주의 남쪽 지역에서 북동쪽으로 나 있는 이 반도는 육지와는 아주 좁은 지협으로 연결되어 있어 거의 섬에 가깝다. 발데스 반도는 잉글랜드의 콘월이나 롱아일랜드 크기와 비슷하며 좁은 지협으로 육지와 연결되어 있는 모습이 다른 것들과도 닮았지만 특히 어린 펭귄이 탯줄로 육지와 연결되어 있는 형태 같았다.

이 반도에는 두 개의 거대한 만이 있는데 비바람이 거세게 들이치지 않는 잔잔한 두 개의 만을 합하면 거의 반도의 크기와 비슷하다. 해류와 위도, 그리고 지형이 조화롭게 어우러진 이곳은 매년 바다 조류와 바다 포유류가 찾아오는 최고의 서식지다. 평화와 고독을 만끽할 수 있고 야생 생태가 대단히 잘 보존되어 있어서, 후안을 만나기 이전에도 나는 이곳의 아름다운 경관과 야생 서식지를 꼭 보고 싶었다.

이렇게 외딴 지역을 혼자 여행하기에는 무수히 많은 위험이 따르기 때문에 나는 조심하고 또 조심했다. 당시만 해도 형편이 되는 사람들은 경호원들을 고용하고 살았고 합법적으로 총기류를 소지할 수 있어서 누구나 싼 가격에 총을 구매해 소지했다. 특히 여행자들은 총을 싫어하던 사람조차도 이곳에서는 총을 가지고 다니는 경우가 많았다. 나도 몇 번이나 총을 살까 망설였지만 과연 총이 나를 안전하게 지켜줄까 의구심이 들어 결국 사지 않았다.

바이아블랑카 남쪽에서 산 안토니오 해안을 따라가니 반도가 나왔다. 오토바이도 생각 외로 잘 버텨줬고 나 역시도 계획대로 일을 잘 진행했다. 기회가 있을 때마다 연료를 채웠고 다음 연료 공급지까지 얼마나 걸리는지도 꼼꼼하게 확인했다. 연료가 얼마 남지 않았을 때는 근처에 상점이 딸린 주유소에 가서 비상 연료통도 가득 채웠고 항상 며칠 동안 먹을 수 있는 식량을 준비해뒀다.

발데스 반도의 길게 드리운 반사막 지대는 숨이 턱 막힐 정도로 아름다웠다. 하지만 반도보다 더욱 넋을 잃게 만드는 광경은 어마어마한 야생동물들이었다. 모든 길은 다 비포장이어서 오토바이로 달릴 때마다 뒤로 흙먼지가 구름처럼 일었다. 높은 곳에 올라가니 길게 굽어 있는 해안과 저 멀리까지 뻗은 바다가 보였다. 초목이 희박한 지역이어서 땅에 바퀴자국이 쉽게 남았고 나는 이 멋진 풍광을 망칠세라 조금 돌아서 갔다.

처음에는 패기만만하게도 펭귄들을 쉽게 찾을 수 있을 것이라고 생각했다. 펭귄들이 마구 떼를 지어 나오지는 않는다 하더라도 매일 아침 후안 살바도가 테라스에서 나와 나를 맞이하듯 몇 마리 정도는 눈에 띌 줄 알았다. 하지만 해안을 따라 반도를 샅샅이 살펴봐도 코끼리물범, 바다사자, 물개 등 짝짓기 철을 맞은 기각류들만 새끼를 낳기 위해 거대한 군락을 이루고 있었다.

다 자란 남아메리카 바다사자는 그 모습과 이름이 정말 기가 막힐 정도로 잘 어울렸다. 짧은 주둥이에 커다란 머리와 떡 벌어진 어깨, 그리고 온몸을 감싸고 있는 오렌지색이 감도는 갈색 털을 보면 영락없이 사자다. 수컷 바다사자들은 해안에 모여 자신들의 영역과 암컷 무리들을 방어한다. 바다사자는 경쟁자를 장악하기 위해 코를 최대한 높게 치켜든다. 이러한 생명체들이 어마어마하게 많은 발데스 해안 지역은 앞바다에 서식하는 식인 고래들에게는 더없이 좋은 사냥터다. 나는 바다사자들이 물속에서 뛰어올라 가파르게 경사진 곳을 기어올라 발데스 해안에 무수히 많은 고원 위 안전한 피난처로 가는 광경을 자주 봤다. 다 자란 바다사자들은 울퉁불퉁한 바위 경사로를 미끄러지지 않고 잘 올라갔다. 특히 성인 바다사자들은 무력한 새끼들이 물살에 쓸려가지 않도록 목덜미를 물어 안전한 곳까지 데려다줬다.

이 광활한 야생동물 서식지에 나 같은 관광객을 위한 경계선은 없었다. 하지만 최소한 30미터 이내로는 절대 접근하지 않아야 한다는 분별력 정도는 있었다. 30미터 밖에 서 있으면 바다사자들이 고개를 옆으로 돌려 우스꽝스러운 표정을 지으며, 촉촉하고 반짝이는 눈망울로 나를 가만히 바라봤다. 너를 존중해주겠다는 표시였다.

코끼리바다표범은 바다사자보다 훨씬 더 크고 훨씬 더 못생겼다. 코가 있으리라고 짐작되는 곳에 구겨진 장화처럼 생긴 큼직한 살덩이가 축 늘어져 덜렁거린다. 이 거대한 종의 성인 수컷은 몸길이가 6미터까지 자라고 몸무게도 4,000킬로그램에 달한다. 이는 성인 수컷 바다사자의 두 배에 달하는 크기이자 열 배에 육박하는 몸무게다. 바다사자들을 상대적으로 아주 우아한 모습으로 만들어버리는 코끼리바다표범은 육지에서 바다사자보다 훨씬 둔하게 움직이지만 내가 정한 30미터 경계선도 썩 안전하지 않을 수도 있다는 생각이 들었다.

눈길이 닿는 곳마다 다양한 동물들이 자신의 영역을 지키기 위해 자기네끼리 싸움을 벌이고 있었는데 싸움은 충격적일 정도로 폭력적이고 잔인했다. 치열한 전투가 끝나고 나면 패자는 벼랑으로 내던져졌다. 투사들은 마치 나무처럼 우뚝 일어섰다가 적의 몸을 향해 넘어지며 적을 세차게 치고, 물며 살점을 찢어댔다. 싸울 때에는 주위에 소나 송아지들이 있어도 전혀 의식하지 않고 오직 싸움에만 집중했다. 반도 전체에는 냉혹한 전운이 감돌고 있었고 눈 뜨고 볼 수 없을 정도로 처참한 상처를 입은 승자와 패자의 모습에 해변 전체가 몸서리를 치는 듯 보였다. 가까운 곳에 펭귄이 살지 않는 것이 지극히 당연하게 느껴졌다.

해안에서 좀 더 멀리 떨어진 곳에 풀과 관목이 우거진 지역이 있었는데 그곳은 난두 또는 레아라고 불리는 아메리카 타조들의 고향이었다. 타조와 비슷한 생김에 1.5미터 가량 되는 긴 다리를 가진 이 새들은 평화로워 보였다. 또한 사슴 같은 외모에 낙타의 사촌뻘 되는 과나코도 있었다. 난두나 과나코 모두 초목보다 키가 훌쩍 커서 눈에 확 띄었다. 만약 내가 가까이 다가갔다면 바짝 긴장했겠지만, 그냥 먼지구름을 일으키며 지나가자 잠시 나를 흘끗 바라볼 뿐 별로 경계하지 않았다.

발데스 반도에 머무는 동안 단 한 명의 사람도 보지 못했고 거의 이틀 동안은 펭귄도 한 마리 보지 못했다. 펭귄을 발견하지 못한 것은 이 지역에 대한 내 지식이 부족한 탓이었다. 해안은 남쪽으로 수백 킬로미터에 걸쳐 있다. 나는 이곳에서 남쪽으로 더 떨어진 곳에 서식하는 동물에 대한 지식을 총동원했고, 결국 발데스 반도에서 철수하기로 결정했다.

다음 날 푼타 톰보Punta Tombo로 갔다. 푼타 톰보가 펭귄들이 새끼를 기르는 장소로 선호하는 지역이니 그곳에 가면 펭귄들을 찾을 수 있으리라는 말을 들은 적이 있었기 때문이다.

푼타 톰보로 가던 중 날씨가 심상치 않았다. 기온이 뚝 떨어졌고, 하늘이 컴컴해진 데다가 바람이 방향을 바꾸어 점점 거세게 불어오는 것을 보니 폭풍우가 틀림없었다. 오토바이로 폭풍우를 뚫고 비포장도로를 달릴 수는 없었다. 게다가 아르헨티나 대초원에서 우박을 동반한 폭풍우를 만난다면 상당히 위험할 수도 있었다. 우박의 크기가 상상을 초월할 정도로 커진다면 자칫 치명적일 수도 있기 때문이다.

나는 서둘러 비를 피할 나무를 찾아봤다. 도로에서 조금 떨어진 숲 속에 커다란 유칼립투스 나무 대여섯 그루가 모여 있는 피난처를 발견하고 그리로 갔다. 폭풍우가 몰려오는 소리는 생각보다 요란했다. 처음에는 우박의 크기가 크지 않았다. 하지만 점점 커지더니 이내 달걀만 한 우박이 쏟아지기 시작했다. 우박은 나뭇잎과 어린 가지를 찢고 땅으로 떨어졌다가 귀청이 찢어지는 듯한 소리를 내며 온 사방으로 다시 튀어 올랐다. 하늘에서 떨어지는 우박은 초목이며 자동차, 생명체나 사람 모두에게 피해를 줄 수 있다. 우박의 위험성을 익히 잘 알고 있던 나는 오토바이 헬멧을 쓰고 최대한 나무에 바짝 붙어 서서 우박을 피할 수 있었다.

마침내 폭풍이 물러갔다. 하지만 도로에 온통 얼음덩어리가 뒤덮이면서 더 이상 도로로 갈 수 없게 됐고 얼음이 녹기를 기다리는 방법 외에는 뾰족한 수가 없었다. 나는 테라스의 테이블 아래에 있을 후안 살바도와 하늘에서 총알처럼 퍼붓는 얼음덩어리들의 공격을 피해 물속에서 피난처를 찾아 헤맬 이곳의 펭귄들을 생각했다.

발데스 반도에서 푼타 톰보까지 가는 작은 비포장도로는 움푹 파인 곳이 많아 가는 데 꼬박 하루가 걸렸다. 푼타 톰보에 도착하니 숨이 턱 막히는 장관이 펼쳐졌다. 그곳에는 헤아릴 수 없이 많은 마젤란펭귄들이 있었다. 설령 오토바이를 손으로 끌고 왔다 해도 백 번이고 천 번이고 잘 왔다는 생각이 들었을 것이다.

해안을 따라 북쪽으로 그 수를 가늠할 수 없을 정도로 펭귄들이 많았다. 게다가 발데스 반도 전체를 탐사하려면 몇 달이 걸리지만 푼타 톰보는 길이가 3킬로미터 남짓한 작은 반도였다. 이 작은 반도에 그토록 간절히 보고 싶었던 펭귄들이 이렇게 많이 있다는 사실이 실감나지 않았다. 그곳에 기각류가 없어서 펭귄들이 서식하는 것일 수도 있겠지만 수백만 마리의 펭귄들이 잘못된 장소를 선택하지는 않았으리라는 생각이 들었다.

가만히 지켜보니 펭귄 한 마리 한 마리가 내가 아는 펭귄의 특징을 모두 지니고 있었다. 허수아비처럼 날개를 펼쳐서 연신 고개를 움직이며 다른 펭귄들을 지켜보는 펭귄도 있었다. 천천히 걷는 펭귄들이 있는가 하면 달리는 펭귄도 있었다. 물속으로 돌진하는 펭귄이며 수영하는 펭귄, 다시 해변으로 기어 올라오는 펭귄, 짝을 부르는 펭귄 등 온갖 펭귄들이 다 있었다. 배고픈 새끼들에게 먹이를 주기 위해 단호한 자세로 서 있는 펭귄들도 있었다. 발로 머리를 긁는 펭귄도 있었고, 가슴과 옆구리에 머리와 목을 부비는 펭귄도 있었다. 엉덩이를 흔드는 펭귄과 깃털을 다듬는 펭귄도 있었다.

깃털 '다듬기'가 너무 빨리 끝난다면 뭔가 잘못된 것이다. 펭귄들은 이 행위에 상당히 많은 시간을 들이기 때문이다. 그들은 부리를 이용해 가슴과 등, 그리고 배 부분의 털을 다듬는다. 또한 날개 앞쪽과 날개 뒤쪽, 날개 아랫부분과 날개 윗부분도 다듬고, 어깨와 목 주변, 다리 주변과 다리 사이, 배꼽 아래와 꼬리 주변 등 부리가 닿는 곳이면 어느 곳이든 구석구석 깃털을 다듬는다. 부리가 닿지 않는 곳은 발가락을 이용해 다듬는다.

후안 살바도 덕분에 나는 펭귄의 깃털을 자세히 관찰할 수 있었고, 깃털들이 아무 데서나, 아무렇게나 자라는 것이 아니라 결을 따라 가지런히 자라난다는 사실도 알게 됐다. 가만히 집중해서 지켜보니 펭귄들은 저마다 정해놓은 규칙대로 행동하고 있는 듯했다. 후안 살바도도 털의 방수 기능과 매끄러움, 몸의 유연성 등이 완벽한지를 매일매일 점검한다. 펭귄의 깃털에는 공기층이 풍부해 물속에서도 자유롭게 활동할 수 있다. 이들의 깃털을 자세히 들여다보면 펭귄 깃털의 공학 기술이 얼마나 놀라울 정도로 진화했는지를 확연히 알 수 있다. 일반적인 조류나 펭귄의 깃털은 대단히 특별하다. 만약 펭귄들이 또다시 수백만 년을 진화한다면 이 이상 더 진화할 수 있을지 몹시 궁금했다. 현재 이들의 깃털 기능에서 조금이라도 발전 가능성이 있는 부분을 도무지 찾을 수 없었기 때문이다.

그런데 푼타 톰보의 펭귄들에게서는 후안에게서 볼 수 없었던 모습을 볼 수 있었다. 바로 펭귄끼리의 관계와 친밀함이었다. 이곳의 펭귄들은 대다수가 새끼를 보살피는 부모 펭귄이었는데, 새끼 외에 다른 펭귄들과는 딱히 눈을 마주쳐가며 소통하는 것처럼 보이지 않았다. 펭귄들은 한 동작을 몇 초 이상 지속하지 않았고 하던 특정 동작이 끝나면 꼼짝 않고 가만히 서서 옆의 펭귄들을 바라보곤 했다. 휴식을 취하는 것인지, 주변 펭귄을 안심시키는 것인지, 무슨 허락을 구하는 것인지는 모르겠으나 그렇게 잠시 멈추었다가 다시 이전에 하던 동작을 계속하거나 새로운 동작을 시작했다. 이는 후안 살바도에게 필요한 펭귄들만의 사회생활이었다.

후안은 펭귄이 아닌 사람을 대상으로 사회생활을 했다. 불현듯 후안이 가엾다는 생각이 들었다. 인간들은 후안이 끊임없이 보내는 신호를 일일이 받아주고 대응할 수 없기 때문이다. 과연 나는 사람 한 명도 없이 오직 펭귄들하고만 얼마나 살 수 있을지 궁금해졌다. 지금 세인트 조지에 있는 후안 살바도가 그렇게 살고 있을 테니까.

푼타 톰보 해변 근처에는 작은 굴이며 움푹 팬 구멍들이 많았는데 펭귄들은 주로 그곳에서 알을 품거나 잠을 잤다. 구멍이나 구덩이에 온몸을 다 집어넣고 꼬리만 조금 내놓은 펭귄들도 있었고, 반대로 부리 끝만 삐죽이 내밀고 있는 펭귄들도 있었다. 구덩이에 있는 펭귄들은 거의 움직이지 않았다. 알을 품고 있거나 침착하게 거주지를 지키고 있는 듯했다. 이유는 알 수 없었지만 굳이 알아본답시고 가까이 가서 그들을 방해하고 싶지도 않았다.

푼타 톰보에는 펭귄 말고 다른 생명체들도 있었다. 낙타과 포유류인 과나코들도 몇몇씩 무리를 지어 다녔고 토끼도 있었다. 간간이 다양한 크기와 연령대의 난두도 눈에 띄었다. 펭귄 무리가 여러 종들과 가까이 지내고는 있었지만 전체적으로 아주 평화로웠고 서로 방해하는 모습은 볼 수 없었다. 이따금 아주 예외적인 상황이 목격되기도 했지만.

나는 지금까지 봐온 펭귄들과는 사뭇 다르게 행동하며 매우 흥분해 있는 펭귄 무리들을 봤다. 약 30마리쯤 돼 보이는 무리였는데 펭귄들은 눈물방울 모양으로 대열을 맞춰 서 있었다. 알고 보니 먹잇감을 사냥하기 위해 만든 대열이었다. 맨 앞에 있는 펭귄이 앞으로 돌진하며 사냥감을 쪼는 모습은 럭비에서 태클을 시도하는 모습과 비슷했다. 맨 앞 펭귄이 넘어지면 두 번째 자리에 있던 펭귄이 달려 나가 새로운 공격 진영을 형성한다. 넘어진 펭귄들은 대열의 맨 뒤로 다시 합류한다. 펭귄들은 약 45미터 정도 달려 나가며 이 동작을 계속했는데 대열 밖에 있는 다른 펭귄들은 대열에서 멀찍이 떨어진 곳에서 이 광경을 지켜보기만 할 뿐 무리에 합류하지는 않았다.

처음에는 대열을 이루고 있는 펭귄들이 도대체 무얼 하고 있는지 도통 감을 잡지 못했다. 그들의 공격을 받는 대상을 보고서야 그들이 무언가를 쫓고 있음을 알게 됐다. 대열 근처에 아르마딜로 한 마리가 펭귄들의 부리를 피해 허둥지둥 달아나고 있었던 것이다. 아르마딜로는 덤불을 향하고 있었다. 아르마딜로가 무성한 가시덤불 속으로 피신하자 펭귄들은 더 이상 쫓아가지 않았다. 아르마딜로가 펭귄 알이나 새끼를 훔치려 했던 걸까? 온몸이 비늘로 덮인 아르마딜로가 펭귄의 먹잇감인지 아닌지는 모르겠으나 펭귄들은 자신들의 영역에 아르마딜로가 얼씬거리기라도 하면 득달처럼 달려가 내쫓았다. 중간에 멈추는 법은 없었다. 온몸에 갑옷 같은 표피로 무장한 동물이 아니면 도무지 들어갈 수 없는 가시덤불 속으로 아르마딜로가 숨어서 아예 보이지 않을 때까지 추격전은 계속됐다. 펭귄 부리에 한 번 당해본 경험이 있는 나는 혼비백산하며 달아나던 그 침입자에게 감정이입이 돼서 슬그머니 내 손가락 흉터를 문질렀다.

펭귄 영역 주위를 어슬렁거리며 걸어보니 내가 지나치게 가까이만 가지 않으면 펭귄들은 내게 별 관심을 보이지 않았다. 어쩌다 가까이 다가가도 펭귄들이 나를 피해 멀찍이 가버리는 바람에 주변이 휑한 공간이 되곤 했다. 내가 그들의 부리에 쪼일 정도로 지나치게 가까이만 다가가지 않는다면 그들은 내 존재를 과나코 정도로 여기며 별 신경 쓰지 않았다. 내가 바닥에 앉아 있어도 펭귄들은 다들 제 할 일에만 몰두했고, 마치 그 자리에 없는 존재인 양 내게 무심했다. 나는 야생동물들 무리 속에 완벽하게 공존한다는 느낌이 들자 더없이 행복했다.

펭귄들과 보내는 시간은 너무 빨리 지나갔다. 나는 해안을 따라 작은 반도를 걸었다. 조그만 굴이건 평평한 땅이건 온통 펭귄들이 차지하고 있었다. 어찌나 빽빽하게 들어차 있던지 손가락 하나 비집고 들어갈 틈도 없을 성싶었다.

그날 밤 나는 푼타 톰보의 야생 속에서 또다시 캠핑을 했다. 펭귄들 무리와는 조금 떨어진 곳에 자리를 잡으니 몇몇 호기심 많은 펭귄들이 내 쪽으로 와서 내가 하는 일을 빤히 보기도 했다. 녀석들은 이내 흥미를 잃고 발길을 돌렸지만 그 녀석들이 가면 다른 녀석들이 와서 내가 텐트를 치고, 바닷물에 삶은 감자와 버터, 통조림에 든 생선으로 식사를 하는 모습을 빤히 지켜봤다.

아침이 되자 펭귄들은 내가 아침 식사를 하고 캠핑 자리를 철수하고 떠나는 모습을 구경했다. 최대한 대서양에 가깝게 붙어 최남단에까지 이른 나는 다시 북쪽을 향해 아르헨티나의 서쪽 길을 따라 달렸다. 이 특별한 날, 나는 해가 지기 전에 잠시 안데스 산맥에 속하는 코르다예라스 산의 작은 봉우리에 올랐다. 그러고는 다시 길가에서 약 500미터 떨어진 곳까지 오토바이를 타고 가서 2미터 가까이 무성하게 자란 팜파스그라스 덤불과 덤불 사이에 텐트를 쳤다. 초원에 텐트를 치니 길에서는 내 텐트가 전혀 눈에 띄지 않았다. 우연이라도 나를 발견하는 사람은 없을 듯했다.

내 텐트는 튼튼한 캔버스 소재로 된 작은 텐트였는데 꽤 현대적인 기능인 방수 깔개까지 있었고 지퍼는 없었지만 입구를 끈으로 묶을 수 있게 되어 있었다.

나는 알코올버너로 요리를 해먹고, 여행 일기를 쓰고, 오토바이와 타이어도 점검하고는 잠자리에 들었다. 쌀쌀한 날씨였지만 침낭 속은 아늑했다. 달이 아직 뜨지 않아서 밤하늘에 반짝이는 별들을 빼면 칠흑 같은 어둠뿐이었다. 나는 몹시 피곤했던 터라 금방 잠이 들었다.

얼마나 잤을까. 불현듯 잠에서 깼다. 잠든 사이 하현달이 이미 지평선 위로 떠 있었다.

내가 왜 갑자기 눈을 떴지? 가만히 귀를 기울였다. 발자국 소리가 들렸다. 소리는 살금살금 조심스럽게 그리고 천천히 다가오고 있었다. 주변이 워낙 고요했던 터라 잘못 들었을 리는 없었다. 발걸음 소리는 텐트에 점점 가까워지고 있었는데 가만히 들어보니 한 명이 아니었다!

나는 온 신경을 청각에 집중했다. 심장이 세차게 두근거렸다. 나는 최대한 소리를 내지 않기 위해 얕고 빠르게 숨을 쉬었다. 다른 소리들도 들렸다. 서쪽에서 팜파스그라스로 불어오는 부드러운 바람소리와 풀벌레 소리였다. 하지만 다시 한 번 부드러운 흙을 밟는 발소리들이 또렷하게 들렸다. 절대 환청이 아니었다. 분명 발소리였다.

누가 나를 향해 오고 있는 걸까? 왜 오는 걸까? 만약 떳떳한 명분이 있다면 멀리서 나를 부르거나 해서 자신들의 존재를 알리지 밤도둑처럼 이렇게 살금살금 오지는 않을 것이다.

발소리들은 내 오른쪽을 향하고 있었다. 나는 소리가 나지 않게 침낭 지퍼를 열었다. 맞물려 있던 지퍼 이빨이 툭툭 열리는 소리까지 다 들렸다. 나는 다리를 꺼낼 수 있을 정도까지만 지퍼를 내렸다. 나는 티셔츠에 반바지 차림이었다. 재빨리 머리를 굴렸다. 적은 최소한 두 명이다! 내가 가진 무기는 뭐가 있지? 꽤 큰 칼이 한 자루 있었다. 그게 다였다. 이 칼을 어떻게 써야 하지? 만약 적들이 무장을 하고 뭔가를 훔칠 작정이라면 나를 쏘고 원하는 걸 다 가져갈 것이다. 그리고 아무도 내 뼛조각조차 발견하지 못할 것이다. 아마 내가 들은 발소리는 추부트의 이토록 외딴 지역, 외딴 장소에서 듣는 최초의 인간 발소리일 가능성이 컸다.

발소리는 점점 더 가까워졌다. 마른 풀을 밟는 여우처럼 아주 조심스럽고 은밀한 걸음 소리였지만 아주 또렷하게 잘 들렸다.

나는 언제든 목숨을 걸고 싸울 태세를 갖췄다. 내가 여러 명의 상대를 이길 수 있는 유일한 방법은 상대를 놀라게 하는 것뿐이었다. 절대로 텐트 안에 갇히거나 꼼짝할 수 없게 되는 상황은 절대 없어야 했다. 아, 그렇게 멍청하지만 않았어도, 진작 총 한 자루만 준비했어도, 지금 같은 큰 곤경에 처하진 않았을 텐데! 혼자 여행하면서 준비를 이렇게 허술하게 하는 게 아니었는데…. 모험을 동경했던 나 자신이 원망스러웠다. 발소리들은 이제 몇 미터 앞까지 가까워졌다. 내가 가진 거라고는 볼품없는 칼 한 자루와 희미한 전등뿐.

나는 텐트 입구를 묶은 끈 매듭을 풀면서 머릿속으로 계획을 세웠다. 일단 전등과 칼을 들고 텐트에서 용수철처럼 튀어나가 '빵!' 하고 최대한 크게 소리를 지를 것이다. 상대가 놀라면 약간의 시간을 벌 수 있고 시간을 번 만큼 싸움에서 유리할 것이다.

자, 준비가 됐다. 이제 발자국 소리는 텐트 머리 부분에서 들리고 있었다. 5미터도 채 남지 않았다! 지금이 아니면 기회는 없다!

나는 전등 스위치를 켜고 텐트 밖으로 뛰쳐나가며 목청껏 "빵야! 빵야! 빵야!" 하고 소리를 질렀다. 적을 향해 정신없이 휘두르는 내 칼날에 전등 불빛이 반사되어 번쩍거렸다. 부에노스아이레스 술집에서 함께 술을 마셨던 유안이 지금의 내 모습을 봤더라면 자랑스러워했을 것이다.

갑자기 하얗고 커다란 두 개의 불빛이 번쩍했다. 불빛은 어둠 속에서 내 쪽을 향해 빛나고 있었다. 정신을 차리고 보니 공포에 질린 상대의 눈동자에 반사된 내 전등 불빛이었다. 그 눈의 주인은 정신 나간 어느 영국 남자가 오밤중에 느닷없이 도살이라도 할 기세로 공격을 해오는 통에 혼비백산한 소였다. 밤중에 한가로이 초원을 거닐던 소는 공포에 질려 꽁무니를 빼고는 달아났다. 어둠 속에서 소의 발소리가 희미해져 갔다.

두려움과 허탈한 웃음, 이른 아침의 차가운 공기가 뒤섞여 몸이 떨렸다. 나는 칼을 휘두르며 도망가는 악당 소가 더 이상 보이지 않을 때까지, 그 발자국 소리가 더 이상 들리지 않을 때까지 뒤쫓아 갔다.

불을 끄고 초승달을 바라봤다. 달빛 아래 팜파스그라스 덤불이 희미하게 드러났다. 하늘의 사냥꾼, 오리온 별자리가 남반구 밤하늘 높은 곳에서 빛나고 있었다. 오리온은 내 위의 높은 곳에 우뚝 서서 자랑스레 칼을 차고 싸울 준비를 하고 있었다. 나는 땅 위에 서서 오리온의 모습을 흉내 냈다.

"우리에겐 칼이 있는데 왜 총 따위가 필요하단 말이냐?"

오리온은 이렇게 묻고 있는 듯했다. 분명 그는 내가 얼마나 무서웠는지, 꼼짝없이 죽었다는 생각이 얼마나 강하게 들었는지 전혀 알지 못하리라. 내 한심함을 추스르며 나는 다시 침낭으로 돌아왔다. 그리고 그날 내게 총이 있었더라면 그 소는 조물주를 만났을 수도 있었다는 이야기를 그 누구에게도 뻥긋하지 않았다.

다음 날, 나는 오토바이를 타고 다시 바이아블랑카를 향한 기나긴 여정을 시작했다. 아르헨티나의 외딴 지역 도로들은 마치 날아가는 화살처럼 끝도 없이 펼쳐진 직선도로였다. 몇 킬로미터를 달리다 보면 이따금 사람을 볼 수 있었다. 날씨는 화창했고 지평선 저 너머로 솜털 구름이 느릿느릿 흘러갔다. 내가 후안 살바도의 미래를 머릿속에 그리는 동안 끝도 없이 펼쳐진 광활한 팜파스 초원이 내 옆을 스쳐지나갔다. 운송수단만 조금 더 고민해본다면 후안을 친구들이 있는 곳까지 데려다줄 수 있음을 입증한 이번 여행을 나 혼자 힘으로 해냈다는 생각에 뿌듯함이 밀려왔다.

한편으로는 갑자기 후안이 떠난다고 생각하니 가슴이 아팠다. 이 여행은 분명 후안에게도 쉽지 않을 것이다. 나 역시 이 고난과 역경의 여행이 최고의 선택이라는 확신이 서야 할 것이다.

그렇게 한 시간 남짓 달려가는데 갑자기 오토바이가 비틀거리더니 엔진 소리가 조용해졌다. 순간 복잡한 감정이 밀려왔다. 이 오토바이를 끌고 수 킬로미터를 가야 한다고 생각하니 허탈하고 절망스러웠다. 그 순간만큼은 오토바이가 시시포스의 바위처럼 느껴졌다. 나는 기어를 풀고 동력 끊긴 오토바이를 순전히 바퀴로만 굴리며 최대한 멀리까지 갔다. 그리고 마지막으로 들었던 엔진 소리를 분석해봤다. 푸드득거리는 소리도 없이 갑자기 꺼졌으니 연료 문제라기보다는 전기 쪽 문제일 가능성이 컸다. 하지만 엔진이 꺼지기 바로 전에 '쨍그랑' 하고 뭔가 값비싼 것이 망가지는 소리가 났던 것 같은데? 점화 플러그와 연료관을 점검해보니 이 증상이 쉽게 수리할 수 있는 평범한 증상이 아니라는 심증이 커졌다. 그리고 얼마 지나지 않아 배기 밸브의 로커 암(밸브 개폐를 위한 힘의 방향을 바꿔주는 방향 전환 장치 – 옮긴이)이 망가진 것을 발견했다. 길거리에서는 수리할 수 없는 장치였다. 절망감에 빠진 나는 오토바이를 끌고 가기 시작했다.

그렇게 20여 분 정도 터덜터덜 걸어가는데 천만다행으로 차 한 대가 내 앞에 멈추어 섰다. 어찌나 기쁘고 안도감이 들었는지 모른다. 운전자는 내 딱한 처지를 보더니 자기 차와 내 오토바이를 끈으로 연결해 마을까지 견인해주겠다고 했다. 그러고는 천천히 운전하겠다고 덧붙였다. 일단 긴박한 상황이 닥쳤을 때 빨리 오토바이를 놓을 수 있도록 오토바이 핸들 주위에 줄을 두 바퀴 감고는 그 줄을 붙잡았다. 그리고 차는 목이 부러질 듯 어마어마한 속도로 달리기 시작했다. 약 50킬로미터를 달리는 동안 내 머릿속에는 끈을 놓치면 죽는다는 생각뿐이었다.

그런데 운전자는 바이아블랑카에 도착하자 언제 그랬냐는 듯 얌전하게 운전을 했고 심지어 나를 기차역까지 바래

다쳤다. 돌이켜 생각하니 정말이지 나는 운이 좋았다. 만약 정말 외딴 곳에서 오토바이가 망가졌다면 도와줄 사람이 나타나기까지 몇 날 며칠을 기다려야 했을지도 모른다. 아니면 오토바이를 버리고 그냥 왔어야 했을지도 모른다.

기차를 타고 한참을 달려 부에노스아이레스로 돌아온 나는 후안 살바도를 야생 펭귄들과 만나게 해줘야겠다는 생각을 접었다. 마지막 순간에 오토바이가 망가지면서 이 의지할 수 없는 오토바이를 믿고 여행한다는 생각이 터무니없는 계획이라는 판단이 섰기 때문이다. 내가 해로즈 찻집에서 구상했던 계획들 중 가장 만족스러운 계획은 후안을 그냥 세인트 조지에 두는 것이었다. 후안 살바도는 푼타 톰보에서 행복하지 않을 것이다. 아니, 솔직하게 말하자면 후안과 헤어지기 싫었다. 이미 어려운 일은 충분히 겪었다.

나는 이전대로 후안과 함께 살 것이고 후안 역시 자신에게 무엇이 최선인지 내게 확실히 말해줬다고 생각했다. '내일 일은 내일 걱정하라!' 이제 이 말이 우리 삶의 신조가 될 것이다.

나만의
엘도라도

가진 것은 거의 없더라도 기꺼이 자신들의 몫을 나누었다

내가 남아메리카에 온 이유는 내 지식이나 경험과는 동떨어진 사람들을 만나고, 낯선 곳을 탐험하고, 야생을 보고 싶어서였다. 온화하고 비옥하며 낮은 언덕들과 울창한 숲이 있는 서섹스의 시골 마을에서 자란 나는 안데스 산맥 고산지대의 희박한 공기를, 파타고니아의 거대하고 광활한 대평원을, 티에라델푸에고의 눈 덮인 소나무와 야생을, 아타카마의 모래사막에 부는 건조한 바람을 늘 갈망했다. 이과수의 웅장한 폭포를 직접 눈으로 보고 싶었고, 엘미스티의 화산과 쿠스코와 마추픽추의 잉카 문명을 보고 싶었다. 티티카카 호의 비현실적인 풍경을 보고 싶었으며, 페리토모네로 빙하에

서 나는 거대한 천둥 같은 소리를 직접 듣고 싶었다. 그러한 곳에서 사람들을 만나고 그들의 삶을 이해하고, 이곳저곳을 탐험해보고 싶었다. 나와는 전혀 다른 언어를 사용하고 낯선 문화에서 사는 이들에게 무언가를 배우고 싶었으며 이국의 다양한 동식물도 보고 싶었다.

영국 시골 마을의 안온함에서 벗어날 자유와 내가 내린 선택에 진정한 책임을 지는 자유를 갈망했다. 나는 '정처 없이' 떠돌고 싶었으며 발길 닿는 대로 여행하고 싶었다. 사회가 보장해주는 안전망 없이 진짜 아슬아슬한 경험도 해보고 싶었다. 항상 소들은 들판에, 닭들은 닭장에, 저녁 식사는 식탁에 있다면 모험과 짜릿함은 어디에서 느낀단 말인가? 나는 3등 선실을 타고 더 거칠게 세상과 만나고 싶었다. 기회만 주어진다면 내 삶에 어떤 운명이 펼쳐질지 직접 부딪혀보고 싶었다.

물론 현실은 내 기대 같지 않았고, 내 결심을 가혹하게 시험하는 순간들도 많았다.

후안 살바도가 내 친구들과 있는 동안 나는 아르헨티나로 돌아가는 길에 있는, 볼리비아 남부의 고산지대 도시이자 은광으로 유명한 포토시Potosí에 가고 싶었다. 그래서 포토시에서 가까운 작은 시골 마을의 어느 허름한 호텔에서 하룻밤을 묵었다. 아침에 체크아웃을 하고 나와 복대 지갑에 들어 있던 남은 지폐를 모두 꺼내 주머니에 넣었다. 만약의 경우를 대비해 여행사를 통해 버스표와 비행기표는 미리 구매해두었다.

그런데 우연히 내가 머문 마을에서 축제가 열리고 있었다. 나는 걸음을 멈추고 축제 행렬을 구경했다. 광장은 명당자리에서 축제 행렬을 보려고 엎치락뒤치락하는 사람들로 북새통을 이뤘고, 화려함과 시끄러움으로 정신이 하나도 없었다. 그래도 고산지대에서 듣는 파이프 연주와 드럼 소리, 그리고 형형색색의 불빛들은 평생 잊지 못할 정도로 아름다웠다. 다채로운 불빛들은 우중충한 내 푸른색 더플코트마저 공작새의 깃털처럼 보이게 해줬다.

그렇게 잠깐 축제를 감상하다가 자리를 뜨며 주머니를 확인하는데 돈이 없었다! 소매치기를 당한 것이다. 거기서 영어나 스페인어로 '거기 서, 이 도둑놈아!' 하고 소리를 질러봤자 소용없었다. 그 마을에는 영어나 스페인어를 하는 사람이 지극히 드물었기 때문이다. 경찰서에 가서 신고를 할까도 생각했지만 이미 도둑은 멀리 달아났을 터였다. 내게 남은 건 씁쓸한 교훈뿐이었다.

당시 내가 도둑맞은 돈은 60달러 정도인데 당연히 지금의 60달러보다는 훨씬 더 가치가 높았다. 남은 것이라고는 동전 몇 푼과 입고 있는 옷가지가 전부였다. 일단 은행을 먼저 찾고 그다음에 푸에블로족과 소통할 수 있는 방법을 찾아 돈을 융통할 수도 있었다. 아니면 묵었던 호텔로 가서 도움을 요청할 수도 있었다. 하지만 나는 최대한 국경 인근까지 가서 내가 거래하는 아르헨티나 은행에서 돈을 찾기로 했다. 한참을 걷고 또 걷다가, 이따금 덜컹거리는 트럭이나 짐칸이 딸린 낡은 승용차를 얻어 타기도 하면서 오랜 시간에 걸쳐 내린 결론이었다. 물론 나를 태워준 그분들께는 이루 말할 수 없을 정도로 감사하다.

여섯 시간 걸려 늦은 오후에 어느 작은 마을에 도착했다. 마을에는 작은 물웅덩이와 군데군데 초목이 있었다. 원래는 몇 킬로미터 더 떨어진 곳이 목적지였는데 나를 태워준 분이 잠자리를 구하기가 더 나을 거라고 조언해줘서 이곳에 내린 것이다. 그의 말대로 아주 단출한 농가주택에 사는 어느 가족에게 동전 몇 개를 지불하니 잠자리와 식사를 제공받을 수 있었다.

그 가족은 총 일곱 명이었다. 어머니와 여섯 명의 자녀가 살고 있었는데 그중 세 명은 10대였고 세 명은 그보다 더 어렸다. 원래는 자녀들이 더 있었는데 몇 명의 아이들은 죽었으며, 아이들 아버지 역시 죽었다고 한다. 그들은 내가 그곳에 묵는 이유를 묻지 않았다. 이것저것 묻는 것보다 훨씬 편하다는 생각이 들었다.

그들은 손으로 직접 짠 천과 헌옷들을 짜깁기해 만든 옷을 입고 있었다. 어린아이들은 신발을 신고 있지 않았고 10대 아이들만 신발을 신고 있었는데 그나마도 너무 낡고 해져서 신발의 기능을 거의 하지 못하는 듯 보였다. 왜 굳이 그런 신발을 성가시게 걸치고 있는 건지, 신발이 자부심과 연관되는 무엇인지 궁금했다. 집은 햇볕에 말린 진흙 벽돌로 되어 있었고 지붕의 기와 역시 같은 재질로 되어 있었다. 방은 네 개가 있었는데 딱히 마룻바닥도 없고 지붕도 비스듬한 형태가 아니어서 필요할 때마다 방을 더 만들어서 사용하고 있었다.

요리는 모닥불을 피워놓고 커다란 금속냄비에 끓여 먹었는데, 날마다 먹고 남은 음식에 새 음식을 더해서 만들어 먹었다. 내가 간 날 저녁은 염소고기와 옥수수, 콩과 옥수수죽이 섞인 스튜였다. 날이 저물고 나는 그 집식구들과 함께 방으로 갔다. 우리는 같은 방에서 살을 맞대고 앉아 담요를 덮었다. 호기심을 참지 못한 이웃도 놀러왔다. 유쾌한 분위기 속에서 우리는 서로를 이해하기 위해 갖은 노력을 기울였다.

알고 보니 그 마을은 유아 사망률이 매우 높았다. 또한 마을 주민 대부분이 숫자는 셀 줄 알았지만 거의 문맹이었다. 그들은 염소와 닭 같은 가축을 많이 길렀고 작물도 재배했다. 밤이면 퓨마들로부터 가축을 보호하기 위해 가축들을 우리 안에 넣어두었다. 퓨마가 종종 염소들을 잘 가져간다고 하는데 혹 어린아이들도 퓨마의 희생양이 되지는 않았을까 하는 생각이 들었다.

그들 가족은 내게 담요를 만드는 방을 보여줬는데, 정말 날것 그대로의 방이었다. 그곳에서 직물과 담요를 짜는 광경을 직접 보고 싶다는 생각이 들 정도로 흥미로운 방이었다. 어린아이들은 내가 글은 읽고 쓸 줄 아는데 직물 짜는 법은 모른다고 하자 매우 놀라워했다. 쓸데없는 것만 할 줄 알고 정작 중요한 일은 하지 못한다고 생각하는 것 같았다. 그곳 남자들은 파이프에 담배를 피웠고, 코카 잎을 씹었으며, 사탕수수를 증류해 만든 술을 마셨는데 그곳 남자들이 여자들보다 유일하게 빠르게 하는 것이라고는 술을 마시는 것뿐이었다.

그렇게 그날 밤이 지나갔다. 아이들은 가까이 붙어 누웠고 이내 잠이 들었다. 어른들은 그 후에도 술을 마셨다. 담요를 덮고 사람들과 살을 맞대고 바짝 붙어서 잤는데도 알티플라노Altiplano 고원의 밤은 지독하게 추웠다. 전혀 모르는 사람들과 살을 맞대고 가까이 붙어 잔다는 것이 내게는 완전히 새로운 경험이었다. 그리고 가진 것이라곤 거의 없으면서도 기꺼이 자신들의 몫을 나누어주는 그들의 인정 어린 모습에 한창 이기심 충만한 20대였던 나는 깊은 감동을 받았다.

아침이 되자 여성들이 먼저 일어나서 불을 피우고 빵을 구웠다. 남자들은 더 늦게 일어났는데 지난밤의 숙취에서 깨지 못한 듯 보였다. 고맙게도 그들은 내게 아침 식사 후에 마을을 구경시켜주겠다고 했다. 튼튼하게 지은 염소 우리며 가지런히 줄맞춰 늘어선 곡물들, 손으로 직접 짠 천을 보니 감탄이 절로 나왔다. 마을 주민들은 자신들의 삶의 방식에 자부심을 느끼고 있었고, 그들의 고결한 정신에 존경심이 절로 우러나왔다. 유럽인들은 절대자 또는 지배자라는 명분을 내세우며 가장 좋은 땅을 손아귀에 집어넣었고 폭력과 이국의 질병에서 살아남은 마을 주민에게는 사람 살기에 가장 척박한 땅만이 주어졌다. 그러나 그들의 자손들이 강인한 독립심으로 여전히 전통적인 삶의 방식을 지켜내며 살아가고 있었다. 요즘 그 마을 젊은 세대들이 마을을 떠나 다른 마을에서 돈을 벌고 싶어 한다는 이야기를 들었을 때는 진심으로 가슴이 아팠다.

그 마을은 내 마음을 비워주는 한편 채워줬으며 잃어버린 돈보다 훨씬 귀중한 것들을 얻게 해줬다.

안데스 산맥 고산지대는 공기가 희박해서 한낮에는 뜨거운 태양의 열기가, 한밤에는 밤하늘의 별빛들이 고스란히 전달됐다. 지형의 특성상 지구상 어느 곳에서보다도 더 많은 별들과 더 넓은 밤하늘을 감상할 수 있기에 전 세계 천문학자들과 천체 전문가들은 이런 산을 매우 좋아한다. 그날 밤도 하늘은 완벽하게 검푸른 색이었고, 태양신 아폴로가 오른쪽 하늘에 흰색 페인트를 휙 뿌려놓은 듯 은하수가 아름답게 빛났다. 잘 알고 있었던 별자리들도 수십만 개의 다른 별들 사이에 있으니 구분이 가질 않았다. 우리 은하에 있는 모든 별이 거의 다 보이는 것 같았다. 은하수를 맨눈으로 이렇게 또렷하게 볼 수 있다는 사실이 경이로웠다. 은하 중심에서 멀리 떨어진 별들도 어둠을 뚫고 청명한 빛을 내고 있었다. 달이 뜨기 전이었는데도 별빛이 얼마나 환한지 별빛만으로도 길을 걸을 수 있을 정도였다. 하지만 이 눈부시고 아름다운 우주도 두꺼운 담요 없이는 추워서 제대로 감상할 수가 없다.

두 번째 날 밤, 나는 숙소에서 자지 않았다. 이제 와서 이렇게 말하기는 조금 부끄럽지만 씻지 않는 사람들의 몸 냄새와 빨래를 하지 않은 옷과 담요 냄새, 제대로 아물지 않은 상처에서 나는 냄새 등이 정말 괴로웠기 때문이다. 생각하면 그 집 가족들 역시 내 몸과 옷에서 나는 낯선 냄새에 괴로웠을 것이다. 나는 차라리 밖에서 자는 편이 더 낫겠다고 생각했고 동이 트기 전까지는 별빛과 달빛의 도움을 받아 걷기로 했다. 하지만 날이 어두워지자 점점 추워졌고 이내 견딜 수 없을 만큼 지독한 추위가 찾아왔다. 어찌나 추웠던지 사람이 이렇게 얼어 죽을 수도 있겠구나 하는 생각마저 들었다. 아무리 해도 체온을 유지하기가 어려웠다. 그렇다고 뜀박질도 할 수 없었다. 이곳의 공기는 매우 희박해서 쉽게 기진맥진해지기 때문이다. 뛰자니 공기가 부족했고 가만있자니 너무 추웠다.

변변한 장비 하나 없는 나 같은 여행자에겐 위험한 순간이었다. 그렇게 얼마나 버텼을까. 마침내 동쪽 하늘이 밝아왔다. 나는 너무 추워서 다리를 꼰 채 온몸에 힘을 잔뜩 줬다. 그렇게 꼼짝 않고 서 있다 보니 태양이 지평선 위로 올라왔다. 태양이 뜨자마자 거의 동시에 얼굴에 따스한 온기가 느껴졌다. 나는 바위 위의 도마뱀처럼 태양의 온기를 한껏 느꼈다. 그렇게 밤을 지새웠다.

고산에서 밤을 보내며 경외심을 불러일으키는 장엄한 우주를 본다는 것은 절대 흔하게 경험할 수 있는 일이 아니었지만 그럼에도 불구하고 그다지 좋은 경험은 아니었으며, 제대로 된 보호 장비 없이는 절대 두 번 다시 겪고 싶지 않은 경험이었다. 나중에 생각해보니 그 소박한 오두막집에서 보낸 밤이 훨씬 더 좋았다. 일부러 작정하고 위험을 무릅쓴 것은 아니었지만 그날 밤 그렇게 높은 산에서 밤을 지새운 것은 경솔한 판단이었다. 하지만 그 경험은 이후 내게 자립심을 길러줬고 잊지 못할 추억도 남겨줬다.

계획한 대로 모든 일들이 되지 않을 때 생각지도 못했던 일들이 생기기도 한다. 푼타델에스테에서 시간을 보낸 덕분에 운명의 친구 후안 살바도를 만났던 것처럼 말이다. 후안을 만나기 전에도 우연히 잊지 못할 경험을 한 적이 있다. 세인트 조지 학교에서 졸업반이었던 대니의 가족으로부터 정중한 초대를 받아 파라과이에서 3주를 보내게 된 것이다.

　대니의 아버지인 알프레드 윌리엄스는 사업차 부에노스아이레스에 왔다가 모든 일정을 마치고 자신의 비행기에 나와 대니의 친구들을 태우고 파라과이로 돌아갔다. 기장의 노련한 저공비행 실력 덕분에 나는 수천 년 동안 시간이 만든 작품을 한눈에 감상할 수 있었다.

　파라과이 강은 수십 킬로미터를 굽이굽이 흐르면서 현재의 지류를 형성했고, 신비로운 거대 습지대와 수천 개의 소뿔 모양의 호수를 만들었다. 우리 아래서 호수가 햇빛에 반짝였다. 파라과이 강 유역의 평지는 야생동물들의 천국이다. 비행기 소리에 놀라 빽빽한 밀림에서 하늘로 날아오르는 어마어마한 새 떼들과 물속 집에서 나온 카피바라(돼지 크기 정도의 커다란 설치류) 무리들도 볼 수 있었다. 이런 장대한 광경을 직접 눈으로 보면서도 믿기지 않는 행운이었다.

파라과이의 수도인 아순시온에 있는 윌리엄 씨의 웅장한 저택에서 며칠 머문 후 알프레드, 대니, 대니의 학교 친구 잭과 나는 몇 주간 남미의 카우보이인 가우초gaucho 생활을 하기 위해 파라과이의 최남단 지역의 '캠프camp'(영어로는 캄포 campo라고 하며 대초원이라는 뜻)로 향했다. 기장은 목장 한편에 깔린 잔디 활주로에 착륙하기 전에 대목장 주위를 빙빙 돌며 솜씨 좋게 소 떼를 몰았다.

우리는 옥수수와 과일, 가우초들에게 할당되는 보조식량과 가우초들에게는 익숙하지 않은 사치품인 초콜릿 등을 챙겼다. 짐을 챙기고는 곧장 조랑말 등에 안장을 얹고 소 떼를 찾아 나섰다. 초원과 관목들이 울창한 데다가 아르마딜로들이 파놓은 구덩이들이 곳곳에 있는 대초원에서 소 떼를 찾는 일은 만만치 않았다. 소 떼를 찾아 나선 지 이틀째 되는 날 늦은 아침이 되어서야 우리는 소 떼를 만날 수 있었다.

윌리엄스 씨의 거대한 방목장에서 몇 주 동안 가우초들과 함께 생활했던 것은 정말 최고의 경험이었다. 그곳의 광대한 방목장은 영국의 농장과는 비교도 되지 않았다. 울타리도 없는 대방목장은 마치 아프리카의 대초원 사바나 같았다. 풀은 거의 없었고 관목들이 9미터까지 자라 있었다. 영국의 농장들은 보통 몇 십만 제곱미터인데 남아메리카의 대방목장은 몇 백 제곱킬로미터에 달했다. 윌리엄스네 방목장도 그 크기가 380제곱킬로미터였다. 영국의 아일오브와이트 주보다도 약간 더 큰 크기다.

가우초들은 소와 함께 살면서 매일매일 소들을 새로운 목초지로 안내한다. 땅이 척박하다 보니 신선한 목초지를 찾는 일은 쉽지 않다. 가우초들은 평상시에는 거의 안장 위에서 생활하며 몇 주에 한 번씩 농장 주인집에 들러 식량이나 필요한 물품을 공급받는다. 아주 어렸을 때부터 말 위에서 사는 가우초들의 말 타는 기술은 가히 최고다. 가우초들의 삶은 일하고, 먹고, 자고, 노는 생활이 구분 없이 어우러져 있어서 그 중 어떤 일을 하고 있는지 판단하기 어려울 때도 많았다.

가우초들은 해 질 녘이면 대초원에서 모닥불을 피우고, 식사를 준비하고, 노래를 하다가, 별 아래에서 잠이 든다. 남미의 가우초와 농장 일꾼들의 삶은 지극히 단순하며 대단히 열악하다. 1870년대에 아르헨티나의 시인 호세 에르난데스 José Hernández가 쓴 장편 서사시 『마르틴 피에로Martín Fierro』

에 나오는 그들의 삶을 보면 100년 전이나 지금이나 그들의
삶이 조금도 나아지지 않았음을 알 수 있다.

> 창공의 새처럼 자유롭게 사는 것이 나의 영광이지.
> 고통만을 안겨줄 지상의 보금자리는 짓지 않는다네.
> 내가 날아가면 아무도 나를 잡을 수 없지.
> 잔소리로 나를 성가시게 할 애인도 곁에 없지.
> 나뭇가지 사이를 날아다니는 아름다운 새처럼
> 토끼풀을 침대 삼아, 별들을 이불 삼아 그렇게 산다네.

가우초들이 소유한 재산이라고는 말에 실은 짐이 전부다.
안장과 침낭, 다리가 세 개인 접이식 의자, 등에 차고 다니는
칼, 동전 몇 닢과 은 장식품, 총, 올가미 등과 박 속을 파내
만든 호리병박 등이 그들의 재산이다. 그들은 틈이 날 때마
다 금속 빨대로 호리병에 든 마테차를 마신다. 이것들이 가
우초의 재산 전부다.

기력이 떨어지게 되면 말을 타는 기술이나 약초에 대한
지식을 동료에게 전수해주며 생계를 유지하기도 한다. 죽으
면 말에서 떨어진 그 자리에 묻힌다. 그들에게 구급차 지원

같은 서비스는 없다.

가우초들은 과라니Guarani 인디언 혈통이며 내가 이해할 수 있을 정도의 스페인어도 약간 구사했다. 키가 작고 피부색이 짙으며 주름투성이 얼굴에 탄탄한 몸, 부실한 치아를 하고 있고, 삶의 터전이자 햇볕에 말라 단단해진 땅만큼이나 강인한 체력을 가졌다. 그들은 늘 웃고 있는데 미소라기보다는 정신 나간 사람이 실없이 계속 웃는 모습에 더 가까워서 처음에는 적잖이 당황했었다.

대방목장의 동쪽으로는 파라나 강이 자연스레 경계를 만들어주고 있다. 방목장에는 도로나 포장된 길이 없으며 야생의 땅이 그대로 펼쳐져 있다. 이곳에서 범죄가 일어나면 가우초들이 판사이자 배심원이 된다. 국경지대를 마음대로 돌아다니며 원하는 것을 닥치는 대로 빼앗고 강탈하는 강도나 범죄자들로부터 가우초들을 보호해줄 권위 있는 기관이나 법률도 없다. 가우초들은 외부의 간섭을 바라지 않아서 설령 외부에서 그들에게 보호 장치를 제공해주려 한다 해도 별로 달가워하지 않을 것이다. 스스로 돌보는 데 익숙해 있기 때문이다. 가우초들은 국경지대에서 넘어온 소도둑을 '브라실레뇨brasileño'라고 부르는데 이는 브라질 사람이라는 의미다.

가우초의 주식은 고기다. 내가 그곳에 있는 동안 저녁 무렵이면 이따금 아르마딜로 몇 마리가 잡혔는데 잡힌 아르마딜로는 내장을 제거하고 강둑에서 가져온 진흙을 두껍게 바른 후 모닥불 속 뜨거운 숯불에 굴려 넣는다. 한 시간 정도 지나 불에 구워진 진흙을 깨서 보면 뼈와 단단한 껍질은 쉽게 떨어져나가고 육즙 풍부한 연한 살코기가 김을 모락모락 내며 자태를 드러낸다.

일곱띠아르마딜로는 약 75센티미터 정도까지 자라는데 이렇게 자란 아르마딜로는 커다란 닭고기만큼이나 고기가 많고 맛은 돼지고기에 가깝다. 겉에 발랐던 진흙과 소를 몰면서 일어난 먼지가 뒤섞인 숯가루를 향신료 삼아 납작한 접시에 고기를 담아내고는 돌을 날카롭게 갈아 만든 칼과 손가락을 이용해 먹는다. 헐렁한 바지인 봄바차bombacha에 판초를 두르고, 태양열을 흡수해 따뜻하게 데워진 대지에 앉아 양가죽 안장에 기대어 있노라면 수천 가지 낯선 냄새가 가득 퍼진다. 달이 뜨면 가우초들은 노래를 부르고 모닥불은 서서히 꺼진다.

이 모든 것이 어우러진 저녁 식사는 내 평생 가장 잊을 수 없는 식사였다. 촉각, 청각, 시각, 미각, 후각 등 내 모든 감각

은 한 번도 경험하지 못한 완전히 낯선 느낌들이 주는 충격
에 정신을 차릴 수 없을 정도로 얼떨떨해진다. 바로 이것이
야말로 내가 남아메리카에 온 이유다. 그 짧고 빛나던 순간
나는 나만의 엘도라도를 찾았다.

그날 밤 나는 별빛 아래서 모든 걸 포기하고 가우초가 되
어 사는 꿈을 꾸었다. 가우초의 삶은 생각보다 훨씬 더 고되
고 어쩌면 한동안은 매우 갑갑할 수도 있을 것이다. 지금 생
각하면 지나치게 낭만적이지만 그 순간만큼은 진짜 카우보
이가 될 수도 있겠다는 생각이 들었었다.

매일 밤 나는 동이 틀 때까지 나무토막처럼 죽은 듯이 잠
이 들었다가 대니 때문에 후다닥 현실로 돌아오곤 했다. 대
니는 학교에 있을 때 선생과 학생이었던 위치가 이곳에서
정반대로 바뀌는 것을 대단히 즐거워했다. 나는 날마다 대니
의 도움으로 새로운 기술을 익혔다. 대니는 나보다 다섯 살
어린 나이였지만 가우초들과 워낙 많은 시간을 보낸 탓에
가우초들의 말 타는 기술을 거의 완벽하게 익혔다.

농장 일꾼들의 승마 방식은 어린 시절 내가 영국의 학교
에서 배웠던 것과는 사뭇 달랐다. 승마라고 하는 범주에 같
이 넣기도 어색할 정도다. 재갈을 물리기도 힘든 고집 센 조

랑말을 타고 전속력으로 맹렬하게, 될 대로 되라는 식으로 마구 달리는 것이 이들의 기본적인 승마 방식이다. 내가 그 사실을 인정하기 전까지는 조랑말도 농장 일꾼들도 내게 그다지 협조적이지 않았다. 하지만 나는 이내 그들처럼 말을 타는 법을 배워야 한다는 사실을 인정해야 했다. 내가 탄 조랑말이 내게 선택의 여지를 주지 않았기 때문이다. 그 조랑말은 영국식으로 대하면 아예 꿈쩍도 하지 않았다. 하지만 내가 그들 방식대로 자세를 고치고 난 후에는 아니, 그 말이 나를 태워줄 준비가 된 후부터는 우린 꽤 잘 해냈다.

가우초들과의 의사소통은 지극히 제한적이었지만 그들은 내게 자신들의 생활방식을 어떻게 하면 잘 따라 할 수 있는지 친절하게 알려줬다. 아마도 내가 그들이 사용하는 언어를 따라 하려고 노력하고, 그들의 방식을 받아들였기 때문인 것 같다. 특히 젊은 가우초들의 방식을 많이 따랐다. 나는 내 눈이 아니라 그들의 눈으로 삶을 들여다보려고 노력했다. 그들의 기술을 익히려고 노력했으며, 그들이 웃을 때는 상황도 모르면서 덩달아 함께 웃었다. 알고 보니 주로 나 때문에 웃는 경우가 많았다! 덕분에 나는 수 세기 동안 변하지 않고 이어져 온 그들만의 삶의 방식을 관찰할 수 있었다. 하지만 그 방식은 이미 그 당시에 영원히 사라지려 하고 있었다.

가우초의 올가미 밧줄 기술은 가히 최고다. 직접 봐야 진가를 알 수 있지만 최대한 그 모습을 생생하게 표현해보도록 하겠다. 우리는 얼마 남지 않은 식량을 가지고 야영지에 도착했다. 몇몇 남자들이 식량으로 먹을 소를 찾기 위해 산으로 올라갔고 나는 그들 뒤를 따라갔다. 그들은 소들을 한곳에 우르르 몰아서 겁을 준 뒤 노련하게 몇 백 미터 반경 안에 소 떼를 둥글게 몰아넣고는 사냥감을 찾았다. 여기서 꼭 말해둘 사실이 있는데 보통 가우초는 안장 없이 맨몸으로도 말을 쉽게 탈 수 있지만 절대 안장 없이는 말을 타지 않는다. 안장은 가우초에게 대단히 중요한 장비이며 짐을 싣는 수단이기도 하며 그 자체가 도구로 사용될 때도 있다.

일단 목표물이 선택되면 가우초 중 한 명이 올가미를 빙빙 돌리기 시작한다. 부드러운 조랑말 가죽을 꼬아서 만든 이 올가미의 끝에는 10센티미터 가량의 무거운 원형의 금속이 달려 있다. 이 원형 고리는 가우초가 한 손에 밧줄을 쥐고 머리 위로 빙빙 돌릴 때 운동량을 더해준다. 가우초는 한 손으로는 올가미를 돌리고 다른 한 손에는 말고삐를 쥐고 말 달리는 속도를 조절한다.

가우초들이 탄 조랑말은 소 떼를 앞질러 빠르게 달려 나가고 가우초는 빙빙 돌리던 올가미를 소 머리 위로 휙 던진다. 던져진 밧줄은 소의 목이나 뿔에 안착한다. 밧줄이 떨어지면 가우초는 밧줄 끝을 잡아당겨 안장머리 부분에 감는다. 그러고는 속도를 늦추고 아주 능숙한 솜씨로 공황상태에 빠진 소가 나무 쪽으로 가도록 유도한다. 그리고 소뿔이 나무 기둥에 닿을 때까지 나무를 도르래 삼아 천천히 소를 끌어당긴다. 마침내 소가 꼼짝달싹 못하게 된다. 밧줄이나 가우초에게서 벗어나려고 발버둥을 치지도 못하고 나무에서 벗어나지도 못하게 된다.

이 시점에 기술이 발휘된다. 이 결정적인 순간에 일꾼 중 한 명이 한 손으로 말고삐와 안장머리를 잡고 다른 한 손에는 칼을 든 채 느린 속도로 소 앞을 지나가며 부드러운 동작으로 안장에서 미끄러지듯 내려와 거의 무릎이 땅에 닿을 정도로 낮은 자세로 소의 목을 벤다. 그러고는 피가 튀기 전에 재빨리 뒤로 물러서 말안장에 올라탄다. 소의 목에서는 사방으로 피가 뿜어져 나오는데 이 피는 10미터 또는 그 이상도 튄다. 가우초는 팽팽히 잡고 있던 줄을 느슨하게 풀고 말에서 내린다. 소는 큰 소리로 울부짖는다. 그리고 나서 소는 서서히 무릎을 꿇는다. 소가 완전히 쓰러지기 전에 가우초는 죽어가는 소의 뿔에서 몇 센티미터 떨어지지 않은 곳까지 다가가서 올가미를 제거한다.

이렇게 소를 잡을 때마다 가우초들은 크게 함성을 지르며 가우초와 일꾼들에게 용기를 북돋아줬고 이 즐거운 의식과 음식을 제공해준 노련한 가우초에게 축하의 말을 건넸다. 이윽고 이글거리는 불에서 갓 꺼낸 빨갛게 달아오른 숯불에 신선한 소고기가 구워졌다.

소를 잡은 후에는 짐꾼들이 나누어 들 수 있을 만큼만 고기를 챙기고 나머지는 모두 버린다. 상당한 양의 고깃덩어리를 강에 넣는 광경도 한 번 본 적이 있는데 처음에는 고깃덩어리 주위로 은색 물결이 반짝거렸다. 그러다가 그 물결이 점점 거세졌다. 음악 용어 '점점 세게'에 해당하는 '크레셴도 Crescendo'가 정확한 표현일 것이다. 불과 몇 초 만에 고요했던 강물에 피라니아 떼가 몰려들면서 마치 물이 펄펄 끓는 것 같은 광경이 연출됐다. 몇 분이 지나고 피라니아들이 흩어지자 그 자리에는 소뼈만 앙상하게 남아 있었다. 이 몸서리쳐지게 무서운 광경을 본 나는 그날 일과를 마치고 강에서 수영이나 해야겠다는 생각을 일찌감치 접었다.

이 아름답고 매혹적인 곳을 떠날 때가 되자 무척이나 섭섭했다. 하지만 마음 한편으로는 감사한 마음도 들었다. 그때 그곳을 떠났기에 푼타델에스테에 머물 수 있었고, 바로 그 순간에 특별한 펭귄 한 마리를 만날 수 있었다.

남아메리카를 여행할 때에는 트럭이건 기차건, 버스건 오토바이건, 말이건 도보건 어떤 수단을 이용해도 가슴 깊이 만족스럽고 충만한 순간을 만났다. 후안 살바도가 친구들과 안전하게 있는 동안 나는 남아메리카의 최남단 티에라델푸에고로 갔다가 그곳에서 칠레 남부로 넘어갔다. 나는 일주일 동안 펭귄들을 제외하고는 살아 있는 생명체라고는 단 하나도 보지 못했으며 누군가와 단 한마디의 말도 나누지 못했다. 낮에는 눈 덮인 산과 허리 높이까지 무성하게 자란 데이지 꽃으로 온통 뒤덮인 깊은 골짜기를 쏘다녔다. 멀리서 보면 하얀 데이지 꽃으로 덮인 골짜기가 눈 덮인 산봉우리처럼 보였다. 밤에는 남쪽 지방의 너도밤나무가 울창한 커다란 숲에서 야영을 하며 모닥불을 피웠고 그날 치 할당된 식량을 먹었다. 있는 것이라고는 과일과 약간의 밀가루, 버터와 설탕뿐이어서 기껏해야 변변찮은 팬케이크 정도만 해먹었지만 그래도 내게는 천상의 맛이었다.

혼자 여행을 하다 보니 이전에 보고 들었던 모든 것을 다시 생각해보고, 남아메리카에 대해 막연하게 품었던 기대와 현실을 비교해보며, 진정으로 중요한 것과 소중한 것에 대해 깊이 생각해볼 수 있었다. 이 세상에는 경이롭게 아름다운 것들과 이루 말할 수 없이 귀중한 것들이 이토록 많은데 어떻게 인간은 다른 모든 종에게 그토록 이기적이고 잔인할 수 있을까?

나는 인간의 본모습과 우정의 본질에 대해 끝없이 생각하고 또 생각했다. 내가 삶의 샛길에서 만난 벗들, 여정을 함께하고, 모닥불을 같이 피우고, 음식을 같이 해먹고, 한 텐트에서 같이 잠을 잔 친구들은 즐겁고 재미있긴 했지만 모두 스쳐지나간 친구들이다. 나는 후안 살바도에게 마음을 열었던 것만큼 그들에게 마음을 열지는 않았으며, 후안 살바도를 만나게 된 다른 이들도 마찬가지였다. 어떻게 펭귄 한 마리가 모두에게 그토록 편안하고 평온한 기분을 선사할 수 있는 걸까? 왜 사람들은 후안의 테라스로 가서 마치 후안이 평생 동안 알았던 친구라도 되는 양 솔직하게 마음을 열고, 어려울 때 기댈 수 있는 진짜 친구를 대하듯 대하는 걸까? 그 시절이 폭력과 절망의 시대여서였을까? 만약 그때가 평화와 풍요의 시대였다면 달랐을까?

사람들은 주위 친구들보다는 후안에게 더 속마음을 털어놓았다. 원래 그런 모습이 인간과 펭귄 본래의 모습은 아닐까.

"얍!"

소년과
펭귄의 교감

후안, 물속을 날아다니다

　내가 세인트 조지에 펭귄을 데려온 첫날부터 유독 후안을 돕고 싶어 했던 한 학생이 있었다. 학생의 이름은 디에고 곤잘레스였다. 디에고는 형편이 어려운 아이였다. 볼리비아 출신의 아이였는데 디에고의 아버지는 유럽 혈통이었고 어머니는 볼리비아 사람이었다. 라틴아메리카에서는 옛날부터 이러한 조합에서 나온 사람들을 '메스티소mestizo'라고 불렀다. 단순히 설명적인 표현일 뿐 딱히 모욕적인 말은 아니었지만 디에고는 가끔 다른 친구들이 그렇게 부르면 불쾌해하곤 했다. 열세 살이었던 디에고는 남달리 숫기가 없었으며 늘 기가 죽어 있는 듯한 모습이었다. 공부를 썩 잘하지는 못했으며 학교생활을 매우 어려워했다. 경쟁적인 분위기 속에서 그의 결핍은 두드러지게 눈에 띄었다. 학교에서는 학생들에게 자극을 주고자 2주에 한 번씩 성적순으로 자리를 배치했는데 디에고에게는 그러한 자극이 별로 도움이 되지 않았다.

안타깝게도 디에고는 학교의 다양한 특별활동도 제대로 즐기지 않는 듯했고 그의 마른 체격과 운동 능력은 또래 아이들 수준보다 훨씬 못 미치는 듯 보였다. 운동복은 너무 커서 좁은 어깨 아래로 헐렁하게 축 늘어졌고 길이도 길어 거의 반바지를 가릴 정도였으며, 그 아래로 앙상한 두 다리가 드러나 있었다. 소매도 너무 길게 내려와서 거의 손만 보였다. 럭비를 할 때 아이들은 디에고를 성가셔했고 아무도 그에게 공을 주지 않았다. 디에고 쪽으로 공이 가면 공은 대부분 그의 가슴팍을 세차게 내리쳤고 그제야 화들짝 놀란 디에고가 서툰 동작으로 공을 친구에게 던졌다.

어린 시절의 교육이 그의 중·고등학교 생활을 제대로 뒷받침해주지 못하는 것 같았다. 영어 실력도 형편없었고 심지어는 스페인어조차 메스티소 특유의 사투리가 심하게 섞여 있었다. 그래서인지 디에고는 항상 말수가 적었고 대화를 꺼렸다. 그는 자기 물건을 어떻게 정리해야 하는지도 잘 알지 못해서 수업에 필요한 준비물이나 운동 용품을 늘 잊어버렸다.

내가 디에고를 보면서 가장 안타깝게 느꼈던 건 그를 짓누르는 지독한 향수병이었다. 그는 마음의 준비도 하지 못한 채 정든 고향을 떠나왔기 때문에 그곳을 간절히 그리워했다. 여하튼 디에고는 거의 모든 방면에서 또래보다 한참 미숙했다.

여느 공동체와 마찬가지로 학교에도 좋은 점들이 많았다. 특히 멘토 제도가 잘 갖추어져 있어서 새로 입학한 학생들에게는 일대일로 고학년 학생들이 배정되어 2~3주 동안 학교생활에 대한 이런저런 도움을 줬다. 또한 고학년 학생들은 학교에 거주하는 교직원이 멘토가 되어 도움을 줬다. 이 훌륭한 제도는 대다수 학생들에게 학창 시절을 풍요롭게 해준 제도로 기억될 것이다. 학생들은 학교생활을 즐겼고 친구들과 돈독한 우정을 나눴다. 때문에 늘 겉돌던 디에고는 정말 특수하게 안 좋은 경우였다.

이런 점들을 생각해보면 디에고가 후안 살바도와 함께하는 시간을 진정으로 좋아하고, 최대한 많은 시간을 후안과 보내려 했던 것이 충분히 이해가 간다. 사람들의 눈에 띄지 않는 지붕 밑 테라스만이 그가 유일하게 편히 쉴 수 있는 시간이었을 것이다. 디에고에게 친구가 전혀 없진 않았지만,

그 친구들 역시 디에고와 크게 다르지 않았으며 학교생활에 적응하기를 어려워하는 아이들이었다. 일상적으로 열리는 럭비 경기를 즐기지 못하는 학생들은 이따금 '열등생' 취급을 받기도 했다.

그런 학생들에게 후안 살바도를 돌보는 일은 대단히 큰 도움이 됐다. 그 일을 맡은 학생들은 시장에서 청어를 사오고, 테라스를 청소하고, 후안과 함께 있어주고 하는 일 등을 단 한 번도 요령 피우지 않고 성실하게 잘 해냈으며, 심지어 기특하게도 그 모든 과정을 진심으로 즐거워했다. 이 학생들에게 일상생활은 온통 우울한 걱정뿐이었을 것이다. 그런 아이들에게 후안을 돌보는 일은 학업 스트레스와 사회적 계층, 멀리 떨어져 있는 가족에 대한 그리움에서 잠시라도 벗어나게 해주는 위안을 줬을 것이다.

세인트 조지 학교에는 교직원의 테라스에 사는 펭귄 외에도 참신한 것들이 많이 있었다. 예컨대 수영장도 매우 독특했다. 수영장 물에 어떤 정수 과정이나 염소 처리도 하지 않았기 때문이다. 대신 2주에 한 번씩 수영장 물을 완전히 비우고 채워 정수를 대신했다. 물을 비울 때 보면 물은 탁한 녹색이 되어 있고 바닥에는 두꺼비들이 군락을 이루고 있다. 요새 사람들이라면 두꺼비가 살고 있는 수영장을 질색하겠지만 당시만 해도 모든 학생이 동네에 흐르는 미지근하고, 토사가 있고, 질퍽한 진흙 둑이 쌓여 있고, 온갖 야생동물들이 바글거리는 그런 강물에서 아무렇지도 않게 목욕을 했다. 아마 요즘 사람들이라면 그런 흙색 물을 '오염되어 있다'고 오해할 것이다. 그러니 녹조가 돌던 세인트 조지 학교의 수영장 물에 대해 딱히 뭐라고 평가하기는 어렵다.

부에노스아이레스의 기온이 오르기 시작하면 학교 수영장에서는 겨우내 고여 있던 물을 모두 빼내고 지하 대수층과 이어진 학교 우물물에서 펌프로 끌어올린 깨끗한 물로 채운다. 이렇게 한 번 깨끗한 물을 채우고 나면 더운 계절이 끝날 때까지 2주마다 한 번씩 물을 비우고 다시 채우는 체제가 가동된다.

후안 살바도를 수영장에 자유롭게 둘까 하는 생각도 했었지만 후안이 처음 학교에 왔을 때는 겨울이어서 수영장에는 썩은 물이 고여 있었다. 그로부터 몇 달이 지났으니 후안의 방수 기능도 회복됐을 것이고 수영장도 사용할 수 있지 않을까 하는 생각이 들었다.

대부분 학생들은 수영을 좋아했지만 테니스나 아르헨티나식 스쿼시인 팔레타paleta와 마찬가지로 주요 운동은 아니었다. 럭비만큼은 아니었다는 의미다. 하지만 날씨 좋은 여름날 오후 수업을 마치고 깨끗한 물에서 즐기는 수영은 학생들에게 큰 기쁨이었다.

본격적인 더위가 시작되기 전이어서 수영장 물을 갈고 첫 2주째가 되던 날까지도 수영장에 풍덩 들어가고 싶다는 생각은 별로 들지 않았고 물도 완전히 녹색을 띠지는 않아서 페인트로 수영장의 수심을 표시해둔 눈금이 맨 아래까지 보일 정도는 됐다. 몇몇 대담한 학생들만이 수업을 마친 후 저녁 시간에 수영을 하러 왔지만 제아무리 튼튼한 녀석이라도 20분을 채 넘기지 못하고 수영장에서 나와 뜨거운 물로 샤워하기 위해 곧장 기숙사로 달려갔다.

학생들이 수영장을 떠나자마자 나는 운동장에서 후안 살바도와 놀고 있던 디에고와 디에고의 두 친구를 불러 후안 살바도가 수영을 할 수 있는지 보게 후안을 수영장 가까이 데려와 달라고 했다.

나는 이 특별한 순간을 기다려 왔다. 수영장 관리 시간이 정해져 있어서 물을 빼기 전까지 후안 살바도가 사용할 시간이 남아 있었다. 설령 후안이 물을 더럽힌다고 해도 물을 빼기 바로 직전이니 아무도 뭐라 하지 않을 것이다. 그리고 나는 후안이 제대로 기능을 회복했는지 확인할 수 있을 것이다.

그때까지 후안이 학교에서 지낸 시간은 몇 달 정도였지만 그동안 단 한 번도 마음껏 수영을 하지 못했다. 회색으로 얼룩진 배 부분의 깃털은 조금씩 하얗게 되고 있었고 겉모습도 건강한 보통 펭귄처럼 보였다. 나는 이 순간이야말로 후안에게 새로운 기회를 활짝 열어줄 시점이라고 생각했다.

후안은 학교 운동장 구조를 잘 알고 있었지만 아직 수영장 울타리 쪽으로는 와본 적이 없었다. 디에고가 후안을 내 옆에 데려다줬고 나는 수영장 가장자리를 걸었다. 후안이 내 뒤를 졸졸 따라왔다. 후안은 수영장 물이 정확하게 어떤 것인지 제대로 파악하지 못한 듯 물을 빤히 바라보기만 했다.

"들어가 봐!"

내가 수영장에 들어가 헤엄을 치는 시늉을 해보이며 말했다. 후안은 나를 한 번 보더니 물을 빤히 봤다.

"그렇지! 너도 헤엄칠 수 있어!"

나는 웅크려 앉아 후안에게 물을 약간 튕기면서 말했다.

그러자 후안 살바도는 내 눈을 똑바로 보며 이렇게 물었다.

"아! 이게 물고기들이 사는 그 물이야?"

그러더니 용기를 내어 물 가까이까지 갔다. 그러고는 한 번 날개를 파닥이더니 활에서 화살이 날아가듯 휙 날아 곧장 물속으로 머리부터 쑤욱 들어가 건너편에 있는 수영장 둘레 벽에 머리를 쿵 부딪쳤다. 부딪칠 때 충격이 꽤 있었던 것 같다. 지켜보던 아이들의 입에서 안타까운 신음 소리와 함께 숨을 꼴깍 삼키는 소리가 들렸다. 후안 살바도는 캑캑 소리를 내며 어리둥절한 표정으로 물 밖으로 나왔다. 그리고 머리를 몸 안쪽으로 살짝 당겼다. 그 모습에 나는 후안의 목이 부러진 건 아닐까 걱정했지만 후안은 펭귄의 습성대로 격렬하게 몸을 흔들고는 물속으로 쑥 들어갔다 다시 나왔다.

펭귄이 물속에 있는 장면을 이렇게 가까이에서 본 것은 처음이었다. 지금까지 나는 땅 위에서 서툴고 우스꽝스럽던 후안의 모습에만 익숙해 있었다. 하지만 물속에 있는 후안의 모습에는 경외심마저 들었다. 후안은 두 다리와 발을 곧게 뒤로 뻗고 날개를 이용해 헤엄을 쳤다. 고작 한두 번의 팔 동작만으로도 어마어마하게 빠른 속도로 수영장 반대편 끝까지 갔다가 머리나 몸이 반대편 벽에 닿기 전에 감탄이 절로 나올 정도로 근사한 동작으로 휙 돌아 되돌아왔다. 머리를 찧기는커녕 머리카락 한 올 정도의 공간만 남기고 방향을 바꾸는 후안의 모습은 마치 최고 기량의 수중 발레리나 동작처럼 화려했다. 후안은 25미터짜리 수영장을 완전히 다 활용하면서 원을 그리며 헤엄을 치다가 물 밖으로 펄쩍 뛰어올랐다. 그러고는 다시 수영장 맨 밑바닥까지 쑤욱 내려가서는 저쪽 편까지 비호처럼 갔다가 아슬아슬하게 방향을 틀어 나선형으로 빙빙 돌며 되돌아왔다.

군이 비교를 하자면 제한된 공간에서 그러한 속도를 낸다는 점에서 빙상 위를 전속력으로 질주하는 스케이트 선수와 비교할 수도 있겠지만 후안의 탁월한 실력에 견줄 만한 유일한 대상은 탁 트인 하늘을 완벽하게 비행하는 새뿐인 듯싶었다. 지금까지 몇 달 동안 저토록 훌륭한 날개 근육을 하릴없이 놀게 했다고 생각하니 후안에게 나쁜 짓을 한 것만 같은 죄책감이 들었다. 마침내 후안은 자신의 본성과 독립성을 드러낼 자유를 찾았고, 우리 모두에게 그것이 무엇을 의미하는지를 여실히 보여줬다.

『갈매기의 꿈』에서 갈매기 조나단 리빙스턴이 말했던 비행의 즐거움과 가장 가까운 즐거움이 있다면 그날 밤, 후안 살바도가 보여줬던 활기찬 모습일 것이다. 마루체조 선수도 물속의 후안과 비교한다면 둔하고 평면적으로 느껴졌다.

물을 만난 후안은 자신의 몸에서 나온 최고의 기량을 순수하게 즐거워했고 그 즐거움은 보는 이들에게도 그대로 전달됐다. 말 그대로 후안은 물속에서 날아다녔다. 올림픽 수영선수의 기록도 비교가 되지 않았다. 인간은 15초 정도 걸리는 거리를 후안은 단 몇 초 만에 주파했다. 후안 살바도는 물속에서 자유자재로 수영하는 모습과 부리로 깃털을 다듬고 물을 튕기는 모습을 번갈아 보여주며 자신이 절반은 수중동물임을 입증해 보였다.

물 표면에서 펭귄들이 수영하는 모습은 마치 목 짧은 오리와 비슷하다. 펭귄은 발을 이용해 앞으로 나아가는데 발을 위아래로 까닥거리면서 동력을 만든다. 이 모습은 우아하거나 매혹적이지는 않다. 하지만 물속에서는 그 이야기가 달라진다. 물속에서 펭귄은 보는 이들을 사로잡을 정도로 완벽하고 빼어나다.

디에고와 다른 아이들 역시 나와 마찬가지로 후안의 모습에 넋을 잃었다.

"와! 후안 좀 봐!"

아이들은 소리쳤다. '우와!', '와!' 아이들의 입에서는 마치 불꽃놀이라도 감상하듯 쉴 새 없이 감탄이 터져 나왔다.

잠시 후 디에고가 내게 오더니 조용히 물었다.

"저, 수영할 수 있어요, 후안하고?"

"뭐라고? 그리고 그렇게 말할 때는 '저 후안하고 같이 수영해도 될까요?' 하고 묻는 거란다."

나는 디에고의 서툰 영어를 바로잡아 줬다.

"네. 저 후안하고 수영해도 될까요? 제발요, 딱 5분만요."

디에고의 말에 나는 흠칫 놀랐다. 이전에는 디에고가 수영장 근처에도 온 적이 없었기에 그 아이가 수영을 할 수 있는지조차 몰랐다. 솔직히 말하자면 디에고가 학교 친구들을 피해 후안을 찾아다닐 때를 제외하고는 무언가를 그렇게 적극적으로 원하는 모습도 처음 봤다.

"너 수영은 할 수 있니?"

내가 물었다.

"그럼요. 그러니까 한다고 했죠! 제발요, 선생님. 제발, 수영할 수 있어요, 네?"

디에고는 애원했다. 디에고가 자신의 서툰 영어 실력에 쩔쩔매며 당황하는 기색이 역력했기에 잘못된 문장은 다음에 바로잡아 주기로 했다. 아닌 게 아니라 세 아이들 모두 아까부터 한참 동안 후안의 모습을 보고 있었다.

"하지만 물이 차가울 텐데. 녹조도 있고, 수영하기에는 좀 늦은 시간인 것 같은데, 그래도 괜찮겠니?"

"제발요!"

"좋다. 그럼, 잠깐만 하는 거다!"

나는 디에고가 그렇게 즐거워하는 모습을 처음 봤다. 디에고는 두 눈을 반짝였다. 내가 그 아이를 안 이후 그토록 생기 넘치는 모습은 처음이다. 디에고는 기숙사로 달려가 수영 장비를 챙겨서 번개같이 나타났다. 그러고는 조금의 망설임도 없이, 내 최종 확답이나 허락이 떨어지기도 전에 차가운 녹색 물속으로 들어갔다. 만약 디에고가 수영을 잘 못할 경우를 대비해 나도 여차하면 물속으로 뛰어들려고 입수 태세를 갖추고 있었다. 혹시 디에고가 돌덩이처럼 물속으로 가라앉지는 않을까 걱정됐기 때문이다.

그날 밤 나는 두 번째 충격을 받았다. 디에고는 그저 수영을 할 수 있는 정도가 아니라 믿기지 않을 정도로 수영을 잘했다! 디에고는 후안의 뒤를 쫓아갔다. 만약 다른 사람이 그렇게 했다고 하면 정말 터무니없게 보였을 것이다. 하지만 디에고는 전혀 우스꽝스럽지 않은, 기가 막히게 우아한 동작으로 수영을 했다. 디에고가 수영을 하자 후안이 디에고 주위를 빙빙 돌았다. 그리고 둘은 똑같은 동작으로 수영을 했다.

내 평생 서로 다른 두 종이 그렇게 교감하는 장면은 처음 봤다. 그 둘은 마치 바이올린과 피아노 듀엣 연주처럼 서로의 기술을 돋보이도록 안무를 하며 완벽하게 교감하고 있었다. 주연도, 조연도 없었다. 때론 후안이 앞서면 디에고가 후안의 뒤를 쫓아갔다. 후안은 디에고가 자신의 뒤를 바짝 따라올 수 있도록 속도를 조절했다. 후안은 그렇게 멈춰 섰다가 다시 날듯이 수영을 했다. 때론 디에고가 앞서서 수영을 하면 후안이 마치 누에가 고치를 짓듯 8자로 디에고의 주위를 빙빙 맴돌았다. 어떤 때에는 둘이 거의 몸이 닿을 정도로 바짝 붙어서 수영을 하기도 했다. 절묘한 파드되(발레나 무용에서 두 사람이 추는 춤을 의미한다-옮긴이)를 보는 듯했다. 황홀한 광경이었다.

그날 저녁, 그날의 분위기는 이루 말로 다 할 수 없을 정도로 신비로웠다. 무수히 많은 장면이 한데 어우러지는 마법 같은 시간이었다.

둘의 수영을 지켜보던 나는 슬슬 후안을 수영장 밖으로 나오게 해야 하지 않을까 생각했다. 디에고가 함께 수영하고 는 있지만 후안이 자발적으로 물 밖으로 나올 성싶지는 않았다.

하지만 디에고는 약속을 지켰다. 그는 수영을 한 지 몇 분 후에 수영장 가장자리 쪽으로 헤엄쳐 와서 단 한 번의 우아한 동작으로 물 밖으로 나왔다. 디에고의 머리에서 물이 뚝뚝 어깨와 바닥으로 떨어졌다. 그러자 마치 자동 추적 어뢰처럼 후안 살바도가 물을 가르며 물가로 왔다. 그리고 크게 날개를 퍼덕이며 물 밖으로 튀어 올라 배를 바닥에 대고 내 옆까지 죽 미끄러져 왔다. 그 광경에 모두 크게 웃었다.

"와, 후안 좀 봐! 나도 저렇게 해야겠어. 정말 놀랐어. 지금까지 어류에 대해 잘못 알고 있었네. 저렇게 착지하는 물고기는 어디에서도 못 봤어!"

나는 거의 할 말을 잃었다. 이전에는 한 번도 본 적 없는 곡예 또는 수중발레를 내 눈으로 봤기 때문이다. 후안이 보여준 모습은 기술 점수나 예술 점수 모두 만점짜리 공연이었지만 그게 전부가 아니었다. 수영장 가장자리에 조용히 서서 후안을 지켜보며 수건 귀퉁이를 잘근잘근 씹고 서 있던, 호리호리하게 마른 디에고야말로 이 학교에서 가장 수영을 잘하는 아이라는 확신이 들었다. 정말 뜻밖이었다. 디에고는 평소 내가 알던 우울하고 의기소침한 아이가 아니었다. 아무도 알지 못했던 특별한 재능을 가진 평범하고도 건강한 녀석이었다.

"디에고! 너 정말 수영하는구나!"

"네, 저 수영할 수 있어요. 고맙습니다."

"아니, 내 말은 그게 아니고, 수영을 정말 잘한다고. 정말 굉장했어!"

"그렇게 생각하세요?"

디에고가 나를 똑바로 바라보며 물었다. 그 아이의 얼굴에서 설핏 미소가 지나갔다. 아마도 볼리비아를 떠난 이후 처음 짓는 미소가 아닐까 하는 생각이 들었다.

"수영은 어디서 배웠니? 누구한테 배운 거야?"

디에고는 후안을 바라봤다. 나도 디에고의 시선을 따라 후안을 바라봤다. 후안이 아무 일도 없었다는 듯 태연하게 부리로 깃털을 고르고 있었다. 하지만 그 광경을 지켜보던 나는 더없이 기뻤다. 후안의 방수 기능이 마침내 회복됐기 때문이다.

재미있게도 다른 아이들도 모두 후안을 보고 있었는데 그 아이들은 디에고에게서 특별한 점을 별로 느끼지 못하는 눈치였다. 아이들 눈에는 디에고보다 후안이 훨씬 더 뛰어난 수영선수였을 테니 당연한 일이다. 아이들은 정신없이 후안 이야기만 했다.

기숙사로 돌아오는 길에 디에고는 수영 시합에는 한 번도 나간 적이 없었지만 아버지가 수영을 가르쳐주셨고 살던 마을에 있는 강에서 주로 수영을 했다고 말했다. 그러고는 볼리비아에서 즐거웠던 다른 일들도 술술 이야기했다. 디에고가 이렇게 마음을 열고 기꺼이 자기 이야기를 하는 모습도 처음 있는 일이었다. 마치 전혀 다른 아이와 있는 느낌이었다. 나는 기숙사로 돌아오는 길에 쉬지 않고 재잘거리는 디에고의 서툰 영어를 굳이 바로잡아 주지 않았다. 그저 잠자코 그의 이야기를 들어줬다.

잠시 후 나는 기숙사 앞에서 마주친 관리인 리차드에게 '디에고가 변하고 있다'고 말했다. 더 이상은 언급하지 않았다. 기다릴 수 있었기 때문이다. 리차드는 내가 그 아이에게 희망적인 조짐이 있다고 생각한다는 사실에 기뻐하며 대꾸했다.

  "선생님이 옳았으면 좋겠네요."

  나는 방으로 돌아와 와인 한 병을 꺼내 몇 잔 마셨다. 그리고 후안과 함께 테라스로 나가 앉았다. 위도 탓인지 날이 빨리 저물었고 별들이 하나둘 나타나기 시작했다. 남십자성의 별들은 마치 북반구의 북두칠성이 북극성을 중심으로 돌듯이 회전하면서 계절의 변화를 보여준다.

  나는 항상 냉장고에 청어를 보관해두고는 후안에게 한 번에 한 마리씩 주는데 그날 저녁은 격렬한 운동을 한 탓인지 후안은 청어를 허겁지겁 먹었다. 그러고는 이내 내 발치에서 잠이 들었다. 나는 테라스 난간 가까이 앉아 운동장에 어둠이 가라앉는 광경을 지켜봤다. 커다란 유칼립투스 나무에서 매미들이 제각기 다른 소리로 울어댔다. 나는 잔에 와인을 따랐다. 이 모든 것들을 잘 돌봐준 신에게 감사의 축배를 하고는 잔을 비웠다.

"아무래도 네 이야기를 책으로 써야겠어."

"왜?"

"많은 사람들이 너에 대해 알았으면 좋겠어."

"그럴까? 정말? 책 제목은 뭐라고 할 건데?"

"음… 글쎄… '후안에게 반한 저녁' 어때?"

후안이 고개를 저었다. 그러고는 어깨부터 꼬리까지 부르르 떨고는 머리를 내 발에 올려놓고 다시 잠이 들었다. 나는 두 번째 잔을 따랐다.

그날 저녁은 교사로서 보람을 느끼게 해주는 매우 특별한 순간이었다. 나는 가까운 종족끼리 서로를 받아들여주는 입회식 또는 원시적인 특별한 통과의식을 목격한 기분이었다. 세례식이나 바르미츠바(유대교에서 13세 소년들이 치르는 성인식 – 옮긴이)와 같은 의식들도 있지만 내가 본 의식은 보다 친밀하고, 동적이며, 근원적이고, 본질적인 의식이었다. 비유가 아니라 진정한 변화가 일어난 순간이었다는 생각이 들었다. 마치 무언가에 홀린 듯 내가 본 것이 무엇이었는지를 계속 떠올리고 생각했다.

나는 펭귄을 따라 물속으로 들어간 한 소년이 아주 짧은 시간 후에 어엿한 남자가 되어 나오는 모습을 봤다. 새로운 탄생, 새로운 시작이었다. 미운 오리 새끼가 백조가 됐고 애벌레가 변태하여 나비가 됐다. 물고기가 자기가 살던 물로 돌아가는 길을 찾았다.

어쩌면 가장 놀라운 부분은 미운 오리가 백조가 된 순간에 그 사실을 알지 못했던 것처럼 소년이 그날 밤 자신이 커다란 변화의 순간에 있었음을 알아차리지 못했다는 점이다. 딱 집어서 뭐라고 정확히 설명할 수는 없지만 정말 운 좋게도 나는 그 중요한 순간이 일어나는 장면을 목격했다. 디에고는 분명 단 몇 분 만에 몇 년 치의 성장을 이뤘고, 특별한 펭귄 후안 살바도는 그가 그렇게 되도록 도와줬다.

그날 밤 나는 함께 가우초 여행을 다녀왔던 친구 대니를 만나러 갔다. 내가 있는 기숙사 동 대표였던 대니는 18세로 쾌활하면서도 예의 바른 친구였으며 공부보다는 럭비에 더 뛰어났다. 무슨 일을 하건 최선을 다했기에 모두가 그를 좋아하고 존경했다. 그는 함께 파라과이를 다녀왔던, 성실하고 사려 깊은 친구 잭과 함께 공부를 하고 있었다. 잭 역시 매사에 생각이 깊고 말수가 적은 친구였다.

나는 대니에게 학교 기숙사끼리 겨루는 럭비 시합에서 우리 기숙사가 이길 확률을 물어봤다. 대니는 다른 기숙사 동에도 뛰어난 선수들이 많아서 막상막하가 될 것 같다고 대답했다.

학교에서는 매년 기숙사 간 체육대회가 열렸는데, 주요 경기는 물론 럭비였지만 럭비 외에도 다른 종목들도 겨뤘고 모든 시합의 결과들을 합산해서 우승 기숙사를 가렸다.

나는 대니에게 이제 슬슬 기숙사 수영 팀을 꾸려야 할 때가 되지 않았냐며 운을 뗐다. 그리고 이제 수영장도 개방됐으니 더 이상 지체할 시간이 없다고 말하면서 수영선수 선발에 반드시 디에고 곤잘레스를 넣어보라고 덧붙였다. 대니는 내 의견에 이의를 제기했고 나는 디에고가 학교 활동에 참여할 수 있도록 해주는 것이 우리의 책임이라고 맞섰다. 하지만 그가 기숙사 대표로서 오직 실력으로 정정당당하게 선발한다면 아무 간섭도 하지 않겠다고 했다.

다음 날 저녁 수영장에는 깨끗한 새 물이 채워졌고 대니와 다른 준비위원들이 수영 시합을 준비했다. 나는 그 자리에 참석하지 않기로 했다.

시합을 마치고 학생들이 수영장에서 돌아가자마자 대니

와 잭이 숨을 헐떡이며 내 방문을 다급하게 두드렸다.

"들어오세요."

"정말 믿을 수 없어! 아마 아무도 못 믿을걸!"

대니가 앞뒤 없이 불쑥 말했다. 그러더니 잠시 후 이렇게 말했다.

"넌 이미 알고 있었지? 이런 일이 일어나리라는 사실을? 어떻게 안 거야? 왜 우리에게 말 안 했어, 이 친구야!"

나는 무슨 영문인지 모르겠다며 짐짓 거짓말을 했다.

"진정해, 좀 진정하라고. 네가 무슨 말 하는지 전혀 모르겠어. 갑자기 들어와서 믿을 수 없을 거라니. 말만 들어서는 로또를 맞았다고밖에는 생각이 되질 않는걸. 자, 앉아봐. 앉아서 무슨 일인지 차근차근 말해봐."

대니와 잭은 의자를 끌어당겨 앉았다. 그러고는 내게 학생 이름과 수영 기록이 적힌 종이를 내밀었다. 수영장에서 적은 기록표였다. 나는 흥분에 들떠 열변을 토하는 친구들의 이야기를 잠자코 들었다.

"네가 말한 것처럼 수영 시합에 참가할 선수 지원자를 모집해서 시합을 했지. 그런데 디에고 그 친구가 단박에 다른 학생들을 꺾고 앞서 나가더니 전 구간에서 내내 선두를 지키더군! 만약 공식 경기였다면 우리 학교 전체 수영 공식 기록도 깼을 거야. 아직도 믿을 수가 없어!"

'디에고 그 친구'라는 말이 귀에 확 들어왔다. 정말 더없이 기뻤다. 장족의 발전이었다. 바로 전날만 해도 대니는 디에고를 '고리타분한 디에고' 또는 더 나쁜 수식어로 불렀었다. 그런데 오늘은 디에고를 '그 친구'라고 불러주고 있었다. 앞서 나는 대니와 잭을 신중하고 사려 깊은 친구들이라고 표현했고 그 말은 진심이다. 그들은 디에고에 대한 편견에 휘둘리지 않고 단순한 삶의 법칙 '인생은 개척하기 나름이다'라는 법칙을 따랐다. 부모에게서 어릴 때부터 배웠던 이 법칙은 학교에서는 교육방침으로 선택한 지침이 됐다. 두 사람 모두 이전에는 디에고가 자신의 능력을 개발하기 위해 노력을 기울이는 모습을 단 한 번도 보지 못했었다. 세인트 조지 학교의 교훈은 '베스티지아 눌라 레트로섬Vestigia nulla retrorsum'으로 대략적인 의미는 '후퇴는 없다'라는 뜻이다. 앞으로 더 이상 후퇴는 없을 것이다.

"그냥 요행이 아니었어." 과묵한 잭이 처음으로 입을 열었다. "할 때마다 그 기록을 낼 수 있더라고. 우리가 시간을 재봤거든. 아무렇지도 않게 그런 기록을 내더군."

대니도 거들었다.

"그리고 전 구간을 완주할 수 있어. 아! 자네도 그 친구의 접영을 봤어야 하는데! 거의 물 밖으로 몸이 다 나오더라니까. 나보다 훨씬 더 잘해!"

"디에고는 누구보다도 훨씬 더 빨랐어. 자넨 도대체 어떻게 안 거야? 왜 우리에게 진작 말해주지 않았어? 알고 있었지? 그렇지? 그래서 내가 오직 '실력'으로만 팀원을 선발할 때까지 한마디도 안 하고 있었던 거 아니야?"

나는 그 친구들이 하고 싶은 말을 다 할 때까지 잠자코 듣다가 입을 열었다.

"대니, 질문에 대한 답은 후안 살바도야. 우리가 이렇게 시끄럽게 야단법석을 떠는데도 테라스에서 곤히 자고 있는 저 펭귄 말이야."

나는 그날 밤 디에고가 후안과 함께 수영했던 사건을 이야기해줬다.

그날 내가 잘못 본 것이 아니었다. 나는 분명 디에고가 삶의 전환점을 도는 모습을 봤다. 디에고는 밤새 몇 센티미터가 훌쩍 자란 듯 보였고 아침에 본 녀석의 모습은 전혀 다른 사람이었다. 심지어 평소 입고 다니던 옷도 더 좋아 보였다. 디에고는 학급 친구들의 존경을 받기 시작했다. 몇 주 지나지 않아 디에고는 2주에 한 번씩 치르는 시험 성적도 쑥쑥 올라가기 시작했고 기숙사에서도 인기 있는 학생이 됐다. 성공이 성공을 낳고 있었다.

마침내 수영대회가 열리던 날, 결과는 모두의 예측대로였다. 디에고는 수영 전 종목 출전 자격을 얻었고 참가한 모든 경기에서 학교 기록을 갈아치웠다. 지켜보던 학생들 모두 열광적으로 환호했으며 심지어 경쟁 기숙사 학생들까지도 디에고를 진심으로 응원했다.

우리 기숙사는 그해 럭비에서 간발의 차이로 우승을 하지 못했다. 하지만 수영 시합 결과가 합산되면서 명예롭게도 기숙사 간 체육대회에서 우승을 할 수 있었다. 디에고는 영웅이 됐고 모두가 디에고의 친구가 되고 싶어 했다. 마침내 디에고는 학교의 거의 모든 기록을 갈아치웠다. 심지어는 학교 대표 럭비팀에서도 곧잘 하는 선수가 됐고 좋은 성적으로 모든 학교 시험을 통과했다. 그 이후 디에고는 다시는 내게 '저 수영할 수 있어요?' 따위의 질문은 하지 않았다.

그리고 행복하게
살았답니다

동화 같은 이야기는 없다

　반려동물은 '용감한 탐험가'의 삶과는 어울리지 않는다. 반려동물을 기르려면 아주 많은 책임이 뒤따르기 때문이다. 하지만 운명은 내가 '사람들이 적게 간 길'에서 펭귄을 만나도록 했고, 나는 그 길에서 우리가 만났다는 사실이 정말 기쁘다. 지금까지 나를 괴롭히고 있는 그 결정적인 일만 빼면, 후안과 만나면서 있었던 일 중 어느 하나도 절대 바꾸고 싶지 않다. 그 일은 나를 서서히 좀먹는 궤양이다. 후안 살바도의 이야기를 꺼낼 때마다 내 위를 빙빙 맴돌면서 동화책 같은 이야기를 기대하고 바랐던 나를 비웃는 굽 갈라진 악마다.

　나는 그 새를 유독 사랑했다. 나는 이국적이고, 특별하고,

나 자신을 찾도록 해주는 그 무엇을 찾아 남아메리카를 왔고 후안은 그 세 가지 모두를 넘치게 충족시켜줬다. 나는 후안과 학교 운동장을 함께 산책하는 시간을 좋아했고, 정신없이 바빴던 한낮의 해가 저물고 조용한 저녁이면 내가 마실 와인 한 잔과 후안이 먹을 청어 몇 마리를 갖다놓고 별빛이 내려앉은 테라스에서 두런두런 이야기를 나누던, 그 무수한 시간들을 사랑했다. 아침저녁으로 그토록 반가워해주는 펭귄을 보고 기분이 좋아지지 않을 사람은 없을 것이다.

우리의 일상생활은 거의 비슷하게 흘러갔다. 후안 살바도는 섬세한 새였다. 아침마다 가장 멋진 모습으로 치장하기 위해 정성을 들여 몸단장을 했다. 관심의 중심에 있는 펭귄답게 깃털들이 하나하나 제자리에 가지런히 정돈되어 있는지, 지저분하거나 망가지지는 않았는지 꼼꼼히 확인했다. 그렇게 말쑥한 신사인 에르퀼 푸아로Hercule Poirot(애거사 크리스티의 소설 속에 나오는 명탐정 – 옮긴이)도 후안 살바도와 비교하면 별 볼일 없는 신사일 것이다.

후안은 보통 부리를 이용해 섬세하고도 민첩하게 몸단장을 하는데 부리가 닿지 않는 곳의 깃털은 발가락을 이용해 다듬었다. 특히 어려운 질문을 받을 때에는 질문을 좀 더 집중해서 잘 들어보려는 듯 발로 귀를 청소하곤 했다. 학교에서 후안의 삶은 청어와 수영, 몸단장과 팬들과의 만남이 순환하는 일상이었다.

휴가가 다가오면서 더 많은 모험이 내게 손짓했고, 때마침 동료 교사 루크가 자신의 집 근처에서 후안을 돌보겠다고 자원했다. 루크는 결혼해서 아들 하나를 두고 있는데 이따금 내가 기숙사를 비울 때 마리아네 집에 맡기기 여의치 않으면 루크네 집에 맡기고는 했었다. 후안이 친구들의 훌륭한 보살핌을 받으며 잘 지내고 있다는 사실을 알면 나도 편하게 여행을 다닐 수 있었기에 더없이 완벽한 계획이었다. 후안도 만족했고 나도 여행을 다닐 자유를 누릴 수 있었다. 다행히 후안은 부에노스아이레스의 여름 더위에 크게 고생스러워하는 것 같지 않았다. 후안은 야외에 살았고, 발밑에는 잔디가 있었으며, 나무 그늘과 강에서 불어오는 시원한 강바람을 만끽했다. 전용 양철 욕조에서 물을 튕겨가며 놀기도 했고 이따금 학생들이 없는 수영장에서 수영을 즐기기도 했다.

후안의 일상과 나의 일상 둘 다 무리 없이 잘 맞물려 돌아갔다. 평일에는 후안을 돌보는 데 열심인 많은 학생이 있었고, 휴일에는 루크와 마리아의 도움이 있었기에 더욱 수월하게 지낼 수 있었다. 이따금 특별한 사건들이 벌어지기도 했지만 대부분의 일상이 평탄하게 지나갔다. 하루하루가 물 흐르듯 자연스럽게 흘러갔고 날마다 같은 일상이 반복됐다. 이곳 기숙학교에 다니는 학생들이 누리는 일상을 후안 살바도도 누렸다.

그리고 잊지 못할 그날 아침이 됐다. 나는 루크의 입에서 말이 나오기도 전에 무슨 일이 일어났는지 직감했다. 그의 눈빛을 읽을 수 있었다.

나는 부에노스아이레스 남쪽에 사는 친구들을 만나러 갔었고 그동안 후안은 루크의 집에 있었다. 그 일이 있기 전날 저녁 늦게 학교에 도착한 나는 루크의 가족들을 깨우기에는 너무 늦은 시간이었던지라 숙소로 돌아와 잠깐 눈을 붙이고는 아침에 우편물을 가지러 나왔다. 그런데 그곳에 루크가 있었다.

"정말 미안해."

루크가 말했다. 입을 꽉 다물고 그의 말을 기다리는 동안 심장이 쿵쾅거렸다.

"자네가 없는 동안 내내 잘 있었는데 며칠 전에 생선을 먹이는데 전혀 먹질 않더라고. 날이 더워서 그런가 하고 크게 신경 쓰지 않았는데….”

루크는 한동안 말을 잇지 못했다.

“정원에 묻어줬어. 그렇게 해야 했어. 날이 너무 더운 데다가 자네가 언제 돌아올지 몰라서, 기다릴 수가 없었어. 정말 미안해.”

나는 무겁게 고개를 끄덕였다. 내 안에 있는 영국 남자 특유의 정서가 기르던 동물이 죽는 일은 얼마든지 일어날 수 있는 일이니 지나치게 감정을 분출하지 말라며 나를 진정시켰지만 마음이 무너져 내렸다.

“지금까지 해준 일 모두 고마워. 최선을 다해줬다는 것, 잘 알아.”

무너지는 나 자신을 필사적으로 추슬러가며 간신히 입을 열었다. 모든 결말 중 최악의 결말이 일어난 것이다. 어느 날 갑자기 후안이 죽었고 나는 그 자리에 없었다.

잠시 혼자 생각할 시간이 필요했던 나는 일단 걸었다. 누군가 마주칠까 봐 럭비 운동장 가장자리를 따라 멀리 돌아서 걷다가 다시 기숙사로 돌아왔다.

무거운 걸음으로 계단을 올라 문 밖 테라스와 테라스 너머의 강을 바라봤다.

이 테라스 근처에만 가도 폴짝폴짝 뛰면서 동동거리던 발자국 소리가, 때론 꽥꽥거리던 울음소리가 들렸다. 그 소리는 마치 일과가 바뀔 때마다 울리던 학교 종소리처럼 학교생활에서 내게 가장 중요한 부분이 됐다. 지금은 무거운 침묵뿐이었다. 생선을 사러 가기 위해 내 방문을 두드리는 학생들도, 후안이 줬던 그 많은 웃음과 기쁨도 이젠 없겠지.

마음속으로 알이 하나 보였다. 알은 아득하게 먼 곳에, 바람이 닿는 해변의 어느 바위 위에 있다. 갑자기 알이 톡톡거리며 갈라지더니 그 안에서 작은 새 한 마리가 깊게 첫 숨을 내쉬었다. 부모 새가 지켜보는 가운데 깨진 알 속에서 어린 새 한 마리가 촉촉하게 젖은 머리를 축 늘어뜨린 채 비틀비틀 알 밖으로 나오려고 안간힘을 썼다. 그리고 갓 부화한 그 어린 새가 먹이를 먹는 모습이 보였다.

장면이 바뀌어 건강하게 자란 후안 살바도가 부모를 따라 바다를 향해 가는 모습이 보였다. 바닷가 바위와 동글동글한 조약돌에 파도가 부딪혔다가 하얗게 거품으로 부서지며 밀려나갔다. 그 새는 무자비하고 가차 없는 밀물과 썰물에서 버티기엔 너무 어려 보였다. 잠시 주춤거리며 두 번, 세번 시도를 하더니 드디어 부모 뒤를 따라 바닷물 속으로 뛰어들었다. 그러고는 백만 년 동안 완벽하게 진화해온 근사한 날개로 생애 첫 헤엄을 쳤다. 머리가 물에 잠기자 어린 새의 미숙했던 근육들은 새가 물을 헤치고 앞으로 나아갈 수 있도록, 위험한 바위와 장애물을 피해 다시 물 표면으로 올라와 숨을 쉴 수 있도록 본능적으로 움직였다. 새는 물 위에서 머리를 까닥거리다가 이리저리 몸을 돌려가며 날개와 옆구리 위쪽을 씻었다. 발을 이용해 깃털을 빗고 양쪽 옆구리와 머리털을 다듬었고 부리로 가슴과 등 부위의 깃털을 다듬었다. 파도가 거칠게 그의 몸에 부딪혔지만 새는 크게 동요하지 않고 의연하게 깃털을 다듬었다.

그의 모습이 다시 보였다. 아주 까마득하게 먼 곳에 섬이 있고 그 주위에 커다란 파도가 밀어닥치는 바다와 폭풍우를 몰고 올 구름이 낮게 깔린 하늘이 있다. 물보라와 파도 거품이 이는 그 거대한 바다에서 해변을 향해 목청껏 소리를 지르는 후안 살바도와 수천 마리의 그의 동료들이 보였다. 청어를 찾기 위해 고요한 바다 속으로 잠수를 하기 전 잠시 숨을 고르느라 물 위를 훑듯이 지나가고 있는 펭귄들이었다. 후안은 사나운 폭풍우와 거센 파도 속에서도 꿋꿋하게 헤엄을 쳤다. 날개를 양옆으로 펼쳐 균형을 잡고, 고개를 꿋꿋이 세워 파도를 타다가, 모든 것을 집어삼킬 듯 격노한 울분을 내뱉으며 맹렬하게 달려드는 파도에 휩쓸리기 바로 직전에 물속으로 쑥 들어갔다. 후안은 마치 자신이 바다의 영혼인 듯, 해양 생물의 가장 본질적인 모습이자 바다에서 사용하는 모든 기술의 정수인 듯, 미친 듯이 날뛰는 거대한 폭풍우도 자신을 공격할 수 없다고 말하는 것 같았다. 조물주의 창조물 중에서도 가장 뛰어난 피조물인 그는 어떤 바람에도, 어떤 파도에도 본능적으로 맞설 수 있도록 태어났다. 바다는 그의 영역이었으며 그는 그 안에서 행복했다.

다시 그가 보였다. 섬 뒤편에 처음으로 얻은 알들과 배우자와 가까이 서 있는 모습이. 그리고 그가 지켜보는 가운데 첫 번째 알이 툭툭 갈라졌다. 그가 어떤 표정을 짓고 있는지 훤히 보였다.

장면이 다시 바뀌었다. 모든 것에 눈부시도록 반짝이는 생명력을 부여하는 햇볕이 따스한 에메랄드빛 바다 위로 쏟아져 내렸다. 하지만 그 바다에 보기만 해도 숨이 막힐 것 같은 더러운 갈색 기름도 있었다. 기름은 불길한 촉수를 뻗쳤다. 그 촉수는 바다 위 내려앉은 햇볕에까지 미쳐 빛을 덮어버렸다. 그리고 펭귄들을 태우고, 눈멀게 하고, 집어삼키고,

질식시키고, 파괴했다. 그것은 극악무도한 악당처럼, 깊은 심연의 불구덩이를 지나 지하 동굴에서 깜빡 잠이 들었다가 인간들에 의해 다시 잠에서 깨어나 꿈틀거리며 더욱 끔찍한 손길을 뻗치는, 여러 시대의 더러운 것들이 모두 응축되어 태어난 괴물처럼 보였다. 그리고 그 흉포한 괴물에 맞선 펭귄들에게는 아무것도 없었다. 극심한 공포에 사로잡힌 펭귄들은 당황해 길을 잃고 괴물이 만든 덫에 걸려 겁에 질린 채 옴짝달싹 못하고 죽어갔다. 펭귄들은 이해할 수도 없고 말로 표현하기조차 힘든 그 지독한 죽음 앞에 쓰러졌다. 그리고 조류와 해류가 그들을 해변으로 밀어냈다.

해변이 보였다. 그리고 변기 안에 있는 후안이, 가방 안에 있는 후안이 보였다. 버스 안에 있는, 욕조 안에 있는 그가 보였다. 수영장과 테라스에 있는, 마리아가 주는 청어를 받아먹는 그가 보였다. 후안의 따스한 몸을 직접 만지고 있기라도 하듯 손가락 끝에 탄탄한 깃털이 느껴졌다. 발 위로 기댄 후안의 머리가 느껴졌다. 펭귄 특유의 몸짓으로 고개를 흔들기 전에 나를 빤히 바라보던 그 눈빛이 느껴졌다. 한달음에 달려와 엉덩이를 땅에 대고 앉아 내게 기대어 쉬던 그가 느껴졌다.

하지만 그 바다의 영혼은 떠났고 내 마음은 부서졌다. 눈앞이 흐려지고 목이 메어왔다.

"사랑한다, 작은 새야. 내가 살아 있는 동안 영원히 너를 잊지 않을 거야. 이제 네 짝과 가족들을 다시 만나겠구나. 이젠 다시 헤어지지 말거라."

후안을 푼타델에스테에 그냥 두고 왔어야 했던 건 아닐까? 제 친구들 곁에 그냥 내버려두고 인간들이 무심코 풀어놓은 기름 속에서 자연이 허락하는 만큼만 살게 했어야 하는 건 아닐까? 내가 나만의 모험을 즐길 때 후안도 그만의 여행을 하도록 내버려두었어야 한 건 아닐까? 만약 그에게 더 좋은 길이 있었다면 어떤 길이었을까? 그 해변에서 내가 후안이 움직이는 걸 못 봤더라면, 그래서 그냥 해안을 따라 내 갈 길을 갔더라면 무엇이 달라졌을까?

마치 내가 후안을 죽게 만든 것 같은 기분이었다. 그는 스틱스(그리스 신화에서 저승을 일곱 바퀴 돌아 흐르는 죽음의 강 - 옮긴이)를 건넜고 나루터지기는 이미 그를 태웠다. 후안은 내가 갚아야 할 빚을 갚을 기회도 주지 않은 채 문을 닫아버렸다. 인간의 머리와 가슴 사이에는 터무니없이 비합리적인 감정들이 얽히고설켜 갈등을 빚는다. 우리가 엄숙하게 장례식을 치르는 것도 바로 이 갈등들을 정리하기 위한 것이라고 생각한다. 나는 내 마음에 복잡하게 얽힌 감정들을 풀기 위한 장례식조차 치르지 못했다.

나는 그 놀라운 새를 알고 사랑했다는 사실이 얼마나 큰 특권이었는가를 온몸으로 절감했다. 그 존재의 상실감이 견디기 힘들 정도로 나를 짓눌렀다. 이별의 고통은 사랑했던 대상이 그동안 우리에게 준 모든 기쁨에 대해 요구하는 대가다. 나는 마음을 가눌 수가 없었다. 후안은 건강도 잘 회복하고 있었고 아주 만족스러워 보였다. 이따금 '이 무슨 감상적인 생각이란 말인가! 고작 펭귄일 뿐인데' 하는 생각을 애써 해보기도 했지만 그는 고작 펭귄이 아니었다!

결국 나는 후안 살바도에게 작별인사도 제대로 하지 못했다.

'아스따 라 비스따, 아미고 미오 Hasta la vista, amigo mio (우리 다시 만나기를, 내 친구야.)'

지금까지도 후안에게 마지막 인사를 제대로 하지 못한 것이 가장 마음에 걸린다. 우리 만남의 마지막 장을 제대로 마무리하지 못한 느낌이 들어서다.

"안녕."

아스따 라
비스따

후안 살바도가 남긴 것들을 생각하며

왜 이 펭귄은 내게 그토록 큰 의미였을까? 이 부분은 쉽게 설명할 수 있다. 누구라도 가족과 친구, 사랑하는 반려 동물 등과 멀리 떨어져 있다 보면 마음이 약해지고 공허해진다. 아주 대단한 보상이 주어진다 해도 그 공허함은 피할 수 없다. 나 역시 그 텅 빈 공간을 두려워했고 어느 날 갑자기 후안 살바도가 그 속으로 불쑥 들어왔다. 처음에는 그냥 들어와 있더니 어느새 그 빈 공간을 꽉 채웠고 이내 점령해버렸다. 후안에겐 그 공간도 비좁았다. 그는 한껏 자신의 자리를 넓혔으며 그 자리는 측정할 수도 없을 만큼 커졌다.

나는 그 공간에 대해 생각하지 않았다. 어느 날 그냥 일어난 일이고, 그는 이제 가고 없다.

물론 시간이 흐르면 새 가족, 새 친구들, 새 반려 동물들이 마음속 빈자리를 차지하려고 경쟁할 것이다. 하지만 후안이 있다 떠난 자리는 절대 채워지지 않은 채 텅 비어 있을 것이다. 기억 속에서는 사랑했던 대상이 늘 살아 있다. 함께 나누었던 대화며 함께했던 일들이 올올이 살아 있다. 그 대상이 얼마나 큰 의미였는지를 일일이 말로 다 설명해야 할 필요는 없다. 정말 그럴 필요는 없다. 사랑하는 반려 동물을 떠나보내 본 사람이라면 잘 알 것이다. 기르던 개들 중 덜 사랑했던 개는 한 마리도 없다.

영국의 시인 키플링은 시 「개의 힘The Power of the Dog」에서 '개에게 눈물을 흘릴 만큼 마음을 주는 것'에 대해 경고하고 있다.

> 사랑은 거저 주어진 것이 아니라, 빌린 것일 뿐
>
> 1센트마다 이자가 복리로 붙는다.
>
> 늘 그런 것은 아니라고, 그렇게 믿지만,
>
> 더 오래 붙들고 있을수록 더 많이 슬퍼진다.
>
> 빚을 갚을 수 있을 때에는, 옳든 그르든,

단기 대출도 장기 대출만큼이나 힘들다.

(우리가 가기 전까지) 천국에 있다면

눈물을 흘릴 만큼 개에게 마음을 줘야 할까?

　내가 후안 살바도와 함께했던 시간은 내 개와 함께했던 시간에 비하면 '단기 대출'이지만 우리의 우정만큼은 오랜 세월 함께했던 개들과 조금도 다르지 않으며, 내 삶에서 아주 특별했던 시기에 우연히 만난 친구였기에 어떤 면에서는 더 강하다고 볼 수도 있다. 그때 후안의 의지를 꺾고 그냥 그 바다에 두어야 했던 건 아닐까? 충동적이었던 스물세 살짜리 영국 촌놈이었던 나는 즉시 새의 생명을 구해야 한다는 것 외에는 내 행동이 초래할 결과에 대해서 진지하게 생각하지 않았다. 그저 내 자신이 나그네에게 풍성하게 대접해줄 위치에 있다는 사실이 행복했다. 이따금 내가 후안을 나그네라고 생각하긴 했는지 의문이 들 때도 있긴 하지만 말이다.

　살바도건 살바도르건 모두 맞다. 내가 후안을 구하기도 했지만 후안이 나를 구하기도 했다. 살바도가 럭비팀을 선택했을 수도 있고 럭비팀이 살바도를 선택했을 수도 있으며, 살바도와 디에고 중 누가 더 이익을 봤다고 말할 수는 없다.

동반자로서 후안 살바도는 성가신 친구였다. 매일 먹이고, 씻기고, 운동 시키고, 놀아줘야 했다. 하지만 자진해서 도와주겠다고 나서준 수많은 봉사자들 덕분에 그 짐을 상당히 많이 덜 수 있었다. 후안은 매주 3~4킬로그램의 청어를 먹었는데 여기에 들어가는 비용은 날마다 몇 천 페소였다. 몇 천 페소면 맥주 한 병 값까지는 아니지만 성냥 몇 갑 정도는 살 수 있는 돈이었다. 하지만 나는 들인 돈보다 훨씬 귀한 것을 얻었다. 그것은 바로 책임감이었다. 그 나이에 어떤 것을 책임졌던 경험은 내 인성을 형성하는 데 큰 도움이 됐다. 남아메리카를 여행하며 만났던 많은 사람과 마찬가지로 후안 살바도 역시 내가 해준 것보다는 내게 준 것이 훨씬 더 많은 친구였다.

후안의 멋진 성격은 만나는 이들을 모두 사로잡았다. 후안은 그 누구보다도 다른 이의 말에 귀를 기울여줬고, 대화에 진지하게 임했으며, 고갯짓과 눈빛으로 성실하게 대답해줬다. 언젠가 인간이 동물의 행동에서 교훈을 얻는 날이 올 것이라고 생각한다. 동물도 인간과 소통할 수 있으며 우리가 생각하는 것보다 훨씬 더 넓고 깊게 통할 수 있다는 사실을 알게 될 것이다. 그때가 되면 이러한 말이 허황되게 들리지 않을 것이다. 생각보다 훨씬 더 많은 동물이 정보를 이해하고 처리할 수 있으며 훨씬 더 복잡하고 풍부한 감정을 느낀다는 사실을 확인하게 될 것이다.

후안 살바도는 내 주변의 대다수 사람들보다 학습 능력이 월등히 뛰어났다. 후안을 만났던 첫날, 자신을 씻겨주는 나를 보고 내가 자신을 해칠 의도가 없다는 사실을 이해했고, 그 즉시 태도를 바꿨으며, 말하지 않아도 척척 협조했다.

첫날 이후부터 후안은 나나 다른 인간들을 전혀 두려워하지 않았다. 두려워하기는커녕 오히려 좋아했다. 학생들의 왁자지껄한 수다 소리가 들리기 시작하면 후안은 테라스에서 폴짝폴짝 뛰며 친구들을 기다렸다. 계단에서 축구공 튕기는 소리가 들리면 후다닥 문 쪽으로 달려 나가 누가 자신의 테라스로 놀러올지 궁금해하곤 했다. 하지만 절대 문 앞에 바짝 붙어서 있지는 않았다. 그렇게 있다간 문이 열릴 때 쾅 하고 부딪히리라는 사실을 알고 있었기 때문이다.

내가 설명할 수 없는 행동들도 많이 있다. 가령 왜 학생들이 시합할 때는 절대 경기장 근처에 얼씬도 하지 않았는지, 한 번 수영장 테두리 벽에 부딪힌 후에는 엄청난 속도로 수영하고 머리카락 한 올 차이로 아슬아슬하게 턴을 하면서도 어째서 두 번 다시 부딪히지 않는지는 나도 잘 설명할 수 없다. 후안은 인간의 영역에서 무엇이 자신에게 안전하고 무엇이 그렇지 않은지 알고 있는 것처럼 보였지만 어떻게 알았는지는 설명할 길이 없다. 걸을 때에도 여기저기 마구 다니는 법이 없다. 수영장에서 수영을 할 때에는 가장 마지막에 나오는 사람을 따라서 수영장 밖으로 나오곤 했다. 신기하게도 내 곁은 절대 떠나지 않았으며 내가 몸을 깨끗하게 씻겨 준 후에야 수영하러 가곤 했다.

후안에게는 공허함보다 훨씬 더 깊은 감정이 있지는 않았을까? 분명 그랬으리라 생각한다. 아마 폭발할 것 같은 분노가 치미는 순간에도 테라스에 친구들이 찾아오면 여전히 그 친구들을 반겨 달려 나갔을 것이다. 후안 역시 펭귄들의 본능인 동료애 또는 우정이 필요했다. 후안은 어떤 인간 친구가 와도 기꺼이 즐겁게 우정을 나누었으며, 충직하게도 내가 테라스에 나가면 언제나 내 곁에 붙어 있었다. 후안은 언제나 나를 선택했다. 그는 늘 내게로 돌아왔다. 우리 우정의 상당 부분은 개와 주인이 나누는 우정과 비슷했다. 하지만 장담컨대 후안은 자신의 역할이 개라는 점을 절대 인정하지 않을 것이다!

후안 살바도는 재미있는 친구이기도 했지만 좋은 친구이 기도 했다. 내 동료들은 걸핏하면 후안의 걸음걸이를 흉내 내며 다른 이들을 반겨서 후안을 잘 모르는 사람들을 어리 벙벙하게 만들곤 했다. 언젠가 학생들을 통해 럭비 경기장 관리인이 나를 '엘 로꼬 잉글레스el loco inglés'라고 부른다 는 사실을 알게 됐다. '미친 영국 놈'이라는 의미였다. 하지 만 별다른 악의가 있다기보다는 이해할 수 없는 영국 남자 를 재미삼아 부르는 말이었다. 물론 그들이라면 바닷가에서 펭귄을 주워온다는 생각이나, 야생에 인간이 관여한다는 생 각을 절대 하지 않을 것이다.

초원의 가우초들이나 안데스의 인디언들처럼 이곳 사람 들의 삶은 대부분 극심하게 어렵다. 그러기에 길손을 위한 여유가 없다. 어떤 사람들은 가우초들이 소를 죽이는 것을 잔인하고 비정한 스포츠라고 표현하기도 한다. 어쩌면 내 책 에 그 이야기가 굳이 들어가야 했는지 의문을 표하는 이도 있을 것이다. 하지만 그들이 소를 죽이는 것은 서서히 동물 들을 죽이는 행위처럼 잔인하지 않으며, 우리의 '문명화된' 사회가 저지르는 끔찍한 짓, 즉 끊임없이 동물들의 삶을 비 틀어 뜯어내고, 종 전체의 삶을 말살하는 그런 짓, 예를 들면 바다에 기름을 쏟아 붓는 행위만큼 잔인하지는 않다.

인간은 상처를 남기고 그것을 보려 하지 않는다. 이런 상황에서 지구상의 바다가 살아남을 수 있을까? 인플레이션 때문에 부에노스아이레스의 중산층이 모기지론을 얻어 산 집들의 대출금을 수백만 명의 마리아가 갚고 있는 것과 마찬가지로 우리 삶의 방식에 정작 그 대가를 치르고 있는 것은 펭귄들과 대자연의 약자들, 데스카미사도스descamisados다.

레이첼 카슨Rachel Carson이 1962년 『침묵의 봄Silent Spring』을 발간한 이후 인류의 수는 두 배 이상이 됐다. 또한 환경 오염 때문에 펭귄을 포함해 어마어마하게 많은 종이, 그 개체수가 80~90퍼센트 감소했으며 현재 '멸종 위기 종'으로 분류되고 있거나 아예 멸종한 종들도 있다. 이스터 섬Easter Island의 무분별한 환경 파괴로 말미암아 인간 사회의 붕괴가 인간 종족 전체의 붕괴를 설명하는 멜서스Malthusian 이론(식량 공급이 인구 증가를 따라잡지 못해 인류가 멸망할 것이라는 멜서스의 인구론 – 옮긴이)의 모델이 됐다고 하는 설도 있다.

오늘날 인간이 살아가는 방식을 보면 아주 짧은 시간 안에 어마어마한 변화를 만들어낸 인간의 능력을 알 수 있다. 하지만 우리의 '모두스 비벤디modus vivendi'(의견과 사상이 전혀 다른 사람이나 국가들이 다투지 않고 함께 생존하기 위해 맺는 협정을 의미하는 라틴어 - 옮긴이)는 지속 가능하지 않고, 우리의 '모두스 오퍼랜디modus operandi'(일이 진행되는 방식이나 절차를 의미하는 라틴어 - 옮긴이)는 지금까지 야생동물들의 개체수 감소 회복은 고사하고라도 최소한 균형을 맞추는 데 필요한 조치를 취하는 데도 무능하다는 사실을 입증해왔다. 분명한 것은 대자연의 데스카미사도스들이 파산한다면 인간은 이를 회복할 여력이 없다는 사실이다.

하지만 후안 살바도가 남긴 유산은 절망이 아닌 희망이다. 살아 있는 동안 후안은 분노하고 절망한 많은 이들의 가슴에 용기와 낙관적인 생각을 심어줬으며, 위대한 펭귄, 후안 살바도에게 얻은 교훈으로 내 삶 역시 크게 바뀌었다.

후안 살바도의 사진을 찾아보던 중 '아르헨티나 – 분류'라
고 적힌 오래된 상자를 발견했다. 창고 뒤편에서 수십 년은
방치되어 있던 상자였다. 몇 해 전 마을에 홍수가 나면서 사
진들을 대부분 잃어버렸는데 그 상자에는 놀랍게도 내가 단
한 번도 본 적이 없는 영화 필름들이 들어 있었다. 사실 창고
에 필름이 있다는 사실조차 나는 몰랐다.

생각해보니 예전에 그 필름을 현상하기 위해 영국으로 보
냈고 어머니가 창고에 넣어둔 것이었다. 하지만 영국으로 돌
아온 나는 그 필름을 볼 수 있는 프로젝터를 사지 못했고, 프
로젝터를 살 만한 형편이 됐을 때는 시대가 바뀌어 비디오

가 프로젝터를 대신하게 됐다. 그래서 창고에 한 번도 보지 않은 필름들이 그대로 남겨지게 됐고 내 기억 속에서 그 존재가 서서히 희미해진 것이다. 정말 두근거리는 순간이었다. 내가 언제 영화촬영용 카메라를 샀더라? 머리를 쥐어짰다. 혹시 이 필름에 후안이 담겨 있지는 않을까?

인터넷으로 찾아보니 우리집에서 그리 멀지 않은 바닷가에 살고 있는 어느 은퇴한 신사분이 이런 필름을 볼 수 있는 서비스를 제공하고 있었다. 나는 바로 그 집을 찾아가 영화 필름들을 내밀었다. 필름 한 통마다 30분 분량이었다. 나는 다음 날 찾으러 오겠다고 했다. 집에 돌아와서 이런저런 생각을 하며 초조하게 오후를 보냈다. 마치 아기를 출산 중인 방 밖에서 기대에 들떠 서성이는 아버지와 같은 심정이었다.

필름들을 찾으러 간 나는 애써 떨리는 마음을 억누르며 물었다.

"상태가 어떻던가요?"

"몇 년 전에 가지고 오셨어야 해요. 상태가 아주 안 좋아요."

그가 대답했다. 심장이 철렁했다.

"건질 게 하나도 없던가요?"

최악의 상황을 염려하며 조심스레 물었다.

"화면이 아주 거칠긴 한데, 그래도 대부분 나오기는 해요."

한숨 돌렸다. 다시 심장이 두근거리기 시작했다. 그 필름들에 후안 살바도가 있을까?

"펭귄도 있던가요?"

나는 두려운 생각을 떨쳐내기라도 하듯 용기 내서 물었다.

"펭귄이요? 펭귄은 없었는데. 하지만 근사한 바다사자들은 있더군요."

실망을 감출 수 없었다. 하지만 생각해보니 후안 살바도와 함께 있던 시절에서 한참 지나서야 그 카메라를 샀다는 확신이 들었다.

집에 오자마자 아내와 나는 DVD를 틀었다. 화면에는 놀랍게도 거의 40년 전 사람들과 풍경이 담겨 있었다. 산과 호수, 사막, 라마, 독수리, 바다사자 등 열대지방부터 남아메리카의 극지방까지 담겨 있었다. 색상이며 세부적인 부분도 꽤 잘 복원됐다. 화면을 보면서 내 입에서는 잊고 살았던 절반의 세상, 절반의 세월 속 이름들이 나도 모르게 불쑥불쑥 튀어나왔고 여러 가지 감정들이 물밀듯 밀려왔다.

잊고 지냈던 이 필름 안에 후안이 어딘가 자신의 시간 속에서 잠을 자고 있다가 다시 한 번 내 삶에 불쑥 들어올 순간을 기다리고 있을지도 모른다는 생각이 들었다. 하지만 비통했다. 필름 속의 즐거운 장면들을 보다보니 후안 살바도의 사진들을 잃어버렸다는 상실감이 더욱 커졌다.

DVD는 거의 끝을 향해 가고 있었고 그 안에 내가 후안을 찍은 장면은 없다는 믿음이 점점 강해졌다. 나는 절망감에 빠져 눈앞에 스쳐가는 장면들을 지켜봤다. 학교 체육대회가 열리던 날, 라마 한 무리, 광장에서 맥주와 와인을 치켜들고 환하게 웃고 있는 친구들의 모습들로 얼마 남아 있지 않은 귀중한 시간이 가고 있었다. 심지어 바다사자 장면도 아무런 위안이 되지 못했다. 비록 귀중한 추억들을 보는 기쁨은 있었지만, 할 수만 있다면 그 모든 기쁨을 다 주고서라도 후안의 모습이 담긴 단 한 장면과 바꾸고 싶었다.

그때였다.

"저기 봐!"

나는 의자에서 벌떡 일어나 화면 앞으로 바싹 다가서며 소리쳤다.

"저기 있어! 저기 있다고! 맙소사, 내 오래된 친구야! 드디어, 드디어 다시 만났구나!"

수영장에 후안이 있었다. 내가 기억하는 그 모습 그대로였다. 그리고 아름답고도, 귀중하고 축복 가득한 2분 17초 동안 후안 살바도와 나는 다시 만났다.

아내와 나는 침묵 속에서 끝까지 필름을 봤다. 한마디도 하지 않았던 것 같다. 화면 속에는 오직 펭귄만 보였다. 어떻게 이 필름들을 그토록 오랜 세월 보지도 않고 방치해둘 수 있었단 말인가? 나는 몇 년 동안이고 기억 속에서 후안을 그리고 또 그렸다. 하지만 지금은 그동안 내 아이들의 잠자리에서 무수히 들려줬던 바로 그 후안 살바도가 정말 생생하게 보였다. 쾌활하게 머리를 흔드는 모습, 날개를 파닥이고 엉덩이를 흔드는 모습, 수영장 물속에서 마치 모터 달린 배처럼 추진하며 수영하는 모습 등 내 지루한 말솜씨로는 절대 표현하지 못할 그의 모습이 그 모습 그대로 영원히 남아 있었다. 후안 살바도는 그곳에서 오랜 세월 인내하며 나를 기다리고 있었다.

깜박거리는 화면 속 후안의 모습은 그 어떤 모습보다도 내가 간절히 바라던 모습이었다. 후안이 수영장에서 건강을 회복하는 모습, 햇살을 받아 눈부시고 하얗게 반짝거리던 깃털 등이 그대로 담겨 있었다. 털갈이를 한 이후여서 타르나 우루과이에서 겪었던 끔찍한 고초의 흔적은 남아 있지 않았다.

학생들과 함께하는 모습도 있었다. 수영을 마친 후 십 수명의 남학생들 한가운데 서 있는 모습, 햇살 아래서 모두의 관심을 한 몸에 받으며 위풍당당한 자태로 깃털을 다듬고 말리는 모습, 학생들보다 훨씬 작은 키지만 누구와 견주어도 당당한 후안의 모습이 거기 있었다.

DVD를 보자마자 후안의 모습이 담긴 부분만 따로 편집해 아이들에게 이메일을 보내줬다. 특히 내가 후안 살바도를 만났을 때와 비슷하게 인도라고 하는 먼 타지에 있는 아들에게 이 영상이 중요한 의미가 있을 것 같았다. 그리고 이메일을 보낸 후 나는 아르헨티나행 비행기 편을 알아봤다.

한껏 부푼 마음으로 부에노스아이레스행 비행기에 오른지 몇 시간 만에 이륙 바퀴가 땅에 닿는 것이 느껴졌다. 남아메리카에 다시 돌아왔다! 1970년대 이곳에서 가진 경험은 내 삶에서 큰 부분을 차지했고 그 이전에 겪었던 그 어떤 경험보다도 중요하고 특별했다. 한편으로는 어떤 운명이 나를 기다리고 있을지 조금 두려웠다. 비행기에서 내리니 예전의 그 부드럽고 따스한 공기가 나를 감쌌다. 나는 앞으로 닥칠 운명을 준비하겠다는 다짐으로 그 공기를 깊이 들이마셨다. 발을 땅에 내딛자 새로운 기쁨과 뿌듯함이 밀려왔다. 우리가 시를 찬미하는 이유는 바로 이런 순간, 그 어떤 말보다도 더 훌륭하게 그 순간을 표현해주기 때문이다. 그리고 내가 생각하기에 모험의 본질을 가장 잘 포착한 시인은 J. R. R. 톨킨이다.

> 길은 끝없이 이어진다오.
> 문을 나서면 내리막길
> 길은 저 멀리 아득히 끝간데 없고
> 이제 나는 힘닿는 데까지 걸어야 하리.
> 팍팍한 두 다리를 끌고,
> 더 큰 길이 보일 때까지
> 많은 길과 일을 만나는 곳으로
> 다음엔 어딜까? 난 모른다네.

출입국관리소 앞에 줄을 서서 입국 수속을 기다리는 동안 지금과는 전혀 어울리지 않는, 예전에 펭귄을 밀반입할 때 느꼈던 그 두려움이 생생하게 느껴졌다. 터무니없는 그 두려움을 억누르려고 하면 할수록 심장은 더욱 세차게 두근거렸다. 처음에는 출입국관리소 담당자가 무뚝뚝하고 권위 있는 말투로 나를 대하더니 내 서툰 스페인어에서 경쾌한 아르헨티나의 억양을 포착하고는 이내 아주 친절하게 대해줬다. 나는 방문 목적을 밝혔고 그는 즐거운 여행이 되길 바란다고 인사를 건넸다. 마치 고향에 온 기분이었다.

당연한 일이겠지만 많은 것이 변했다. 구두를 닦던 소년들은 세월의 뒤안길로 사라졌다. 도시는 다른 모습으로 변해 있었고, 특히 강둑 주변에는 21세기식 최첨단 설비를 갖춘 보트들이 즐비하게 서 있었다. 해변에 창고들이 있던 자리에는 근사한 건물들과 아파트가 들어서 있었다. 오염되어 있던 땅과 물은 깨끗하게 정돈되어 있었고 자연보호 의식도 높아져 있었다.

하지만 너무도 익숙한 그 거리들을 천천히 걷다보니 옛 생각들이 물밀듯 밀려왔다. 부에노스아이레스는 고풍스러운 유럽풍의 건축부터 가장 가난한 이주민들이 모여 사는 빈민가 '라보카La Boca'에 저속하고 화려한 그림이 그려진 물결 무늬 양철로 지은 집들에 이르기까지 극단에서 극단을 달리는 온갖 건축물들이 어우러진 매력적인 도시였으며, 늘 사람의 마음을 사로잡는 특유의 매력과 활력이 넘치는 도시였다.

선거철이 다가와서 거리에는 정치적인 기운이 감돌고 있었고 광고판은 온통 정치인들의 포스터들로 가득했다. 도시의 중심에서 동맥 역할을 하는, 무려 20차선에 달하는 거대한 '7월 9일 도로'에 우뚝 솟은 높은 건물은 에바 페론의 상징적인 모습과 매우 잘 어울렸다. 그 건너편에는 예전에 건설부 건물로 사용되던 성처럼 생긴 건물이 있는데, 그 건물에 그려진 마이크 앞의 에바 모습을 보고 있자니 건물 옥상에 솟아오른 무선 안테나를 통해 그녀의 목소리가 생생하게 울려 퍼질 것만 같았다.

이 나라의 역사에서 특별했던 이 여성의 의미에 대해 이의를 제기하는 사람은 아무도 없다. 그곳에 있는 에바의 모습들은 단순한 기념물 그 이상의 의미인 듯 보였다. 부에노스아이레스 전역에는 사탕이며 담배, 정기 간행물 등을 파는 작은 가판대가 수백 개 있는데 가판대마다 유독 에바의 포스터와 엽서가 눈에 띄었다. 하지만 에바가 남긴 유산이 무엇인지는 평가하기 매우 어렵다. 내가 물어본 모든 이들도 저마다 의견이 달랐다.

기쁘게도 아르헨티나 와인의 품질이 대단히 좋아져서 이제는 세계 최고급 와인들과 어깨를 나란히 하게 됐다. 아르헨티나 음식은 크게 달라지지 않았다. 내가 기억하는 훌륭한 맛 그대로였다. 지금도 나는 아르헨티나의 음식이 세계 그 어느 곳의 음식보다 맛있다고 생각한다. 또한 흥미롭게도 아르헨티나에서는 현저하게 과체중인 사람들이 거의 없었는데 아마 이들이 먹는 음식 때문이 아닌가 하는 생각이 든다.

예전과는 달리 지금은 차량들이 모두 이정표와 신호를 준수하며 질서 있게 다니고 있었고 보행자들도 안전하게 횡단보도를 이용하고 있었다. 하지만 대부분의 기차는 여전히 낡았고, 안락함보다는 실용성 위주로 운영되고 있었다. 요금은 1.6킬로미터당 2페소가 되지 않았다. 이토록 싼 요금을 보니 오래된 설렘이 다시 밀려왔다. 모험을 하며 자유를 찾기 위해 떠났던 그 시절의 여행을 또 한 번 하고 싶었다.

하지만 시간이 없었기에 예전에 자주 들르던 곳들만 둘러봤다. 수십 년이 흘렀어도 여전히 그 모습 그대로인 곳들이 많았다. 기차가 덜컹거리며 흔들리더니 삐걱거리는 소리를 내며 멈췄다. 그러고는 익숙한 음악이 흘러나왔다. 기차에서 내리자 빅토리아 양식의 친숙한 킬메스 역이 눈에 들어왔다. 이 역에서 얼마나 여러 번 오르내렸던가. 예전과 달리 복잡하고 분주한 도시 한복판에서 나는 학교로 가는 길을 찾을 수나 있을지 걱정됐다. 하지만 무의식중에 기억이 떠올랐고 20분도 채 걸리지 않아 학교 정문에 도착했다.

세인트 조지 학교를 둘러보다 보니 깜짝 놀랄 정도로 달라진 부분들도 있었지만 기본적으로는 크게 변하지 않았다. 나는 테라스 앞에서 잠시 멈췄다. 한때 후안 살바도와 그토록 많은 시간을 보냈던 그곳에서, 내가 이 책에서 묘사했던 후안의 모습을 떠올렸다. 그의 목소리가 들리는 듯했다.

"왜 이렇게 늦었어? 이 친구야⋯. 뭐하느라 이리 오래 걸린 거야?"

나는 기차가 아닌 최고급 이층버스를 타고 콧노래를 부르며 부에노스아이레스에서 샌클레멘테San Clemente로 향했다. 이층버스에는 행운의 부적이나 요란한 장신구들이 없었다.

부에노스아이레스에서 약 320킬로미터 떨어진 샌클레멘테에는 해양동물센터가 있었는데 그곳의 초대를 받아 가는 길이었다.

여명이 다가오며 동이 트자 지평선 위로 눈부신 햇살이 부서져 내렸고, 라팜파La Pampa의 완벽하게 평평한 대지 위로 어마어마하게 거대한 그림자가 드리웠다. 그곳에서 수많은 오토바이들을 부러운 눈길로, 심지어는 욕망의 눈길로 바라보기는 했지만 오토바이는 타지 않았다.

그 공원에 고작 다섯 시간 남짓 머물러 있는 동안 해양센터의 설립자인 데이비드 멘데스David Méndez의 손녀 안드레아가 주변을 안내해줬다.

내가 우루과이에서 후안 살바도를 발견했을 때 데이비드 멘데스는 은퇴 후 해변 캠핑장을 운영하고 있었는데 그가 있던 아르헨티나 해변에도 끔찍하게 기름을 뒤집어쓴 펭귄들이 많이 밀려왔다고 한다. 그도 나와 마찬가지로 몇몇 펭귄들을 구조해 집으로 데려가 씻겨줬다고 한다.

데이비드의 업적은 펭귄들을 그 지역 바다로 돌려보낸 후, 더 많은 다친 새들이 치료를 받도록 하거나 그들의 행방을 추적해 기록으로 남기는 프로젝트를 진행한 것이었다. 그다음에는 그 지역 바다에서 기름과 환경오염으로 다친 바다 사자와 돌고래들을 보살피는 것으로까지 프로젝트를 확대했다. 머지않아 사람들은 자신들을 되돌아보고 반성하게 됐으며 데이비드의 뜻을 지지했다. 그리하여 1979년 약 4만 제곱미터의 부지를 매입해 해양 동물원, 문도 마리노Mundo Marino를 세웠다. 오늘날 문도 마리노는 남반구에서 가장 큰 수족관이 됐다. 당시 나로서는 샌클레멘테에서 데이비드가 하는 일을 알 방법이 없었다. 그 역시 당시에는 자신이 사는 집에서 그 일을 했으며 내가 후안 살바도를 구해서 데리고 있다는 사실을 알 길이 없었다.

문도 마리노가 설립된 이후 그곳의 직원들은 전 세계적으로 환경오염의 피해를 입은 해양동물들을 구조하는 전문가가 됐다. 이런 종류의 일들을 거의 40년 가까이 해온 직원들은 환경 재앙으로 피해를 입은 동물들을 되살리는 데 국제적으로도 널리 알려진 권위자가 됐으며 언제 어디서든 그런 일이 벌어지면 도움을 줄 태세를 갖추고 있다. 야생동물들의 실태가 제대로 기록이 되기 시작한 1987년 이후 2,500마리의 펭귄들이 구조됐는데 이 펭귄들 중 4분의 3이 기름을 뒤집어써서 피해를 본 펭귄들이었다.

행복하게도 내게 펭귄 우리 안으로 들어갈 수 있는 특권
이 주어졌다. 우리 안의 거대한 차양 아래 100마리쯤 되는
마젤란펭귄들이 내가 푼타 톰보에서 봤던 야생 펭귄들과 똑
같은 모습으로 있었다. 나는 넋을 놓고 그들의 모습을 바라
봤다. 부에노스아이레스에 있던 그 동물원에 만약 이런 시설
이 있었다면 나는 동물원에서 후안 살바도를 든든하게 보살
펴주리라 믿었을 것이다.

수족관 측에서 내게 생선 한 양동이를 줬다. 펭귄에게 먹
이를 줄 수 있는 기회를 준 것이다. 물론 나는 뛸 듯이 기뻤
다. 펭귄에게, 나의 펭귄에게 마지막으로 먹이를 준 이후 너
무도 오랜 세월이 흘렀다. 목이 메어왔다. 생선들은 내가 킬
메스 시장에서 샀던 것보다 훨씬 더 큰 청어였다. 나는 후안
살바도에게 그랬던 것처럼 청어의 꼬리를 잡고 가까이 있던
펭귄 앞에 흔들어 보였다. 그런데 펭귄은 청어를 멀뚱멀뚱
바라보며 어리둥절해 했다. 그러자 사육사 한 명이 내게 먹
이 주는 기술 시범을 보여줬다. 먼저 한쪽 손바닥으로 펭귄
의 눈을 가리고 다른 손 엄지손가락과 집게손가락으로 부리
를 잡았다. 이후 눈이 가려진 펭귄은 먹이를 찾다가 사육사
가 생선을 주면 덥석 받아먹었다. 이 광경을 지켜본 나는 우

리가 후안 살바도에게 먹이를 주던 방식보다 훨씬 더 성가시고 시간도 오래 걸리는 방식인데 왜 이런 방식으로 먹이를 주는지 궁금해 사육사에게 물었다.

그러자 사육사는 새로 온 펭귄들에게 처음에는 억지로 먹이다가 차츰 익숙해지면 물속에서 먹이를 주는 방식으로 바꾼다는 설명을 자세하게 해줬다. 생각해보니 후안도 처음에는 생선을 받아먹지 못했었다. 사육사의 친절한 설명을 듣던 중 집중력이 흐트러졌다. 흑백의 펭귄 무리 한가운데 내 시선을 사로잡는 펭귄이 한 마리 있었기 때문이다. 그 펭귄은 화려하고 풍성한 눈썹을 하고 있었고 눈과 부리 주위는 오렌지색이었다. 마카로니펭귄속의 펭귄이었는데 그 펭귄은 다른 펭귄 무리와 어울리지 못하고 혼자였다. 그런데 그 펭귄이 뚜렷한 이유도 없이 펭귄 무리를 헤치며 내 발 앞으로 곧장 걸어왔다. 마치 내게 굉장히 중요한 심부름이라도 오는 것처럼 말이다. 그러고는 커다란 바위 위에 편하게 자리를 잡더니 나를 올려다보며 간청하는 듯한 눈빛을 보냈다.

"부탁이 있는데, 배 좀 긁어주시겠어요?"

당연히 그 부탁이 아주 기뻤던지라 나는 그 새의 가슴을 부드럽게 문질러줬다. 그 새는 후안 살바도와 똑같이 기분 좋아했고 후안 살바도와 똑같이 얼굴을 내 손가락에 갖다 대며 내 눈을 똑바로 바라봤다.

그 펭귄에 대해 물어보니 그 펭귄은 구조된 펭귄 무리 중 유일하게 딱 한 마리 있던 마카로니펭귄속의 펭귄이었고 지금은 완전히 회복됐음에도 함께 방사할 다른 마카로니속 펭귄이 나타날 때까지 기다리고 있는 중이라는 대답이 돌아왔다.

"펭귄을 한 마리만 방사할 수는 없어요. 바다사자와 마찬가지로 펭귄도 무리를 지어 사는 동물이거든요. 혼자 내버려 두면 살지 못하지요."

가슴이 후련해지는 답변이었다! 어째서 후안이 푼타델에스테 해변에 혼자 남겨지기를 그토록 완강하게 거부했는지, 수십 년 묵은 오랜 의문이 풀리는 순간이었다. 정말 만족스러운 대답이었다. 그때의 그 안도감이라니! 후안이 해안에 혼자 있고 싶어 하지 않았던 건 기름에 전 깃털 때문이라기보다는 펭귄 종족의 근본적인 심리와 더 밀접한 관련이 있었던 것이다. 나도 모르게 함박웃음이 지어졌다. 마침내 마음의 평안을 얻게 된 것이다. 퍼즐의 마지막 한 조각이 제자리에 딱 맞게 자리를 잡은 기분이었다. 이 얼마나 기막힌 우연이란 말인가? 그 마카로니펭귄이 그곳에 없었다면, 우리가 만나지 못했더라면, 나는 퍼즐의 마지막 조각을 절대 찾지 못했을 것이다. 하지만 그 마카로니펭귄의 입장을 생각하니 가엾었다. 타고난 본능 때문에 다른 마카로니펭귄이 상처를 입거나 다쳐서 문도 마리노에 들어와야 하고 그 펭귄이 다 회복할 때까지 우리 안에 갇혀 있어야 하는 것 아닌가.

나는 내 친구 후안 살바도와 함께한 이후부터 지금 이 순간까지 마젤란펭귄이 아주 잘생겼으며 다른 모든 펭귄 종족들과 비교해도 매우 품위 있는 외모라고 생각하게 됐다. 길고 삐죽삐죽한 머리에 약간 모자라 보이는 얼굴, 연극 무대에 선 '마법사'같이 화려한 의상을 입고 있는 이 마카로니펭귄들은 어찌 보면 보헤미안 펑크 분위기를 물씬 풍기는, 품행이 바르지 못한 듯한 외모였다. 하지만 이 작은 새 덕분에 이전에 내가 종종 품었던 외모에 대한 편견이 그야말로 편견일 뿐 아무것도 아니라는 깨달음을 얻었다.

이 작은 마카로니펭귄은 내 손에 얼굴을 부비며 나를 관찰했다. 처음엔 한쪽 눈으로 그다음엔 다른 쪽 눈으로. 나 역시 녀석의 모습을 찬찬히 관찰했다. 털이 달린 발과 정교한 깃털, 깊이를 가늠할 수 없는 깊고 투명한 호수 같은 눈동자를. 그리고 이내 그 아름답고도 매혹적인 새에게 완전히 마음을 빼앗겼다.

그 순간 나는 확신이 들었다. 부드러운 바람이 불면, 망으로 된 가방과 기회만 있다면 조금도 주저하지 않고 다시 한번 남아메리카 모험을 하리라고. 물론 펭귄과 함께!

옮긴이의 말

　출판사에서 처음 책을 받아 몇 페이지 가량 읽다가 서둘러 번역에 들어갔다. 내가 읽은 곳 다음 페이지가 몹시 궁금했고 마지막까지 그 궁금증을 이어가고 싶었기 때문이다. 기대대로 번역하는 내내 궁금하고, 즐겁고, 애가 탔다. 나는 저자의 기억 속에서 문자가 되어 걸어 나온 후안이 몹시도 보고 싶었다. 새까만 눈으로 빤히 바라보는 눈빛은 어땠을지, 상대가 이야기할 때 고개를 끄덕이는 모습은 어땠을지, 우아하게 깃털을 다듬고, 기막힌 자태로 수영을 하고, 뒤뚱거리며 흙길을 걷던 그 모습은 어땠을지 궁금했다. 후안의 눈빛과 몸짓을 상상하다가 얼른 이미지가 그려지지 않으면 마젤란펭귄의 모습이 담긴 동영상들을 찾아보며 후안의 모습을 짐작하기도 했다.

저자의 언어로 묘사된 후안을 우리말로 조심스럽게 바꾸면서 그 모습을 수도 없이 지웠다 그리기를 반복하다 보니 이따금 후안은 원래부터 내가 알던 새인 것처럼, 원래부터 내 기억 속에 존재했던 것처럼 툭 튀어나와 뒤뚱거리며 내 모니터를 헤집고 다녔다.

그리고 저자의 언어와 나의 언어 사이에 놓인 다리에서 쉴 새 없이 잔소리를 해댔다. '어이가 없네. 그 뜻이 아니라고.', '내가 언제 그렇게 못되게 말했어?', '흠, 나쁘진 않지만 더 좋은 표현은 없는 거야?' 덕분에 키보드 소리만 울리는 조용한 번역가 작업실에서 나는 혼자 키득거리기도 하고 훌쩍이기도 했다. 이런 기분을 나만 느꼈던 건 아니었던 듯싶다. 교정 원고를 건네던 편집자 역시 편지 말미에 '마지막까지 우리 후안 잘 부탁드립니다' 하며 당부를 해왔다. 마치 어느 드라마 대사처럼 '우리'라는 표현이 가슴에 확 와 닿았다. 톰 미첼의 후안은 나의 후안이었고 편집자의 후안이었다. 그리고 독자들의 후안이 될 것이다.

1970년대 친 페론 정권의 몰락과 군부의 쿠데타, 어마어마한 인플레이션 등으로 암울하고 혼란스러웠던 아르헨티나의 사회적 배경과 의연하며 귀엽고, 지혜로운 펭귄은 이 책 내내 대비를 이룬다. 중간에는 짐짓 점잖은 척하지만 다소 허술한 저자 톰 미첼이 있다. 톰 미첼은 후안 살바도(르)의 이야기뿐 아니라 후안과 자신이 함께 지낸 시대의 풍경과 그곳을 둘러 싼 사람들, 그 너머의 세상에 대해 많은 이야기를 들려주고 싶 어 했다. 그의 기억 속에 있는 그 시절 모습들은 고해상도 화 질의 영상처럼 선명하다. 청어를 낚아 올리는 아낙네의 미소, 고산지대 작은 마을에 쏟아져 내릴 듯 빛나던 무수한 별들, 평 생을 드넓은 초원에서 말과 함께 누비며 사는 자유로운 가우 초들의 삶, 단정하고 착했던 기숙학교 학생들의 모습은 전혀 빛바랜 흔적 없이 반짝반짝 빛이 난다.

거의 40년 전의 이야기들이 그토록 생기 있게 빛날 수 있던 건 저자가 그 추억들을 자주 꺼내 살뜰히 매만지고, 보듬었기 때문일 것이다. 그가 정성껏 가꾼 그 추억들은 어느 것 하나 구겨지지 않은 채 제 모습 그대로 책 속에서 빛나고 있으며 그 중심에 초롱초롱한 눈빛의 후안이 있다.

나에게도 후안이 있었다. 나의 후안은 검디였고, 또또였고, 뭉크였다. 무수히 많은 이들에게도 얄리, 나비, 짱아 등의 이 름을 지닌 후안이 있었을 것이다. 인간이 아닌 다른 종과의 소통은 불완전하며 그 불완전한 공백에는 호기심과 연민이 자리 잡는다. 착하게 눈을 뜨고, 투명하고 순진한 열망을 그대로 내보이며, 특징적인 몸짓과 표정으로 감정을 표현하는 그들과 조금이라도 더 교감하고 싶은 마음에 몸을 낮추고 눈을 바라본다. 그러고 나서 추측한 그들의 감정을 내 언어로 번역해 대화를 나눈다. '어이구, 배가 고팠어?', '화가 많이 난 거야?', '아냐, 산책 나가지 않을 거야. 비가 온다고.' 그리하여 다른 세계, 다른 언어를 사용하던 대상은 나의 세계에서 나의 언어를 함께 사용한다. 누가 어떤 종인지는 별로 중요하지 않다. 중요한 건 대상과 내가 교감하고 있다는 사실이다.

때론 이 솔직하고도 단순한 교감이 복잡하고 여러 층으로 겹겹이 포장된 인간 사회의 소통 방식보다 편하게 느껴질 때도 있다. 이 책에 나오는 사람들이 후안에게 그토록 마음을 열고 솔직하게 마음을 터놓을 수 있었던 것도 그 때문이었는지도 모른다. 때론 언어조차 필요하지 않을 때도 있다. 같은 공간에 그 존재가 있다는 사실만으로도 충분하기 때문이다.

번역을 하면서 나도 내 속에 윤기 없이 웅크리고 있는 추억들을 꺼내보았다. 오랜만에 만난 추억들은 찌릿하게 아팠고 뭉클하게 반가웠다. 처음 꺼낼 때 느껴야 할 찌릿한 통증 때문에 겁이나 꺼내지 않았던 내 추억 속 검디와 또또와 뭉크가 내게 말을 건다. 후안이 톰 미첼에게 건넸던 그 인사를.

"왜 이렇게 늦었어? 이 친구야… 뭐하느라 이리 오래 걸린 거야?"

크리스마스이브에 파주 번역인 작업실에서

박여진